杨春燕◎著

CHENGSHI MUGE

北京日报出版社

图书在版编目（CIP）数据

城市牧歌 / 杨春燕著. — 北京：北京日报出版社，
2024.8
ISBN 978-7-5477-4473-4

Ⅰ.①城…　Ⅱ.①杨…　Ⅲ.①散文集—中国—当代
Ⅳ.①I267

中国国家版本馆CIP数据核字（2023）第007337号

城市牧歌

出版发行：北京日报出版社

地　　址：北京市东城区东单三条 8–16 号东方广场东配楼四层

邮　　编：100005

电　　话：发行部：（010）65255876
　　　　　　总编室：（010）65252135

印　　刷：北京军迪印刷有限责任公司

经　　销：各地新华书店

版　　次：2024 年 8 月第 1 版
　　　　　　2024 年 8 月第 1 次印刷

开　　本：710 毫米 ×1000 毫米　1/16

印　　张：14

字　　数：191 千字

定　　价：69.80 元

目 录

城市牧歌

京城味道

一

一种怀古的情绪牵引着我们记忆中古城的味道，没有这种情绪和念头就不算记忆。仔细想想，人的记忆再怎么包罗万象，都不可能记住几十年的生活碎片，那些能够留下来，记忆深处越来越清晰的碎片，只有关于伤痛和不安的，欢乐喜剧倒是很容易被遗忘掉。欢乐，也许不算情绪，所以被记忆的漏勺过滤掉了。

思念一座城，一条胡同，一座四合院，一枝西海最壮美的荷花，一盒豌豆黄，一群生活在京城的亲人……都是一种痛，是魂牵梦绕怎样都逃脱不掉的那种痛，时间在把这伤痛拉长，像扯不断的牛皮糖。早先知道什刹海一带的胡同即将被拆除的时候，我差点儿捶胸顿足，去过许多地方，能让人醉到眩晕的状态，只有京城什刹海，那里也是父亲和母亲的最爱。2006年一别，已是十六年，后来数次去北京，都住在前门或者东交民巷，都是嘴上说去看什刹海，然而却再也没有回去过，不知道原先的白米斜街是否恢复了原样，柳荫街的柳树是否还在，那提供老北京小吃民宿的四合院还在吗……

二

皇城根下的什刹海，夏夜京城的夜幕显得格外迷人。天井中泛着星光，人们在温柔的蝈蝈声中进入了梦乡。醒来天已大亮，蝈蝈扯着嗓子吆喝个不停，生怕大家淡忘了它也是个角儿。四周除了屋檐上一群麻雀在忙着聊天以外，还算安静。出了屋门，就瞧见树枝上吊着精致的笼子。民居客栈老板的蝈蝈笼子里一只虎虎生威的蝈蝈正用它有力的翅膀做琴弦，在独自吟唱"吱吱——唧"。"这一定是只雌蝈蝈，身体圆滚滚，嗯，有点儿性感。"客栈老板娘开腔很敞亮："这可不止性感了，母的，还有怀，一肚子崽呢。"余光扫过，怎么不见笼子里雄蝈蝈的影子，分明只有一只，雄蝈蝈被天外来客袭击了吧？竹皮儿编的蝈蝈笼子，物件不大，却很费工夫。房子不论大小，材质如何，都是蝈蝈的宅子。我一脸坏笑打着哈哈："您信不信吧？曾经在一本期刊上看到知名大学学者发表的一篇论文，研究对象就是蛐蛐。"老板娘哈哈大笑地看着我："妹妹，我给你做碗咸汤面。"

咸汤面？听说过，它和豆汁儿、炒麻豆腐一样，纯属老北京大杂院里的贫民食物，难登大雅之堂。北京现在还能自家腌制咸汤的必定有点儿厨艺底子，忒麻烦。咸菜缸里那些咸水，在每年开春后倒到锅里，在炉火上用小火加温熬制。熬制的咸水中要放入没有泡过的干黄豆和包着花椒、大料、桂皮等各种香料的纱包，咸汤沸腾后，要不停地用舀子舀出沫子。这时的咸汤很清澈，散发着浓浓的香味。捞出料包的咸汤凉凉了以后，倒入一个干净的坛子里，封好口。捞出的黄豆单独存放在另一个容器里，也是客栈餐桌上美味的佐餐小菜。

餐厅里只我一位食客，还有一对情侣早已出门去搞情调，不见人影。客栈老板娘头上黑亮黑亮的发髻高高地绾着，她一边用咸汤给我下着碱水面，一边回头跟我叨叨着："熬咸汤一定要用砂锅，味儿正。"当然，样样都是"革命"经历，腌咸菜、做咸汤也是。咸汤面，一种是咸汤、菜码拌面条吃；另一种是咸汤、芝麻酱、菜码拌面条吃。咸汤倒在蓝边大碗里，用刚炸好的花椒油趁热直接倒入咸汤。这神秘的咸汤，颜色呈现出淡淡的酱色。菜码子清爽又简单，一碟黄瓜丝，一碟绿豆芽，一小碗麻酱。老板娘手脚麻利地又拿出一只蓝花碗，把芝麻酱用水稀释，先放入芝麻酱，再倒咸汤，与菜码拌均匀。我在她期盼的眼神里，一口将筷头上的面吸溜下肚，一股幸福的气息飘散开来。

再沏一杯茉莉花茶下肚，茉莉花茶似乎只有在北京品才更对味道。

什刹海的位置特别优越，它的南面就是元明清时期的皇城，记得很多年以前有一部王志文主演的电视剧，其名字用于形容什刹海特别准确——《皇城根儿》。什刹海向西是后海，再向西是积水潭，历经几百年历史文化积淀，人们对其宠爱有加，被历朝历代的文人墨客誉为"西湖春、秦淮夏、洞庭秋"。

这地界单恭亲王府我就进去过三回，北京几十处的王府府邸，数恭王府有名。这座王府在北京之所以名气最大，不仅是因为它的前身是乾隆皇帝的宠臣和珅的宅子，也因为恭亲王特殊的政治地位。和珅的职务除了内阁首席大学士、领班军机大臣之外，还有十根手指都数不过来的一串职务。权势滔天的和珅在嘉庆皇帝初年倒台，不仅人头落地，还被新皇帝抄家。恭王府最有看头的地方是后花园，据说后花园被咸丰皇帝赐给其六弟。六弟把后院扩大，划进民宅之后按照他所喜欢的《红楼梦》中的大观园打造，于是后花园萃锦园里有水景、陡坡缓升长廊、亭台楼阁、花榭，更美了。从恭王府出来，烟袋斜街、四合院的青砖灰瓦……特别是大、小金丝胡同来头不小，这里是明朝内务府专门做织染的地方。

夏日里荷香清润，满眼古风古韵，走过银锭桥，有一家有着一百七十多年历史的北京特色清真老字号"烤肉季"。

这家饭庄的来头说起来也非同寻常，其创建于道光年间。旧时京城专卖烤肉的有三家，分别是"烤肉宛""烤肉季""烤肉王"，如今"烤肉王"早已没了踪影，唯有"南宛北季"。但凡去京城，您不去"烤肉季"撮上一顿的话，听我一句劝，您亏得慌。坐在老楼子里，后海的游船上姑娘弹唱着曲儿，水里微波荡漾，近一人高的荷花得了仙气一般相当壮硕，明艳动人。南方的夏季不缺荷花，只是，压根儿就没见过如此豪放的荷花，南方荷花一般都很秀气。

20世纪60年代，外籍医学专家马海德就住在后海，他曾经邀请国际著名记者安娜·路易斯·斯特朗等友人聚集在这里品尝美味佳肴。在"烤肉季"，人们赏着美景，畅快喝酒，品尝着地道美味的北方羊肉。厨师用大刀片从山羊头上片下来羊头肉，刀工了得，那羊肉像纸一样薄，入口绵香，和火辣辣、热情似火的烤肉风格迥异，清淡、干、香又有咸津津的味儿，白水煮羊头并非真的白水去炖，内有大料、花椒、酒和茴香。早些年间，经常听老父亲念叨京城这些老字号饭庄和"烤肉季"的白水羊头。在北京叫得最响的招牌叫"羊头马"，"羊头马"可不是菜名，是老北京四九城做白水羊头一等一的手艺人。

一眨巴眼的工夫呀，原来那片水已经成为我心上的流云。皇城根下的京城京韵，如此美好深沉、沁人心脾，如此让人牵肠挂肚。那里留下了父亲的身影，也留下了我们的足迹。窗外的风呼呼刮着吓唬人，记忆也分个三六九等，什刹海、"烤肉季"是落在心底的字句，无须格律，自有乾坤。

三

老北京人常说："有名胡同三千六，无名胡同数不清。"北京的胡同数量多，多得像毛细血管一样，要说北京最早的胡同，在元朝李好古的杂剧《沙门岛张生煮海》中，潮州儒生张羽与东海龙王三女琼莲定情后，家仆与龙女的侍女梅香调情："我到哪里寻你？"侍女回答："你去那羊市角头砖塔胡同总店铺门前来寻我。"砖塔胡同便是北京最早见诸文字记载的胡同，如今还保存着，位于北京西四牌楼附近，因胡同东口的一座青砖古塔而得名——这座塔是元代名臣耶律楚材的老师、高僧万松老人的灵骨塔。

市井胡同里出文豪。1923 年，鲁迅先生就住在砖塔胡同，在那里写下《祝福》等传世之作。后来，张恨水也曾经居住在砖塔胡同，并在那里度过他的人生岁月……北京的胡同充满生活气息，胡同的命名很接地气。俗话说，开门七件事，柴米油盐酱醋茶。北京就有了柴棒胡同、米市胡同、油坊胡同、盐店胡同、酱坊胡同、醋章胡同、茶儿胡同，刚好对应了开门七件事。

老北京城水源不多，普通老百姓吃水主要靠水井。水井遍布全城，产生了许多以井命名的胡同。前红井胡同、铜井大院、水井胡同、大甜水井胡同、甘井胡同、金井胡同、东水井胡同、西水井胡同、沙井胡同、龙头井街、琉璃井胡同、三井胡同、七井胡同、湿井胡同、姚家井一二三巷……当人们走进这些胡同时，有没有想起当年水桶在井壁哐当作响的画面？

胡同里住着不一般的大家族，人们便以这家人的姓来命名胡同：蔡家胡同、朱家胡同、潘家胡同、施家胡同、韩家胡同。

胡同里长着不一样的植物，人们便给胡同冠上植物的名字：椿树胡同、菊儿胡同。

胡同里有着衙署机构，人们就以衙署机构来命名胡同：钱粮胡同、兵马司胡同。

胡同附近有寺庙，人们又以寺庙来命名胡同：灵境胡同、净土寺胡同……

老百姓在生活中，经常接触到金、银、铜、铁、锡，于是乎，北京就有了金丝胡同、铜铁厂胡同、铁门胡同、锡拉胡同，安排得明明白白。

北京的胡同多如牛毛，钱粮胡同也算有名号的。虽说没有南锣鼓巷的喧嚣和名气，也没有牛街那么多丰盛的美食，但却是老北京曾经富得流油的胡同，从明清年间起，钱粮胡同就是一钱多粮足的地界。

时代潮流也特别眷顾钱粮胡同，这里密布了各种时新菜馆，除了家常菜馆和烤肉外，巷子里还有日式料理和越南菜馆等引进的时尚美食，于是钱粮胡同又成了吃货们的新宠，也是京城小资青年享受精致生活的根据地之一。

不仅如此，据说胡同里还有一冷清的地界，出现了一家不应该在胡同里出现的酒店。不过我个人还是喜欢什刹海或者前门大栅栏附近的胡同，各种北京名点居多，如豌豆黄和杏仁豆腐，再不济买两个茴香馅儿包子点补点补，挺好。

应该是南京有几位朋友到北京出差，就光临了这片缺吃少喝的地方。打入住酒店的第一天早上就趸摸着煎饼，直到离开京城，硬是没有遇到，于是乎把对京城的执念完全投入在了角楼的日出日落上。据说关注到煎饼馃子还是受到网上帖子的诱导："豆汁儿喝不下，豆腐脑儿给浇上一大勺酱汁咸得难入口，素菜包子终于做小了却在嘴巴里留有固执的蒜味，即便钻胡同也找不着一个煎饼摊子，早餐只能用油饼、油条果腹……"

这话又说回来了，还真犯不上遗憾，煎饼馃子原本就不是北京小吃，打根儿上来说是一逃难的山东人把"煎饼裹着"带到了天津卫，裹着什么呢？裹着"炸秦桧"，也就是油条，如今天津的名小吃之一煎饼馃子除了绿豆面煎饼裹着油条，还有一种是煎饼裹着馃箅，红红绿绿各种辅料您随意配搭，结结实实一套煎饼馃子下肚打包，顶上几个钟头都不带饿的。

来京城出差，也可落脚在西城区的牛街附近，各个店铺门前都欢腾着呢。有一句老话说，北京小吃在宣武，宣武小吃在牛街（宣武后划归西城区）。在这烟火气倍盛的地界，时兴五香牛羊肉夹火烧，自然也蹅摸不到煎饼馃子了。

牛街在 2010 年之前属于宣武区，之后就划到了北京市西城区，牛街街道，北起广安门内大街，南至南横街。以区域中心的牛街为中轴，包括两旁六十条弯弯曲曲的小巷和胡同，聚集着一万多名回族居民，建筑和饮食等都具有独特的伊斯兰风格。牛街是北京最大的回民聚落，回汉两族人民团结、兼容和友善。路边卖冰棍儿的老太太这样吆喝着："冰棍儿，奶油冰棍儿，三分钱一根儿，五分钱一对儿，吃冰棍儿。"

四

来北京不去牛街也是一大遗憾，那位客栈老板的母亲坐在马扎上摇着蒲扇跟我念叨着，她的初恋就是在牛街认识的。我还记得那位奶奶不戴胸罩的胸部，跟在澡堂里见过的双乳下垂至腹的妇女一样，也许那个年代的母亲喂养七八个孩子，乳房早已没有了脂肪。但是，在那个重要的夏天，或者是她记忆中最重要的日子，穿过半个北京城，在牛街，遇到了她的初恋。

老北京人都知道清真小吃起源于牛街，我倒是还知道拥有一百五十年历史的南京老字号"桃源村"也起源于清朝同治年间的北京牛街，后经上海再辗转到南京落脚。其实，北京人未必都去过牛街，就跟北京人未必都去过香山一样。最先发现牛街滋味的是我亲弟红新和他那好吃不长肉的媳妇丹丹。虎年春节聚在一起时，弟弟又惦记着北京牛街，他得意地说："给你们出一个题目，答对有奖，什么是'卷裹'？"啥？家里几位去北京都不止一次，但通通不知道"卷裹"。儿子紧接着递给舅舅一根烟，且听下文。原来，这"卷裹"得山药去皮加上去核的大枣，再用豆皮卷在一起，上锅蒸熟，出锅放凉后做成卷子，切成片儿，上油锅，定个型，捞出控油再撒点蜜糖、青红丝就妥了。

北京城很大，去北京的人很少会专门去牛街，或许来去匆匆，其中也包括我。一次跟贵州人饸饸起来，只因为他点评北京小吃只有炸酱面。我不甘心地反击："去过牛街吗？你只知道前门炸酱面馆。牛街的小吃有面茶、豆面丸子汤、杂碎汤、糖耳朵、焦圈儿、螺丝转儿、碗糕、艾窝窝、豌豆黄、江米凉糕、姜汁排叉等，店铺多，花样也多，光各种牛羊肉熟食都让你眼晕。"

北京的二叔叮嘱我，一定要去吃门钉肉饼，二叔 1970 年就落户北京了，对清真的门钉肉饼极其偏爱。"门钉肉饼的造型是按照紫禁城大门上的门钉做的，薄皮牛肉大馅儿，肉馅儿里带着汁水。"二叔这么一说，我好像吃过，"是不是就是咬开一个小口，放热气的那油煎牛肉酥皮包？"我发誓，我有可能吃过门钉肉饼。

在王府井上班的堂妹对北京吃食很了解。她说，羊肚仁在过去只有京城最有钱的人才能吃到。罢了罢了，这口我还真没尝过，看来我既是外地人也是穷人。北京的老字号店面都不大，就七八张桌子，所有羊肉都是手切，保留北京涮羊肉最传统工艺，羊肉挺讲究，必须来自内蒙古。除牛街之外最为推荐的牛羊肉就是白魁老号的羊肝、牛肚、牛舌等。

牛街的习俗，还爱把这家人的营生标在姓氏之前，比如经营豆腐脑儿的叫豆腐脑儿白家，说到豆腐脑儿白家，您还真不能低估其文化价值，这东西可有年头了。

五

京腔京韵，一见面相互打招呼，嘴边挂着的总是跑不了一句热乎乎的掏心窝子的话："吃了吗您？"

如果没有都一处，外地人去北京不一定知道乾隆皇帝最爱的烧卖是个啥滋味。感觉在北京吃烧卖就是指去都一处，就像提起首都就是指北京一样。

清乾隆三年，在北京的前门外大街开了一家小酒馆，老板是山西人。同治年间，添加烧卖的营生，打有烧卖那天起，这家馆子经历改朝换代，据说连抗日都没断了卖烧卖。这家馆子声名鹊起，是因为老板经营不善，伙计们拿不到薪水要报复老板，使劲儿在烧卖里放料，没想到反而赢得了食客们的青睐，歪打正着。过去的事咱们不知道，反正现在，都一处的烧卖，每一个环节都是标准化了的，一张皮儿，中间的厚度只有一毫米，边缘部分比头发丝儿粗些，仅仅半毫米厚，拿起来透亮，看得清字，整张烧卖皮直径约十一厘米。这张皮裹了馅后最少要捏二十四个褶子，据说是代表二十四个节气。除了大小，分量也是有标准的。都一处的烧卖，每四只烧卖用馅一两二钱，用面皮一两三钱，每一只都可丁可卯，一点儿不含糊。

总之，在北京，比起吃包子，吃一顿烧卖，更显端着的那个派头，烧卖也叫作"烧麦"，或许跟我们文字作者一样，有个笔名顿感浓厚的文化气息，扑面而来跟朵花儿一般的烧卖，也需要些人文气质才能绽放光芒。清代小说里，能看见烧卖字样："席上上了两盘点心，一盘猪肉心的烧卖，一盘鸭油白糖蒸的饺子。"乾隆皇帝还写过诗："烧卖馄饨列满盘，新添挂粉好汤圆。"所以，至少在明清的时候，北京人就吃上烧卖了。

都一处烧卖，我是一直惦记着呢。2014年从内蒙古—哈尔滨—北京绕了一圈，特意入住在前门大栅栏处的酒店，赶上中午饭点儿直奔都一处烧卖，哟！桌桌坐满了食客，桌桌摆着一笼皮薄馅大的烧卖。最贵的是一百二十八块钱一屉，是蟹黄的，最价廉的五十二块一屉。一屉里有八只烧卖，不管是羊肉大葱烧卖，还是三鲜烧卖、素烧卖……通通一屉起售。这下傻了，我跟营业员挤笑脸，意图只买半屉，"不不，不拆零"。我拎着花裙子的裙角，灰溜溜地歪着肥臀，爬上二楼，点了一份乾隆白菜，一份炸三角，没有点烧卖。菜上来，乾隆白菜就是小白菜叶，吃上一口倒是不觉得遗憾了，麻酱、糖、醋，入口恰恰好，层次分明。用餐时，再将那肥肥嫩嫩的兰花指跷起来。

六

北京还有一个特神奇的茶，叫杏仁茶，但是杏仁茶里不见茶叶，1990年5月去北京喝过。还有杏仁豆腐，嘴里吸溜呢，如膏如雪的顺溜，不用细品味道，刺溜一下就出溜到胃里去了。

北京杏仁茶是现磨的杏仁加糯米，现熬制的烫嘴茶汤。北京杏子比南京多，六七月间，北京的杏树结满了果，露怯的红色、淡雅的绿色、比柠檬黄重一点的黄色。只是杏肉、杏仁老人们说不能多吃，少吃健胃消食，止咳化痰，多了，寒凉。北京的春天偶尔刮起大风，在北京的春天里你戴平光眼镜或者墨镜，绝对不是为了装作有学问，如果你不戴，那才傻呢。常常一阵大风刮得人找不到北，我当年就穿着一件紫罗兰色真丝衬衫，被大风刮得赶紧进了一家眼镜店。生平第一次买墨镜，就是那样来的，听说还是内蒙古刮过来的风，略带一丝寒凉。

杏仁和糯米都是事先浸泡过的，磨碎出来，洁白的浆水带着扑鼻的新鲜甘洌香，过滤好残渣，下锅去熬，杏香四溢。

杏仁豆腐似乎比杏仁茶多点艺术气息，白开水与蜂蜜混合、稀释、凉透做底，白嫩如羊奶豆腐一样的杏味十足的小块漂浮在碗中，南京人的豆腐是做菜的，此豆腐非彼豆腐，"豆腐"披着一身北京人最爱的蜜饯碎粒，看起来十分有食欲。只是杏仁豆腐和杏仁茶不同，杏仁豆腐不用糯米，而是用冬粉。也许杏仁茶和杏仁豆腐只有四五月间才有，后来再去北京的时候，就都是暑假了，也再没有遇见过杏仁茶和杏仁豆腐。

1990年，南京还没有见陕西酿皮的时候，我吃过二婶做的酿皮，那个时候的北京已经有酿皮了。但是在北京的大街上，你要想吃到小吃，难度系数不是一般的大。比方说西单，除了大商场还是大商场，溜达饿了，想点补点补，转个圈下来，只见到一家躲在隐蔽角落的旋转寿司店，还有一家老字号副食商场的甜食，想吃个馄饨都找不到店铺。

我这生活在南方的北方人，极爱老北京的烟火气，比如东交民巷附近的驴肉火烧特别好吃，再比如酱肉夹火烧，我是在大栅栏鲜见游客的胡同里找到的。对于资深吃货来说，捧着酱肉火烧边大快朵颐，边和熟食店老板聊着天特别幸福。

终于整明白了老北京清末民初时期代表饭馆规模的堂、楼、居，堂最大，有戏台，可容纳六百多人同时就餐，服务对象非富则贵；楼比堂小，可以堂食，还有外卖，楼内大厨厨艺精湛，大菜精致，是各界知名人士的据点；居比楼小，办不了宴席，主要堂食，面向百姓。

在北京的时候，爱钻胡同品小吃还有一个原因，总是觉得包包里面的钞票差点儿意思，前门"全聚德"是后来的事，暂且不说，2016年，从后海打车去和平门"北京烤鸭"分店吃一次烤鸭，是南京的四倍，当然，北京的烤鸭店讲究文化氛围。您想啊！炉膛内果木的火苗摇曳着烤鸭熟悉的味道，就连鸭肉都被片成了丁香叶。在北京打车最怕堵在路上，我搭上了的士，堵车和红灯期等候的时间很长，当然，在出租车上时间就是金钱，我终于理解了，打车吃烤鸭必须支付附加值。北京出租车司机同情地调侃道："再堵几次车，您得少吃半只烤鸭。"

京城味道，有亲友，味儿更浓。时光流逝会带走一些美好的东西，包括油炸鬼、枣豆腐，也包括羊霜肠和塔糕……在北京，这些美食消失了，被岁月这只巨大的漏勺漏掉了。北京的年轻人时髦创新，我的堂妹大敏，俨然学会拿几只海螺去炖排骨。怀念北京，古老又全新的千年帝都，除却那些冠冕堂皇的借口，我知道除了思念，还有垂涎。

（发表于《上海散文》）

故宫风物

　　故宫是北京的一个地标，可以是一个深入百年历史的点，可以是一个包罗万象的面，也可以看作一棵被厚重宫墙保护的古老苍劲的大树，向着未来努力延伸着。故宫文化博大精深，竹香馆、倦勤斋，系绊着宫廷和江南；雨花阁、梵华楼，净化着来自各方游客的心灵；青花瓷，面朝景德镇，那深色的钴蓝，散发着东方的神秘气息。

五线菩提

　　佛学经典中，有一句话被世人熟知："一花一世界，一叶一菩提"。这说的大概是：从一朵花里就可以悟出整个世界，用一片叶子就能代表整棵菩提。菩提与佛教自古以来有着深厚的渊源。传说古印度北部迦毗罗卫国太子乔达摩·悉达多放弃王位，出家修行，他端坐在伽耶山一棵树下发誓："我今若不证，无上大菩提，宁可碎此身，终不起此座！"这就是佛祖释迦牟尼的传说，陪伴佛祖的大树便是菩提树，菩提树被视为佛教的护法神。菩提子生得异常坚硬，人们便拿来做念珠。

　　北京古菩提树之最"九莲菩提树"，是明朝万历皇帝的生母、被尊称为"九莲菩萨"的李太后亲手种植。有五百年历史的古菩提树，见证了朝代更替，世事变迁。九莲菩提树生长于故宫西北角的英华殿，树旁立有清代乾隆皇帝题写的《御制英华殿菩提树诗》石碑。

李太后虽然是万历皇帝的生母，也贵为慈圣皇太后，但由于出身贫贱，仍处处遭到歧视与限制。李太后心有不甘，便心生一计。万历年间，她假借宗教的名义，打造出"九莲菩萨"转世的光环，以巩固自己的地位，计谋得以成功。李太后在宫中好佛事，亲手栽种菩提树，这就是现存于故宫里的"九莲菩提树"。树木通人性，你深爱着它，它势必护卫着你，这棵菩提树像是佛法保佑似的，一年又一年过去，根深蒂固，叶茂遮阳，主干弯曲向上，水平延展出九条长长的枝干，很像九条大龙，令人惊叹不已。

青金石

故宫有多大？故宫里有 1200 座建筑，9371 间古建；从神武门西边向西，沿故宫红墙逆时针行走一圈大约 4000 米；故宫里有多少文物？2016 年底的数据是 1862690 件（套）。

故宫里常见青金石，有做朝珠的，也有做摆件的山子。有的山子质量并不太好，见白有点儿多，贵在山子体量大，所以故宫里的青金石山子再不受待见，也标价 30 万元左右。

自明清以来，青金石因其色相如天，备受皇帝器重；根据典制规定，皇帝在天坛祭天时要佩戴青金石朝珠。

文献记载："皇帝朝珠用东珠一百有八……大典礼御之，惟祀天以青金石为饰。"

皇帝在不同的场合佩戴不同质地的朝珠，祭地时佩戴琥珀或蜜蜡朝珠，祭日时佩戴红珊瑚朝珠，祭月时佩戴绿松石朝珠，祭天时佩戴青金石朝珠，并着青色衮服，戴熏貂皮冠。

近代地质学家章鸿钊所著的《石雅》里曾给予青金石很高的评价，

称赞其"青金色相如天，或复金屑散乱，光辉灿烂，若众星丽于天也"。

在世界各地的宗教与民俗中，青金石的寓意各不相同。

西方流传佩戴青金石可以驱逐恶魔。在佛教中称为吠努离或璧琉璃，是佛教七宝之一，青金石的蓝色在藏传佛教中还象征药师佛的身色。

故宫龙

走进故宫，最令人惊喜的莫过于一下子置身于真龙天子的世界。紫禁城是明清两朝的皇宫，在这里，无论是殿堂、桥梁、建筑、皇帝服饰等，均以龙作为纹饰。

故宫九龙壁前留影的人很多，人们对龙的宠爱一如既往。皇极殿门前还有七彩琉璃九龙壁，色彩蓝、绿、黄艳丽热烈。壁上的九条龙活灵活现，在舞动的姿势里带有淡淡的娇憨，也许龙的舞蹈才是真正的大美，只是普通人不能见到罢了。

太和殿是所有进入故宫的游人必须去的地方。太和殿大殿内的木柱被称为金柱，高 12.7 米，直径 1.06 米，柱上金龙盘绕，气势恢宏，令人震撼。你细看由许多方格组成的天花板上，每个方格内都有"二龙戏珠"彩绘，仅这一项就绘制了几千条龙，细看龙身，爪子都为五爪，龙的体型颇为机灵瘦削，龙鳞纹刻极深，龙的眼睛有点凸起，不怒而威，呈现出震慑臣民的效果。只是这龙的嘴巴张开好大，似乎应验了凡人絮叨嘴大吃四方似的，没准这些龙也好口美味的嚼头。据行家介绍，仅太和殿内外的龙纹、龙雕等各种形式的龙就有 13000 多条。

在故宫众多殿阁中，屋顶的脊饰多以跑龙为造型，最为独特的跑龙在故宫西北部，建于清乾隆年间，是供奉密宗佛像的宫殿式楼阁雨花阁。抬眼望去，雨花阁屋顶是由铜铸件构成的四条匍匐前进的铜镏金跑龙。

行龙弓起身子，龙尾快乐地向着天空撒欢儿，微笑着的行龙一定遇到了喜庆之事，异常欢愉，它们似乎奔跑在自己的园林中。这四条龙长有 3 米，阳光下，鳞光闪烁，金色奢华。万幸的是，雨花阁的重器都是庞然大物，包括屋顶重达 720 斤左右的镏金铜龙，1900 年，紫禁城遭遇八国联军抢劫，幸免于难。

皇帝的同事

"故宫是世界上最大规模的古代宫殿建筑群，是世界上收藏中国文化藏品最多的宝库，是全世界参观人数最多的博物馆。"

记得"影响中国"2018 年度人物荣誉盛典上的一幕，94 岁的黄永玉上台给单霁翔颁奖，时任故宫博物院院长的单霁翔荣获"年度文化人物"称号。

这位前国家文物管理局局长的管理手段相当了得，单说禁烟，2013 年 5 月 18 日，国际博物馆日当天单院长郑重宣布：故宫禁烟。当时人人质疑，无烟故宫纯属"单相思"。且不说观众，博物院工作人员里面就有多位烟民，回办公室抽两口，谁还能发现？

"可不敢抽！"一位故宫老烟民连连摆手，细数院长"罪状"："一个人吸烟，全部门扣奖金。"

禁烟的第一天，故宫人截下了 8000 多个打火机。单霁翔曾在故宫里捡到过 1000 多个烟头。"我走到哪儿捡到哪儿。他们就会用手机悄悄告密，院长向东去了，你们快去，先把烟头捡起来。"有一次公开亮相，单霁翔脸上结着明显的痂。很多人偷偷打听情况，工作人员悄悄说："院长看到台阶上有垃圾，直接过去拾，一个没站稳，把脸跌破了。"

"这跤多狠啊，我们院长脸上的痦子都给蹭掉了。"纪录片《我在故宫修文物》里也有一段：一位文物修复师犯烟瘾，一边抱怨着"也不让我抽根烟"，一边认命地骑车，越过重重宫墙，到宫外吸两口。

故宫貔貅

我是南京人，对貔貅并不陌生，南京中山门外有一个标志性的雕塑，它既是南京市的标志，也是南京市的市徽，这就是貔貅。貔貅又名天禄、辟邪，相传是一种凶猛瑞兽，以财为食，纳食四方之财。

北京各个景点都有各种各样的貔貅饰品，各种玉石翡翠雕刻的貔貅居多。电视塔下面的玉石专柜里面见过一只紫罗兰翡翠貔貅，可惜一看就不是手工雕刻，完全是呆头呆脑的机工，可惜那材料了，蒙蒙人还是可以的。故宫里并没有见到比较大的貔貅雕像，只有一些个头较小的饰物。祥瑞动物文化中招财纳福的五瑞兽，其中便有貔貅。

故宫蝙蝠

1000 多年前，曹植写出了《蝙蝠赋》："吁何奸气，生兹蝙蝠。形殊性诡，每变常式。行不由足，飞不假翼。明伏暗动，尽似鼠形，谓鸟不似。二足为毛，飞而含齿。巢不哺鷇，空不乳子。不容毛群，斥逐羽族。下不蹈陆，上不冯木。"

蝙蝠的"蝠"与"福"同音，"蝠"字与幸福、福气的"福"一起传承在了古建筑和珠木牙雕、瓷器等传统文化艺术上，每一个经典图纹，每一个圆雕、阴雕、浮雕等传统工艺技法，一只只蝙蝠用前人的爱和情，深深扎根于紫禁城内。故宫西六宫之一的太极殿，恐怕是紫禁城内"福气"较多的殿。一进门，迎面撞见太极殿木影壁上的 54 只蝙蝠，蝙蝠飞临有着"进福"的寓意，蝙蝠纹样写实又夸张，像剪影，这些蝙蝠单纯洗练，粗放古朴，不视细节修饰，也看不出个性表达。这块红色影壁聚满了"福气"，它的正反两面全部是蝙蝠。

大殿里每个门板的四角和中心都雕刻有一只栩栩如生的蝙蝠图案，每只蝙蝠嘴里还咬着如佛手、桃子、石榴和铜钱，这些物件和蝙蝠组合在一起便有了不一样的寓意，比如"桃"指寿，寓意"福寿"；"佛手"的"佛"本就与福谐音，自不必说；"钱"同前，意思就是"福在眼前"；石榴多子，它和蝙蝠在一起就是"多子多福"。寝殿内的蝙蝠更是无处不在，大殿室内屋顶有蓝色石膏堆塑的"五福捧寿"天花板，中间图案是5只蝙蝠环绕着"寿"。传统纹饰中将蝙蝠与"寿"字组合，曰"五福捧寿"，指长寿、富贵、康宁、好德、善终。

炕头的宫灯上有蝙蝠造型的玉质挂穗，宫灯的四角挂着玉穗，上面穿有3块玉蝙蝠。玉身上似乎雕刻有如意和灵芝图案，名曰"平安如意"，又似乎还有福寿如意纹、万寿福禄纹，与鹿巧妙地结合在了一起。

感叹中国古人的优雅知性、极富文化内涵，还有不温不火、不急不躁面对生活和生命的态度。在太极殿内，蝙蝠的造型充斥着每一个角落，这些图案经过古人的创作，演化成既美观又具吉祥寓意的艺术形象。这里屋内炕桌的桌罩上绣着蝙蝠，几案、大镜屏上也雕着蝙蝠，再看镜子底座，依然是一只只活灵活现的蝙蝠，柜门上是灵巧可爱的蝙蝠造型的铜质小把手。蝙蝠不会虚构故事，它们用自己的努力成为这个世界上唯一飞翔在天空的哺乳动物，能够实现起飞的梦想，蝙蝠一定非常幸运和幸福。从灵魂深处到身体的打开，蝙蝠行走于空中，它们的身体可以是白色的，也可以是黑色和褐色的，飞翔的那一刻，打开双翅，很像飞机的机翼，只是这机翼薄如一张宣纸，在阳光照耀下，有点儿透明，有点儿令人窒息。

故宫的夏秋之际，蝙蝠特别多，一群群蝙蝠从空中飞过，当时我的脑袋里就冒出一个愚蠢的问题：嗨，骄傲自大的家伙，低头看看我，你们飞得出宫墙吗？那天，有一只翅膀上带着两点红的蝙蝠犹豫不定，回头用黑溜溜的圆眼睛瞥了我一下，我感慨这一面之交，这些横跨东西方传统文化、神秘精灵的小家伙们。西方人把蝙蝠妖魔化为吸血鬼，这些快乐飞翔的蝙蝠丝毫不知它们造就出西方的吸血鬼文化。在东方，它们再次成为主角，在春天的故宫落日余晖下，在春风中跳动出灿烂的音符，勾勒出故宫完美的墨线和剪影。

故宫猫

　　京城里的猫自然从市中心至六环都有。生活在紫禁城里的，叫作御猫，又称作宫猫。在御花园、乾隆花园、慈宁宫等地都可以看到懒散着身腰，安逸歇息于琉璃瓦屋脊的宫猫。

　　猫有九条命之说源自佛经，佛经《上语录》说，猫有九命，系通、灵、静、正、觉、光、精、气、神。所以，猫天生有别于许多动物，十二生肖里没有猫，但不妨碍猫进入人类的家庭生活，成为最可人疼的宠物。猫既古灵精怪又异常黏人，既乖巧又不失野性，从古至今，多受人们的宠爱。大诗人陆游就沦为猫奴，还讨心头之好般为猫写了不少诗，那首《十一月四日风雨大作》实际上共有两组诗，第一首是这样的："风卷江湖雨暗村，四山声作海涛翻。溪柴火软蛮毡暖，我与狸奴不出门。"外面天色昏暗风雨大作，陆游却缩在屋子里烤火撸猫，何等悠闲自在啊！但要说爱猫，视作金钱不如猫，当数嘉靖皇帝，地地道道的顶级猫奴。史料记载，他养的那只叫"霜眉"的宫猫死后，嘉靖皇帝"痛惜，为制金棺，葬之万寿山之麓；又命在值诸老为文，荐度超升"。这样的待遇一般妃子都没有，可见猫的魅力完全不分古今。

故宫里的猫毛色都好，不愁吃喝，于是就没有饱的时候，见到过一只拉着臭臭都在摆臭脸的猫，端着架子一副高冷表情在左一脚右一脚地刨土，忙着给自己的屎盖上一层沙砾，别说，宫猫就是讲究。故宫里有一只大脸猫，已经快肥成一头猪了，人们给它起外号叫"大猪"。"大猪"后来瘦了一点儿，又被改了绰号叫"胖胖"，身子重到无法自己翻身，浑圆滚胖的肚皮在行走时左右晃悠着，像挂了一排肉蛋羹似的油腻。

故宫的猫，每天准时开饭，到了饭点儿，它们迈着标准的模特步，从四面八方奔向自己的小不锈钢饭盆，一只黄猫吃饱了就地打个滚。故宫里面有一只被人们宠爱的猫，叫"帕帕"，它似乎很享受自己的生活状态，就是干饭，潇洒不潇洒、拘束不拘束排第二，吃饱饭为最大。无心搭理任何人的眼光，只知道干饭。

"大灰儿，来，孙子哎！"喂猫的师傅吆喝着，只见墙上一个圆洞缓慢挤出来一只屁股肥大的黑猫。黑猫性格黏人、机敏、忠心，在古代叫玄猫。老一辈的人都说，黑猫能够辟邪镇宅，而且黑猫是非常有灵性的。黑猫虽然外表看起来很让人恐惧，但是它们内心很温柔，对主人很忠心，而且比一般的猫聪明，学起东西来很快。

历史上喵星人特别是黑猫遭遇最悲催的时刻，是在中世纪末期，那时欧洲教会遇到了各种危机，猎杀女巫就成了最好的"转移矛盾"的方式——所有的锅都是女巫背，顺道拉上黑猫做个垫背。只要是女巫的猫，都要被杀死，不管是不是黑猫。

猫是一种头圆、颜面部短，前肢五趾、后肢四趾的小动物。猫的脚趾底部有较厚的脂肪肉垫，又叫猫垫子，行走时不会发出一点儿动静。猫行动起来动作敏捷，在行进中，左脚踩得中线偏右一点点，右脚踩得中线偏左一点点，无形中产生一种韵律美，于是，人和猫之间达成共识，猫步成为时装模特表演时的程式化步子，专业名词是"台步"。

　　大多数的猫攀爬上树、攀爬高墙如履平地。有民间故事，浑身斑驳花纹、性格高冷、野性十足、吊眼梢子的狸花猫差点成为教老虎上树的老师，幸亏有灵性的狸花猫最终醒悟过来，没有让教会徒弟饿死师傅的悲剧诞生。但是，它们骨子里就有忠诚的基因，而且很有灵性，懂得报恩，一旦认主，就会一生忠诚于主人。如果你给它喂食，它会记得你，并且每天会定时来找你！

　　故宫宁寿宫里面的宫猫七喜，小鼻子右侧长着一颗媒婆痣，它和斗鸡眼、小老虎都为狸花猫。大黄是黄色的猫，走道不仔细看，有点儿顺拐的感觉，也许端着模特步走蒙圈了。有点挑食、爱吃鱼的警长是暹罗猫，又叫挖煤猫，非常有灵性。它们很喜欢跟游客玩耍，很黏人，也很忠诚，所以它们有"小狗猫"的外号。暹罗猫稍加训练，能够学会像狗狗一样的技能（握手、捡球），训练暹罗猫的时候，主人最好用些零食做辅助，猫咪会更愿意配合你的。

故宫乌鸦

　　"乌见异则噪，故唾其凶也。"故宫乌鸦，又称御鸦，领头当老大的都是大嘴乌鸦。

　　乌鸦的智力很高，"乌鸦反哺"这个众人皆知的成语典故，说明了乌鸦还是鸟类中懂得孝敬父母的慈孝鸟。《本草纲目》中说："此鸟初生，母哺六十日，长则反哺六十日，可谓慈孝矣。"

　　20世纪六七十年代的北京城汽车少，城市安静，除了电报大楼的钟声外，听到最多的就是大嘴乌鸦的叫声。它们身躯壮硕，集群活动，在寻觅食物和防御天敌时还善于团队合作协同配合，甚至对很多大型猛禽也敢骚扰和戏弄，满身乌黑更显"狠人"气质。紫禁城有千百只乌鸦，难听的噪音充斥在空气里，它们日出时一拨拨飞走，日落的时候再像黑夜铺开一般飞回。

喜欢乌鸦的人并不多，它的形象不雅，歌声不美，看上去乌漆麻黑。它不如喜鹊漂亮，没有麻雀灵巧，更没有燕子的喜庆，也不如杜鹃乖巧，更没有黄莺优美的歌喉，它叫起来沙哑、刺耳，没完没了。

中国古代的巫书中，乌鸦常常代表着死亡、恐惧和厄运，甚至连它的叫声也被当成是不祥之兆。

其实，早在商朝，就有"乌鸦报喜，始有周兴"的传说；汉代董仲舒在《春秋繁露·同类相动》中引《尚书传》："周将兴时，有大赤乌衔谷之神而集王屋之上，武王喜，诸大夫皆喜。"这里所说的"大赤鸟"指的就是乌鸦。唐代诗人张籍的《乌夜啼引》曰："秦乌啼哑哑，夜啼长安吏人家。吏人得罪因在狱，倾家卖产将自赎。少妇起听夜啼乌，知是官家有赦书。下床心喜不重寐，未明上堂贺舅姑。少妇语啼乌，汝啼慎勿虚。借汝庭树作高巢，年年不令伤尔雏。"

可见，乌鸦报喜在古代已经很普遍。而东北的世居先民不仅把乌鸦当作报喜鸟，更把它当作保护神。那里流传着一个"乌鸦救主"的故事：当年，努尔哈赤与明军交战吃了败仗，由小路绕进了一片黧黑的大树林。明军追来时，努尔哈赤的心提到了嗓子眼儿。当明军的探马正要进树林查看时，树林中突然"扑棱棱"地飞起了一大群乌鸦。明军将领一看则说："乌鸦栖于树上，林中一定无人！"明军遂撤离。

20多年后，清世祖为纪念太祖努尔哈赤这次林中脱险，令人找到了"黑树林"，并于顺治八年（1651年）在这片"吉地"修建了一座宏伟的寺庙，亲赐匾额"瑞昌寺"。为了纪念乌鸦的救命之恩，寺庙在重大节日或庙会时，除了杀牲祭神，尤其要用切碎的猪下水拌上碎米，以饲"神鸦"。

所以乌鸦一直是清朝皇帝的宠儿，被视为"神"的乌鸦，当然成为故宫的守护神之一。

学者刘毛毛在《紫禁城里的"老郭"》一文里，写到过紫禁城里的乌鸦："某天，天气阴沉，工间休息时，小毛和我都发现楼前大片空地上空盘旋着很多乌鸦，大概有一百多只吧。它们飞得很低，伴随着呱呱呱的哀鸣声，很是凄凉。我们心生疑虑，赶紧去看个究竟，走上前去，我们疑窦顿开，原来是一只很大的乌鸦死去了，它静静地躺在空地的中间，难怪这么多乌鸦在这里聚集，原来它们是在祭奠死去的伙伴。我们没有马上离开，体验着它们失去伙伴的悲哀。"

细看乌鸦，别具姿色，它身上的羽毛色彩有黑色、蓝色、绿色和掺杂咖色的红棕，还有一丝丝淡淡的灰。一群凌空低飞的乌鸦亲吻着故宫的雕梁画栋，它们享受着宁静，抖落心中的尘埃，把湛蓝天空下的一地碎金衔在口中，追寻着无限光明。

春天的故宫，霓裳片片，当你立于红墙黄瓦之下，调皮的花瓣落在大地上，也落在了我们的肩头，从玉兰花凝脂般地绽放，到一袭白衣霸占紫禁城春色的杏花，不知几百年前后宫的佳丽们是否会在朱墙深宫的杏花微雨中，呼吸着甘甜的香气，抚琴到天明。琴弦弹拨揉捻出去，柔声缠绵悱恻作响，梨花飘雪了。

夜已深，京城星光璀璨，梦中的我又跨入宫苑的门槛，走在古老的石阶上，脚下是厚重且赤红的金砖，4月的故宫，矜持的海棠绽放了，那是伊人最爱的粉紫，那是苏轼爱到痴狂的点点胭脂。在春风拂面中，御花园有着四百年以上历史的每一株古树都有属于自己的"身份号码牌"。故宫里随处可见历经几百年风霜的文物，太和殿前的铜龟、太和门前的披满斑驳铜锈的铜狮，它们和仙鹤、大象一起寄生于鼎和香炉等器物之上，这些和岁月同在的雕塑象征着江山永固、国泰民安、风调雨顺，许多瑞兽早已化身为饱经沧桑的神兽，静静守护着故宫的每一个角落。

（发表于《文絮》2022 年第 4 期）

城市牧歌

人们常感慨，永远不知道明天会发生什么，这话怎么有点儿像预言，在我们的生命里应验了。爱是一种精神素质，而挫折就是这种素质的试金石。回首经年，人们会遇到各种爱，而我，也曾被异性追到七荤八素，至于什么是深爱刻骨，却一直不得而知。我惶恐、我无奈，梅花三弄，一响都不响，自嘲命里缺少朵馨香、启蒙爱情的锦瑟蜡梅。

爱情这玩意儿，人人都期待，但又不是人人都能拥有。爱情到底是什么？可不可以看作一副皮囊之下包裹住的灵魂？灵魂是主谋，指挥中心似的，规制皮囊中各个零部件各司其职，眼睛里漾出秋波，两片嘴唇不论厚薄、红润否，都必须承担起亲吻的责任，舌的待遇其次，舌吻早已被演艺界人打上了"流氓"烙印，不可越位在先！至于人体皮囊的中半段和下半段上的武器，更是彻底被灵魂抓起来或者放下去，由不得你说不。

2019 年 9 月入行，面对你这个我唯一可以倾诉的前辈，我问你，被人再三挂在口上的哈贝马斯是谁？有人说是哲学家，有人说是法学家，反正，是个什么家就对了。我想起一次咨询。那次你是突然冒出来，在微信朋友圈里面做了一个类似小课的短视频。至于小课是如何诞生的，一定是我咨询惹的祸。你的短视频教程很短，只是极快地冒出几个外国人的名字，什么马尔克斯等，一串耀眼夺目又新鲜无比的名字。我尴尬了，这不是难为菜鸟吗，这么多名家作品何时研读完？跟散文有直接关系吗？我想这大概就是目前本科生最狭隘的思维误区，即我们上的科目对未来的职业需求有何帮助。我沉默了一会儿，看着短视频里面的教导主任消失了身影，当然他是不会消失的，他跟个监工似的，躲在微信里监视……

时间到了2021年，瞄一眼获奖信息，我发现你的作品署名："×波"。大事不好，有人冒用你的作品，还获了奖。再后来，某一天，正式公布出来了获奖名单，那作品高高挂着，一阵眼晕，名单上，作品作者冒出来两个名字，只不过带了一个括号："你（×波）"，顿觉尴尬。

为了挽回颜面，摆摆走过的路比较多的老资格，跟你聊起来难忘的1976。那年我们的心情像坐过山车般大起大落，那年唐山大地震，一座城轻而易举被摧毁，在以后一段日子里，大院里家家户户夜晚睡在户外，这当然和如今户外活动大不一样，那是抗震的，为了保命。院子内草坪上各家各户支着花花绿绿的塑料帐篷，挤归挤，不过算一居室，后来首长来检查，下令把草坪上乱七八糟的帐篷统统拆掉。战士们上了阵，只几个小时工夫，高大宽敞、长如大通道一般的抗震棚就搭建好了，顶上还铺着防雨的油毛毡，大人孩子们跟过集体户一样，晚上拉开一长溜住在一起，摇着扇子侃大山，各种方言都有，一圈听下来，略带卷舌音的山东人占了多数。1976年，发生了很多事情……

老话叫说什么来什么，我经常一副老资格地念叨着大事忒多的1976，原来，这不同寻常的1976还冒出来一未来的诗人、作家，瞧人家这名字起的，"×波"，估计不是期盼去看海就是看着海长大的。对于诗人的认识，我是惭愧的，只记得八十年代《青春》《雨花》杂志上那些诗歌是南京"潘冬子"会两首诗歌好用来显示文艺青年的范儿，忽悠"潘西"。记忆里早些年的知名诗人，不是海子就是顾城，这和生活中的人们一样，悲伤总是深深铭刻在心，而甜蜜太多，容易淡忘了吧。

我想我是固执的，好奇教导主任的作品，掩饰不住好奇打开一本，只一秒，《巴拿马内裤》这个标题瞬间就抓住了我的眼神，原本以为是写一条来自巴拿马运河的内裤，出乎意料，巴拿马内裤直接跟班花、校花费雁鸣之死有关，难以忘情的青涩少年路西再也不会去写大字报了。人性是恶还是善，或者只是爱极而不得之麻花心结，在《跑步指南》的文末，路西在校园空荡荡的跑道上，偶尔会想起他们班最有远大梦想的钱源的身影，还有，就是跑道尽头费雁鸣那双漂亮的眼睛。经年以后，那双乌亮少女的眼睛，早已成为路西内心深处恍如梦境里白杨树身上的伤疤，他以笔墨为生，作诗作画。

　　拜读过你的小说集《少年游》，察觉到你似乎在高校工作过，顿感一丝亲近。忍不住跟你抱怨也不是完全没有道理，自己的运气怎么会和化工相连？人们说，化工是红色的，因为总是有爆炸火灾；有人说，化工是黄色的，因为总是污染河流；有人说，化工是灰色的，因为总是有高高的烟囱，灰色浓重的烟。"玻璃纤维耐高温"，是的，这句嗲兮兮的台词是七十年代一部新闻纪录电影中的，放映露天电影的大草坪上有无数个孩子，似乎只有我对这句台词的配音腔调乐不可支。我在以后的岁月里又模仿过无数次，直到从海军退役被分配到了化工学院，我傻了，南京，还有化工学院？

　　我会跟你絮叨真实的心境，白天的我们在人前都是容光焕发，我们讨论着国内外最新的疫情防控动态，也议论着某某高校的负面新闻。白天的我们讨好着自己，也讨好着厨师、驾驶员，那些为你服务的人。

　　一天合计二十四个钟头里，不管我在天涯海角信步慢走，还是在川藏南线高速飞奔，除去白天的各种忙活，剩余时间不是待在厕所，就是奉献给了夜晚的被窝。夏季被窝又轻又薄，舒服得很像棉花包裹起来的房子。至于在被窝里干什么，两说，也许咒骂几句魔鬼胡安娜后再梦游仙境，也许迷迷糊糊写出一篇关于人性、关于爱情的故事。

南京老城南，南至上浮桥，原名草鞋街，这好玩儿。新桥到殷高巷的路中间，有一只巨大的深红色的玫瑰花花篮，远看犹如夜幕坠落的火炬。等后面，再有人问起，总算可以絮叨出老门西是什么样子了。老店鹏缘面馆已经在殷高巷开店快三十年了，下午2点半就停止营业。老板娘在切两盆猪大肠，炸好的肉圆有二十斤肉。这家开了三十年面馆的老板的师傅就住在巷子里，地道的老门西人。

老板的师傅不在，嫌太累不干了，现在接手的老板，她已经干了九年，做餐饮辛苦，她每天早上3点半到店铺，开始做准备了，早上6点开张，要做到下午2点半。下午至晚上，除了打扫卫生，重头戏是做第二天食材的准备工作，店铺里白煮的两盆猪大肠，有十斤，二十斤猪油炸丸子已经做好，雪里蕻已切好，老板说会做成甜口的雪里蕻，放一点儿糖。炸好的五花肉四盆，猪皮上炸出好多泡泡，店铺做面和配菜全部用猪油，门西人叫"大油"。

为了写门西，我去了六次，离开的时候有些悲凉。一位白发苍苍的老人在城墙下吹萨克斯风——《有没有人告诉你》。凤凰台下的我被有些凄然的曲和曲中人感动得一塌糊涂，生命中有些爱，确实是无法得到的，只能放在心里默默守护。这位老者是在怀念，还是在哭泣？不知道为什么，他的表情挺伤感。不好打扰老人，静静地在一旁听着他反复吹奏这一支曲子，然后，在蝉鸣声变弱的时候，我默默地离开，这曲子跟《十八相送》一样，在我的耳边回荡，直到我穿过城墙上通向外秦淮河的门洞。

一天夜晚，朋友圈里看见你去苏州采风，新出炉的诗歌风格有所变化。突然和你感慨，成功的人，总是会掉入这样或者那样的陷阱，陷进去越深，挣扎得越激烈，才越能成功。我祈祷伊有更大的成功，文人堆儿里的厚道人、仗义人，也是爱护文学菜鸟的人。我看着一张摄影图片说道，一棵菠菜和蒲草垫子联姻了，它孤独吗？不，菠菜用独处换来了此生爱的艺术。

前年年底老天爷不待见你的时候，你的作家朋友走了一位。我第一次看见你非常痛苦的样子，抛开矜持在朋友圈哭泣，我不知道该如何安慰你。有作协朋友说这位黄作家患有几种病症，外加写作太过拼命，伤神，也难愈。

不管是什么文体创作，我想我是跟你一样担忧人类的，无奈太过聪明的地球人有点随心所欲。热爱生命，热爱自然，需要真诚，现代人类最喜欢说一套做一套，肆无忌惮地破坏自然，每年随意丢弃的垃圾塑料无法统计，在国内，遗弃在珠峰的塑料垃圾早已成灾，珠峰遭遇的污染也许没有纪录片可以展现，但是珠峰地区的植物明显稀少许多。人们不分肤色，不分人种，真诚地敬爱大自然，不知道有多少人能够做到全心全意。为什么总是会有这样或者那样的人自作聪明，未来是什么样子？

人类文明进步中最引以为傲的发明之一——塑料，不一定是彻彻底底地为人类服务，也许会成为打击人类的一种致命武器。未来几十年，也许全世界会遭遇肿瘤高发，化工产品塑料下海，塑料在海中溶解成人们肉眼看不到的微小颗粒，而这些颗粒被海洋生物食用，人们又食用了这些海洋生物，于是，不管是大西洋还是太平洋，各种鱼虾体内均吸收了这些塑料颗粒，然后又随着烹饪进入人体。

一天，我告诉你摄影圈发生了一件大事：知名东北摄影家王福春没了，再也不会有人晒绿皮火车主题的摄影了。他的《火车上的中国人》，感动无数人落下怀旧的泪水，看到那些或熟悉或陌生的面孔，那些熟悉的火车车厢老照片，好像记忆中的绿皮火车车厢里面的一幕一幕又回来了。

我想我已经忘记了你的年龄，自顾自说起往事，告诉你最长的火车旅程是三天三夜。1970 年回故乡吉林，夜里 12 点多逃荒一样上了火车，我应该严肃绷着一张小脸，坐在火车车厢过道处的地上，屁股下垫几张报纸。那几个小时里，身边人来人往，昏暗的灯光下一张张疲倦的脸打着瞌睡。启程很急，没有买到带座位号的票。几站过后，我才被母亲带到座位上，长舒一口气，有点儿小小的得意。

其实人的耐受力真的非常强大。一天又一天在绿皮车厢内度过，依然精神抖擞。我身边几个月大的小弟弟，躺在座椅上睡得正香。窗外的风景在切换，看时间长了眼睛泅出闪闪泪光。旅程中最期盼到站，尤其是大站，父亲总能下车，到站台上买来点特产吃食。一只烧鸡可以飘香许久。一个袖珍小西瓜可以开心地吃上半个小时。

这些年坐过无数次火车，情感深处依然最喜爱绿皮火车。中国铁路大动脉像每一个人身体里的血管脉络，那么清晰，那么不可分离。

谈到火车，想到一件往事。我们青岛航校的一对夫妻就是在火车上认识的。

话说那两位，男的是现役军人，女的是航校子女，他们在火车上相识。一路急行，才进入车厢坐定，女的眼睛有点儿斜视，所以坐在对面穿着便装的男军人一直感觉这姑娘紧盯着他看，被看急了，就问："你怎么总瞅我，我脸上有东西啊？"姑娘一瞪眼睛，没好气地回了一句，"胡咧咧什么？谁看你啊！"火车行李架上摆放的行李太重，也放歪斜了，男的主动帮忙，无意之中触碰到了姑娘的手，过电一般，两个人站在行李架面前愣住了。其他旅客找到了座位号，这两个人才互相打量一眼，坐在自己的位置上。

疫情之前，天津战友赵秀泉给我邮寄了虾酱和两箱子富硒鸡蛋。大连人和天津人最爱的是虾酱，都是酱，只是此酱非彼酱，可以这么说，虾酱是大连人的命根子，一天见不到都闹心。天津海河人也爱虾酱，只是天津人把虾酱放到了第二位，起码绿豆面煎饼馃子里不会搁虾酱。

抓住时机再和你炫耀一下东北人自制的大酱。在以前的东北，制大酱是家家户户主妇们的拿手绝活，她们用心做出来各种口味不一的一缸一缸大酱、大酱炒鸡蛋，葱白撕成丝很给力；大酱炒小虾、大酱炒辣椒，东北爷们儿拿来下酒的小菜之一；煎饼里面裹上葱白丝、黄瓜条和一勺子大酱，孩子们边玩边啃着很有咬劲儿、喷香的玉米面煎饼，一口水都不用，直接吃。

我知道你也不是南京本地人，却首先聊到咸菜。咸菜的范围很广，南京人最离不开的咸菜恐怕要算雪里蕻。雪里蕻，一种记忆中家家户户阳台上、院落里，冬季必备的大咸菜坛子里的主角，现如今早已不分四季。细瞅南京许多面馆里高高挂着的餐牌，雪菜肉丝面，必定占据江湖不败之主角。外地朋友来南京，首先惦记的是再吃上一碗雪菜肉丝面，在哪家面馆吃没什么要紧；去了外地，回来也要碎碎念再来吃上一碗这魂牵梦绕的和雪菜脱不了干系的面。

咸菜和山珍海味不在一个阶层，倒是人们特别是在夏季离不开的好嚼头，就是这天南地北各显神通的咸菜，那是可以抒发出百姓人家无数怀旧情怀的吃食。今儿中午炖上一锅猪骨头，外加宜兴笋干，汤汁鲜美，味道很是不错，毫不客气来上一碗黄白色浓汤泡入干饭中，再加上一大勺广东橄榄菜（非超市中橄榄菜），甚为下饭。我边吃边微信聊天，忘记了你是否在办公室里正饥肠辘辘。

我对上海的情感有年头了，为了写好上海，一年三次来到魔都。我想起了在部队的上海人，忍不住跟你絮叨起来。航校对门独六团机务队副指导员来自上海芭蕾舞学校，毕业后从军当了文艺兵，扮演过《红色娘子军》中的党代表洪常青。上海男人皮肤细腻不说，还白，青岛海风都奈何他不得，嘴唇照样红红的，一般女人的唇根本就不要想与他的唇相媲美，眼睛没有电影里洪常青的扮演者王心刚的眼睛漂亮，副指导员单眼皮。眼裂细长有点儿犯桃花，其实这个上海男人还是蛮清高的，从来不会和女兵拉拉扯扯，只是一张嘴，再给我们摆几个令人头晕目眩的小舞蹈动作，再加上那口叽里呱啦的沪语，太令人心动了。

演出队演吴琼花的是卫生科化验室的化验员陈茉莉，开始当姑娘时腰身倒是挺细，嫁人生子后再登台演红军女战士吴琼花就感觉海南岛游击队的吴琼花顿顿吃上了饱饭，再也不用在野地里啃番薯了。没吃没喝的红军女战士的腰在武装带硬勒之下勉强挤出一道弯，可怜"上海男人""洪常青"，每当表演到托举动作时台下的观众纷纷张开嘴巴，捏着一把汗，台上的洪常青满脸绯红，很像是费力托举起一只笨笨的母鸭子。无独有偶，陈茉莉，也是鸭嗓。

上海这座城繁华背后，透出淡淡的精致气息，包括餐饮店内厨师做的菜，都讲究精致美观。记得《附庸风雅·饕餮》中，在《刀工》这篇文章里说："在厨房里你如何成为一名艺术家？如何把各种食材雕刻成你要的艺术品？也许你要切削、切片或切丁，也许你要剔刺或剔骨。总之，作为艺术家的你想做到尽善尽美，在美食世界里，这门艺术就叫作刀工。"

厨师的刀工确实大有讲究，侯宝林先生的孙子在厨师学校学习的年月，一天切一筐土豆丝，练刀工练到一只胳膊粗一只胳膊细，最后以第一名的成绩毕业，并去日本做过行政总厨。

在上海荡马路，发现蔡澜餐厅。蔡澜起初对广东美食并不了解，他认为香港独大，结果到了广东发现食在广东名不虚传，认真拜师学艺，开始了他内地市场的开拓。广东话，唔识整，就是不会做呀。蔡澜挚爱的人间美味，必尝。淮海中路上蔡澜港式茶餐厅里面一道二十八元一份的银鱼猪油渣捞饭，不到天黑就卖光了，看来怀旧之人是不老少的。在上海，猪油和咖啡一起飞上了天，猪油渣都跟着嗦瑟。那个荒诞的夜晚，让猪油渣给我摆了一道，真没想到。

餐馆里座位已满，我只好心不甘情不愿地吞下一份叉烧包，草草了事。遗憾，不知道那是个啥味道，蔡澜先生蛮可以，快八十岁的美食大咖不缺锐利的判断力，把餐厅开到了淮海中路上，那个地段是上海本地人最爱逛的地方。我告诉你这位知名美食家的魅力，据说蔡澜备受女性朋友喜爱，自打成年之后，女朋友一年换一个，如此美好的岁岁年年，怎么可以不做食神？

我在给溧水写一篇"醉美石臼"。大哥，你的诗歌很有画面感，我想我有点厚脸皮，找不到感觉就去你的诗歌那里悟一下，诗歌语言给我带来灵感，不过那么多人看你的诗，也没见谁活学活用。自嘲没有创作诗歌的天赋，可是我比较懂你诗歌里面的意境，这可不是谁都可以做得到的。

夕阳像一个闪烁变化的魔术球，浑身散发出金红色霞光。这光就是一只温暖的大手，抚摩之处，就连秦淮河岸边的杨柳都熠熠生辉。

云里雾里，起初写稿子单一地为了满足父亲、母亲大人的愿望，特别是父亲，我懒、我不听话，总让老人家失望。后来，一切都变了，作为业余选手，我自己也在改变，成为什么样子的自己，没有既定目标，只是，不想让你失望，这点我确定。

我在思考这个变化的过程，起初并没有这么重的情愫，一段又一段即兴发挥的文字发给你之后，好像并没预备聊天的感觉。后来，除了稿子，话题不知不觉拓展到了其他方面，包括在上海荡马路，每一处景观描写，都及时发送，一起分享，顾不得你是手机屏幕里那个沉默的人。再后来，话题的广度和深度混杂在一起，自己突然有些蒙圈、有些慌张，不知道如何打住侃大山的欲望，如何自我控制，似乎刹车失灵了。

如果没有猜错，你昨夜又伴着夜色收到很多条信息，好像吞进肚子里面，又消化掉了。我们俩一定是一对傻瓜，守着手机屏幕在说话，那些对话有点儿像解密电码，又多又长，一条又一条，堆砌出一面高高的信息墙。

我想我早已成了你的附体，而且时而老实，时而勤快，老实时懒散的状态像极了那只咖啡馆里的蓝猫；勤快起来，把你絮叨得嫌我太黏。勤快起来的我像什么？鸟？给自己和你的巢穴衔进一口一口泥坯，勾勒出美丽、美好图样的那只勤快飞鸟。所以，我很自豪地说自己是菜鸟。

你，总是这样突然消失，又静悄悄地回来，只是，有一日脸颊的笑容不见了。额头发梢，乌黑浓密的头发里已卧着几根银色的白发。

大年初七，凌晨醒来，胳膊一划拉，啪啦啪啦，枕头旁边的书掉在地上。估计摆放不科学吧，头重脚轻，最厚的那本书放在了最上面，坚硬的外壳裹着那层绿色书皮，显得有些厚重。

恨你，害我变成了泪猫，你那忧郁的眼神，蓝色薄毛衣裹着你健壮的胸膛，很像就在我的身边舍不得离开。不知道是谁给你起的笔名，也许，是你自己。轻柔的字音从轻启的世界开始记录：初七，下雪了。

爱的经历丰富人生，爱的体验则丰富了心灵。因为没有互动，我没有察觉到你的心情，自以为是地觉得只要有你，我就可以稳住阵脚。没有想到，有一天，我的言语刺痛了你，你一怒之下把我踢出了你的世界。我觉得你好冲动，像个孩子，不管不顾奓毛。仔细分析一下，大概是你厌烦了菜鸟黏人，你想逃跑了。我自己跟自己说，好吧，那就依照你的意思好了，毕竟是我刺痛你在先，说话不过脑必定付出代价。

再后来，一切都乱了。隐隐约约，察觉到你并不是那么洒脱，你好像跌落谷底的一只猫，在苦苦挣扎。于是，我又傻了，原以为只有我自己不舍，没有想到还有你。

有一句谚语说："因为爱而爱是神，因为被爱而爱是人。"没有人不期待爱情，人们对爱情自带无法抗拒的憧憬和向往，哪怕这跨越时空的迷醉，只实现在与你的文字阅读领悟间。而真正的爱情，还会有窒息般的时刻，会有无法逃脱的刺痛，还有了无生趣的心死……一切的一切就那么顺理成章地烙在梅花开放的日子里。

南京今年还会下雪吗？我曾经这样猜测，一片雪花都舍不得撒的冬天，老天爷对咱们金陵的爱不算纯情吧。还是歌里唱得好，红尘自有痴情者，莫笑痴情太痴狂。虎年的南京，迎来一场热烈豪放的雪舞。被覆盖着厚厚一层雪的梅花山，绽开了一树又一树的繁花。我从来不知道原来梅花山的梅花会如此多彩，如此凌空生艳，迎着寒风，在大雪纷飞拥抱中生机勃勃，无比绚丽多姿。梅花，结了果。小说家们读历史、读人生，挖空心思写故事，无意间，我们俩，用金陵的水、石城的泥，用文字锻造出砖和瓦，构建起自己的故事。

3月，云海翻滚春意浓。3月的北京下雪了，3月的天津下雪了，3月的云南也下雪了。春日梅花迷人醉，在南京，伊吻一朵梅花赏雪。

（发表于《文学天地》）

咖啡飞上天

一

南京被世界联合国评为文学之都已有几年光景了，据说世界上著名的作家都是在咖啡馆里诞生的，信不信由你，起码我是信了。南京是一座古都，历史悠久，算不上时尚，起码在咖啡文化上落后于北京，更落后于上海。不过令人窃喜的是，金陵古都文学底子好，咖啡馆没有诞生于世之时，经典名著《红楼梦》《儒林外史》等已经诞生了。年龄暂且不论，我固执地认为咖啡馆必定是文艺青年的集散地，必定是拥有浪漫情怀的人，释放浅浅忧伤的地方，缕缕咖啡香气必定增添了他们内心深处的文艺气质。咖啡，必定不只是有人说的那样，是拿来续命的。今年的今日，我牵着时光的五指，探寻文学之都的两家咖啡馆，追随咖啡的气息，行走在每一杯绽放文学艺术"细菌"的咖啡里。

南京中央路上有一条呈上坡路的巷子，这巷子的名字叫傅厚岗。傅厚岗地处鼓楼东北侧，原为一岗阜，因明代府军后卫队驻扎在此而得名。现为一条东西长约四百米的街巷，傅厚岗地区的高云岭、厚窄巷、青云巷等街巷，同样有着悠久的历史。该地区是民国时期《首都计划》中重要的行政区，现有原民国政府外交部、法国大使馆、缅甸大使馆、八路军驻京办事处、李宗仁公馆、吴贻芳寓所等民国建筑二十余处，近现代文化名人徐悲鸿、傅抱石等曾在此工作生活过。

　　傅厚岗巷子口是中央路 103 号，院子里隐藏着一间咖啡馆——隅咖啡，做咖啡的人对待生活大概有三种态度：一种为自大、偏执而艺术范儿十足，拒绝一切不同观点；另一种为自带热情、敏感，看淡一切；还有一种，只有做咖啡才能让自己兴奋，打动自己的同时也打动了别人。去年夏天的时候我来过这里，蜻蜓自然已不见踪影，记得我来的时候这个神秘的院子里有蝴蝶，有屎壳郎，有树上爬着的蜗牛，有树上结的果子，有院里红红的小草莓，还有白兰花。咖啡馆的咖啡师三十多岁，瘦削的身材有些骨感，皮肤很白，眼窝有点儿眍，眼神似乎有些忧郁。他说他是南京人，我暂且信了，只是，一口纯正的普通话不带丝毫南京音。年轻的老板很像是一个神秘花园的主人，拥有一张缺失笑容又很精致的面孔，用咖啡浇灌了食客。脑海里八年前的记忆如潮水一般涌来，那个时候的我还没有爱上咖啡。

　　大约六十平方米的咖啡馆，一进门是一个门厅，右手边有一个三屉书柜，上面摆着一些适宜孩童的书，比如《好心眼儿巨人》《查理和大玻璃升降机》……两个咖啡间，右侧这间双人沙发座两只，单人沙发座两只，还有一张长茶几配一排高脚凳，高脚凳上坐着两位颇有姿色、明眸皓齿的姑娘，她们在用涂着透明指甲油的白净的手指敲着键盘，电脑上大约为一篇文艺范儿的文稿。左侧那间餐台旁沙发座位上坐满了一对一对的青年男女，有捧着一杯咖啡看书的，有看手机视频的，有说英语的女青年，有指导他人的男青年。吧台连着里面的操作间，还有一个独立讲究的卫生间。大大小小的书架及沙发将这里摆放得满满当当，书架上的书有日本作家村上春树的小说，也有《三联生活周刊》……看似有些凌乱，但是只要你跨进这里的那一刻，你的心就会安定下来。不知道是咖啡有魔力，还是这间咖啡馆自带魅力，透过玻璃拉门看出去，咖啡馆院子里面的树依然是绿色的，院子的长椅上坐着三位歇脚的客人，你只要轻轻滑开这道门，即刻进入快乐的宫殿。对于爱咖啡的人来说，咖啡馆很像是一个写意花鸟画般的花花世界，似乎除了音乐厅，就只有咖啡馆里的钢琴曲才可以灵动飘逸起来一种情调，潜藏着不多见的怀旧情怀。

咖啡馆不大，品种繁多，从咖啡、茶、鲜榨果汁、热饮、苏打（SODA）、奶昔，到三明治、枫糖薄饼、意大利面和焗饭还有小食，合计七十五个品种。我点了一杯拿铁咖啡，一份意大利肉酱面。开张八年的咖啡馆有点儿海派风格，咖啡师像在变魔术，用白色的奶，在一杯咖啡中画出一幅白色的丘比特之箭穿心的图样，还有一杯则是形似凤凰的鸟。意大利肉酱面里面有洋葱、芹菜、胡萝卜、迷迭香和百里香，平时吃不出来有多么好吃的橄榄油，放在意大利面里面倒是没有了异味，应验了"一块馒头搭一块糕"这句老话。一只灰色夹带黑条纹像小老虎般的猫跳上高台，又来了一个跟芭蕾舞演员似的轻巧大跳，直接蹦到双人沙发上。这只毛发光滑的猫咪叫"英短"，围着白色茶壶绕了一圈，它的尾巴不停地打着卷儿，端坐在那里张开大嘴打了个哈欠。沙发上那两位身着黑色和白色毛茸茸外套的女孩乐了，龇牙逗弄起盯住枫糖薄饼的大猫"英短"，她们俩齐刷刷露出米老鼠和唐老鸭那样没心没肺的笑容。"英短"快速叼了一口薄饼，咽了下去。"米老鼠"把"英短"吃过的那块薄饼挑出来放在盘子外面，没有人喜欢和谁分享心爱之物，独自享受才是本能。"英短"吃过后又变成很严肃的脸，神态有点儿像咖啡馆里的管家，两只眼睛活脱脱两块宝石。"英短"的鼻子是三角形的，深棕色调，很像被咖啡点缀过一样，嘴巴又是个倒三角形，一会儿"英短"又睡着了。"唐老鸭"跟"英短"搭腔，这厮丝毫不予理睬。我借机撸猫，"英短"的脖子、喉管和锁骨跟身体一样的浑圆。

咖啡馆里另外一面墙上画着呆萌的猫头鹰，神情也是凝重的，一副受到伤害的表情。咖啡一口一口喝下去，丘比特之箭被我吃掉了，直到整个图案被涂抹口红的嘴巴吃完，再无什么可以弥补，我想：思想的尽头是虚无，虚无的尽头是承受。

在虎年的这个晌午，我与画中的猫头鹰共同盯着一片飘落的树叶，那树叶金黄色。咖啡馆另外一间墙上，一只鸟在鸟笼子里眺望着画中远方的青草和山峦。

"英短"很聪明，它看出我是一个只顾装模作样看书的闲人，就大模大样趴在我对面的沙发座上露出乖巧的样子，我问一个大个子男生："怎么样才能让猫抬头？"那大个子男生说："估计你摸摸猫的脖子，它就会抬头配合拍照了。"猫身上的毛发像毛毯一样厚实，它的身体根本看不出身段，从脖子下面开始连着屁股是一个半圆形，撸了几下，发现猫的脑袋也是肥肥的，完全感觉不到脖子，有点儿像肩膀上直接架上一脑袋瓜子。"英短"的胡须白白的、长长的，这猫很安静。它享受地把眼睛闭上了，显然一副很受宠的样子，耳朵像两只小鹿的耳朵，耳朵上的毛也是灰白色的。

二

傅厚岗步行不多远，就是鼓楼地铁站，从地铁口上来，左拐一路向前，与墨绿色棕榈树、早已失去芳香的桂花树，还有苍翠的松柏一一打过招呼，唯独一棵颀长硕大的梧桐树顾不得搭理我，梧桐那心野得不行，侧歪着哩，走神儿一般不甘寂寞地探着身子向往着自由敞亮的上海路。

南京有上海路，上海有南京路。上海有文化氛围浓郁的咖啡馆，比如上海博物馆的咖啡馆，会开各种讲座和艺术沙龙，主讲人都是上博的馆员，我曾被那些历史文化遗产丰富的讲座吸引。上海路162号，是南京大学约翰斯·霍普金斯大学中美文化研究中心，再有一百米就是金银街。这街的名字好生有韵味，不知道是跟南京夏初沁人心脾的金银花有关，还是和金子银子铺满一条街的梦想有关，我倒情愿它是后者。旧友王三军的卢浮尚品主题咖啡就开在上海路160-1号，原本走到金银街口就能闻到的咖啡的暧昧味道，怎么好像闻不到了？

城市跟城市不一样，差异化是存在的，南京的时尚元素原本就不如上海丰盛。颠簸着又饿了，在马路对面的馄饨店里垫进肚囊一碗菜肉虾米大馄饨，再过来上海路160-1号喝了一杯美式咖啡，解了解油腻，整个人都舒服得不行。咖啡的神奇之处，除了早先让猴子很疯狂，也可以点燃和陌生人之间的一抹温情，咖啡馆，更像是连接人们情感的一条纽带。2022年春节前，太阳依然暖洋洋、亮堂堂，从咖啡馆二楼落地窗看出去，除了灰瓦屋顶，还有满目苍绿，我就这样沦陷在一杯现代感十足的咖啡里。

楼下吧台上端坐着的老板三军同志的头发像撒了一层做面包的高筋面粉，白花花的，直接让我这认识他多年的老友认不出来。他还有一个外号：海军战士"王四炮"。他跟他的设计师朋友似乎在说我的闲话，斯斯文文五十岁左右的设计师朋友眼睛的余光扫向二楼，他说："以前肯定是见过她的，有印象。"三军接过话头："差不多，她在'大一广告公司'做过兼职。"我喝下一口咖啡。不知国外回来的人有什么标志，如果有，设计师身上那件一走路直扑扇的藏青色条纹的西服是否算？

"她喝咖啡的口味很单一，就是意大利进口的Lavazza咖啡豆，然后用一个松下全自动研磨现煮咖啡机做成一杯浓浓的黑咖啡。"没有一个人纯粹孤立，在一座城里，人们之间的关系不是横向联合就是纵向排列。在南京城，咖啡馆老板王三军做咖啡绝对是因心有所属。第一次见到咖啡豆，还是在我们正青春的 90 年代，王三军离开高校开起南京赫赫有名的"大一广告公司"，成功案例记得有南京新街口金鹰、玄武湖畔的金陵御花园和驰骋沙场多年屹立不倒的湖北"劲酒"……某一日，他突然带来一袋国外咖啡豆，我们几个人研究如何把咖啡豆捣碎。在那个时候，时髦的上海人也没有用上松下全自动咖啡机，大家当时恨不能有一头带着磨盘的毛驴，然后通过毛驴转磨将这些豆子碾碎。梦想需要有趣的沃土，梦想也终究成为一颗一颗集结完毕的咖啡豆，幸福地被高温烈焰烘焙，心甘情愿地被嗡嗡作响的咖啡机粉碎。

至今，我对三军怀有一份敬意，多年不变，依然被艺术笼罩，他把他的咖啡馆再次打造成南京城最具艺术文化感的咖啡馆。

没有再次碰头前，对掐也不失为一种沟通。微信交流可以争执，可以喋喋不休，终究谁也说服不了谁，争执过后一笑了之。咖啡馆一直勉强维系的西餐餐点，被三军下架封存于"记忆故事"，只因为被一群玩艺术的男生调侃咖啡馆不够"纯粹"。有些事情是拿来怀念的，比如已经消失的、用多种中外香料腌渍两天两夜、软嫩热腾的牛排，淋上少许黑椒酱，那味道很赞。记忆中昨日的咖啡馆，有一杯红酒叫玫瑰露，味道也好。对于被强行下架的西点，三军深感歉意。我想许多人都会点这里的牛肉蘑菇芝士，虽然奶酪有点儿腻，却是甜在心里。还有食肉动物的最爱德式烤肠，当你举起刀叉刺破烤肠的身体，分明听到肠衣炸裂般的声音涌进耳朵，搭配一口不知道是不是咖啡馆厨师自制的酸白菜，简直太享受了。这道菜也是有故事的，三军的侄子旅居德国多年，他推出的这道菜。金枪鱼三明治倒是比较省力气，金枪鱼罐头来自韩国。最初还有一种火腿，帕尔马生火腿，价格不菲，据说需要长达一年以上的发酵风干，是否由云南宣威火腿制作而成不得而知，这种切成薄片生吃的火腿国内也常见，只要你敢尝试。

在南京这座温暖又保守的城，南京城一代"小杆子"和"攀西"们早已被咖啡洗脑了，被音乐洗脑了，被摄影洗脑了，还有美术。到底是什么改变了这座城市里的人？其实很简单，人们总是需要更多的快乐和幸福。三军很认真地问我："幸福是什么？"我想把机会留给他，于是我笑着摇了摇头。三军看着咖啡馆外车水马龙的街道说："第一要做自己擅长而且喜欢做的事情，否则很难坚持下去；第二是和自己喜欢而且喜欢自己的人在一起，这样你不会觉得苦，你会把一切烦恼看作修行。"我看着这个平顶发型的男人回应了《列宁在1918》里面诞生的一句台词："牛奶会有的，面包也会有的，一切都会有的。"

三军的思维模式跟袋鼠一样不停地跳跃，开过三年艺术画廊的他，带着一颗膜拜之心开启了欧洲咖啡馆考察之旅，原来一杯香醇的咖啡背后，竟承载着无数厚重的文化：那些百岁起步的欧洲小馆曾经是音乐家、画家、作家、哲学家、经济学家乃至政客的会客厅。无数杰作从咖啡馆里诞生，改变世界的理论在咖啡馆里起草，他尤其喜欢法国塞纳河左岸的咖啡馆。"法国的咖啡馆，是孕育了法国大革命的场所。银行家是在咖啡馆里谈生意的，世界文豪是在咖啡馆里写作的，画家是在咖啡馆里画画的。受到了欧洲咖啡馆的启发，才有了今日南京上海路繁花掩映的咖啡馆。

上海路的氛围最符合文化尚品的定位，文化人群集中，从二楼的大木桌，到店中悬挂的衣架，都是三军自己淘来的，"我店里的每一样东西都有故事，角落看上去不起眼的木头都有上百年的历史"。雅致也好，情调也罢，某种程度上是需要金钱来创造的，还有文化氛围做铺垫。远离新街口的奢华和霓虹闪烁，南京上海路左手边紧邻南京大学本部校区，右手不远处就是南京师范大学本部校区。在每一个日头升起的时候，在每一个夜幕低垂的时候，上海路都散发着迷人的魅力和光芒，无意中吸引也留住了人们的一份难以释放的浪漫情怀。

我不得不承认他是一个斗志昂扬的家伙，这是王三军亲自策划的沙龙时间表：

11.28　精品咖啡品鉴分享沙龙

12.05　精品咖啡知识分享沙龙

12.12　经典油画艺术品分享沙龙暨现场油画展

12.19　摄影艺术分享沙龙

12.26　古典音乐分享沙龙

01.02　意大利经典提拉米苏品鉴分享沙龙

01.09　手机摄影分享沙龙

01.16　经典法式甜品品鉴分享沙龙

01.23　高端专业音响现场视听分享会

01.30　各界爱咖啡爱生活文化人士论咖啡文化与咖啡生活主题沙龙

……

来沙龙分享活动的咖啡发烧友们，有南艺摄影系的老师、墨尔本室内乐团的助理，也有专业西点制作师……

一楼大学生们正在排练小话剧《过年》，二楼很安静，今天没有沙龙，也没有大提琴的故作深沉，只有一刻不停歇的钢琴曲。钢琴曲的音符把我们的思路打成碎片。楼上有许多幅油画，橘黄色灯光下，复古味道遍布楼上楼下。木质的桌椅，每一个座位都别具一格。一位姑娘安静地待在角落里，她静静地画着铅笔画。哦，我笑得口型像个月牙，想起普京参观画展时错把一幅铅笔画看成了摄影图片的那茬子事。

轻轻的脚步声似有似无，一前一后上来俩人，一位身着旗袍的长发女孩，一位身着格子短裙的短发女孩，姑娘们并没有点咖啡，只是站在楼梯中间的一幅幅油画边拍照。问过得知，原来她们是照着网络上的拍照地点在打卡。咖啡馆二楼的油画有点儿多，像一个小型的油画艺术展，莫奈、提香在此"相聚"，山水和人物在此"团圆"。这个充满古典艺术气息的咖啡馆，不仅仅像雕琢艺术品一般去做精品咖啡，也在做和艺术相关的事。

对于一间咖啡馆来说，好咖啡是起点。来过咖啡馆的很多客人出国走访西班牙、意大利、韩国等国家，微信留言："卢浮尚品咖啡即便是拿出去，也是数得出来的好喝。"他曾收到两个来自大洋洲的老人在留言簿上的评价："这是我们一生中喝到的最好喝的咖啡。"这个评价让王三军非常惊讶，不敢相信。在快速国际化中度过青春期的一代人，更成为死心塌地爱上咖啡的一代。咖啡馆里还是年轻人多，过来一个帅小伙儿，结账时，顺带在瓷器摆台上挑选出来一只赠送的咖啡杯，他说可以带回宿舍喝咖啡用，看来是附近高校的学生。

记得喜欢登山的王石说过，休闲玩乐才是一个人毕生的追求和目的。这句话其实是资本拥有者抛向空中飞舞的肥皂泡。在对付病毒的疫情时代，上班族们除了工作，还是努力地工作。经营者们，挣钱，努力地挣钱。这世界原本就是一个圆溜溜的球，兜兜转转，许多看到和看不到的，当病毒依附在梦想的背后一起照进现实，人们苦笑着不得不照单全收。也许一生中，是有那么一些事情，你必须深情演绎，比如梦想。男人和女人不分彼此都会有梦想，而多数梦想无疑将成为泡影，这就需要你的坚持，你是否可以日复一日认真地打出一杯又一杯的咖啡？梦想仿佛是一粒粒小小的咖啡种子，深埋心底，时光浇灌，慢慢发芽，然后枝繁叶茂，根深蒂固；最后，出现一颗带刺的猩红色的浆果，它跨越了季节，和着奶沫终成杯中的咖啡。

三

与咖啡馆为伍的名字璀璨得像天上的星星，巴尔扎克、卡夫卡、弗洛伊德、尼采、海明威……有报道说巴尔扎克近二十年喝了五万杯浓咖啡，在此期间创作了大量剧本、短篇小说和杂文，还有七十四部长篇小说。别人豪饮的是酒，巴尔扎克只有豪饮浓咖啡后，方能脑路大开。巴尔扎克极端痴迷咖啡，他的著作《司汤达研究》的封面就是陪伴他一天写作十六七个小时的咖啡壶。

人们最耳熟能详的经典句子，一定会在岁月的长河中穿行，抚慰心灵上和肉体上的种种创伤。这个世界上有许多河流的摇篮，在这些无限生机和五彩祥云之间的河床上，你会记住还有这样一条，由咖啡汤汁洗礼成的文化的河床。

（发表于《太湖》）

航校逸事

日出"爱琴岛"

爱上一个人，或者爱上一座城，也许真的不用朗诵热烈浪漫的情诗。在繁花似锦的春天，对着镜子拔下一根银白色的长发，在阳光下细细观察，银发很软，色泽温润，岁月的刀锋又能放过了谁？留下一点儿痕迹吧！记录下真实的故事，演绎一首青春的旋律。青春太短，遗忘太长，希望这些文字可以穿越时空，回到那个瞬间，回到那个永远都不会忘却的地方。

我以此文献给无悔的军旅岁月！海军航空兵地字第一号学员，毕业于海军航空学校。海军航空兵天字第一号飞行员，毕业于海军航空学校。海军航空兵第一支部队以海军航空学校第一批空、地勤学员为基础组建。也许你不熟悉这所学校，但它是海军航空兵发展的摇篮，是所有航空兵梦想翱翔的地方，也许你会问，那现在呢？它就是现在的——海军航空大学青岛校区。这里，藏着我的青春！

1982 年深秋，我们告别了亲人，告别家乡金陵古城，入伍来到向往的海滨城市青岛，来到这所向往的英雄学校。航校红墙外面是铁轨，轨道边上是海滩、礁石和一望无际的大海。每当早晨看到海面上红彤彤的太阳轻轻一颤跃出海面的时候，整个人、整座城都被太阳宠溺地拥抱在怀里。还是才旦卓玛唱得好："毛主席就是那金色的太阳！"傍晚，在你没有注意的时候，太阳公公偷偷躲在了海的那一边。在哗啦哗啦的海水拍岸声中，夜幕逐渐拉开，大海变得更深、更蓝。

自从 1891 年青岛建置以来，市中心的中山路一带被称为"街里"，沧口最早的街是现在的沧台路，人们称其为"下街"，从明代起它就设有一个散货海港码头"海沧"，后逐渐繁荣起来。

沧口路是地方戏中有"胶东之花"美誉的茂腔戏的发祥地，最早流传于高密、胶县等地。在青岛戏园演出，就是在沧口路上的宝兴里。作家莫言在长篇小说《檀香刑》中把茂腔写作"猫腔"。

而位于沧口二航校的大红墙，曾经是老沧口一道别样的风景，有人说是日本人建的，航校里面倒是有日本人留下来的马圈。据说，在青岛大规模建设中，大红墙改建成新型院墙，记忆中环绕着航校静静守护着我们的大红墙，多年以来早已和青岛这座楚楚动人的城，一起被保留在了记忆里的深处。

青岛习俗里曾经有这样一条，上门提亲的男方必须手提一条大鲅鱼，美其名曰女婿鱼。每年的 3 月左右，长江口以南过冬的鲅鱼群开始北上黄渤海海域产卵，这就是春鱼汛期了。11 月，海水水温骤降，鲅鱼群又开始南下过冬，途经青岛而形成了秋鱼汛期。

记得青岛的风景名胜中，最先闯入我心扉的是鲁迅公园的滩涂，那是一片红色的礁石。一天下了夜班，顺着栈桥一路溜达着爬上鲁迅公园的礁石。湛蓝海水就那样在眼前激荡，偶尔眼前跃起一条银亮的飞鱼，海鸟也跟着在我眼前飞过，不知道是否在配合"海阔凭鱼跃，天高任鸟飞"的句子。

看得有点儿走神，在礁石间跳跃的时候，白色塑料凉鞋不给力，一个趔趄，顺着礁石滑落到了海里，左腿上数条长长的口子瞬间冒出了鲜血。索性站在海水中浸泡片刻，神奇的海水跟止血药一样，当然也许是伤口不深，很快就不流血了。想来那天多少有些狼狈，一个身着上白下蓝军装的女兵，海军蓝裙子湿了半截，再往下是我那条满是血口子的小腿。

风靡青岛的女士香槟，当时在全国还未盛行，在我的印象中，要比已经全国知名的青岛啤酒和青岛葡萄酒还要贴心。葡萄酒后劲大，喝多了脸色涨得如猴腚一般红，让你半天醒不过神来；而啤酒入口则需要一不怕苦二不怕"死"的劲头，怎么咂摸口腔内都充满一股马尿味儿，并不被女同胞青睐。也只有那些男兵对青岛啤酒热爱的程度持续不减，探亲或者放假回家，忙着张罗找人，搞来一箱一箱的青岛啤酒，捎回家乡显摆显摆，这让原本就有点儿自恋的青岛人更觉得了不起了。

女士香槟当年只有青岛原产地才有，手捏一只透明玻璃杯，倒入香槟酒的瞬间，一串圆圆小小的气泡，在淡黄色液体中摇曳生姿，诱惑之下那淡淡蜜桃味儿十分怡人。我一杯接着一杯，在 1984 年元旦卫生科修养所值班室，独自迎接新年的第一天，元旦快乐！空腹当水喝一样，没有什么酒的感觉，没大留神大半瓶就下去了。我心满意足地瞧着瓶子上美丽的"大嫚"头像越发动人，逐渐，满口雪白的牙齿变得越来越模糊。青岛人将女士香槟称作饮料，这可是青岛女人和孩子都能喝的饮料，我晕得趴在办公桌上尴尬不已，赶紧打电话呼叫宿舍休息的同志火速来支援我。

1983 年，我刚分配到卫生科时并不在疗养所，而在外科换药室。每天面对着新鲜伤口和感染伤口，外科护士自己做敷料和消毒工作。老护士丛秀英是青岛人，技术很好，抢救病人做心内注射都是她上。手术室里台子上给病号备皮自然是丛护士的任务，我负责给病号脚背上打静脉输液针和手术时一侧拉钩。

记忆中的换药室，处理过一位比较重的被热水烫伤的病人，换药室里有 2% 新洁尔灭配蒸馏水，我将大块纱布在这种蒸馏水中浸透后敷在伤口上，烫伤的两条腿在伤口长好后，居然皮肤光洁细腻，一点儿疤痕都没有留下。

湖南籍学员陈剑刚，也是我遇到的唯一阑尾脓肿穿孔的病号，纱布揭开，抽出创口处一堆带脓带血的凡士林纱布条，肚皮上一个洞就这么触目惊心地暴露出来。脓血的异味挺大，护士长告诉我这个学员搞不好会被退学回老部队，看着他瘦弱又苍白无力的样子，我有点心疼，退学万万不可。我跟护士长主动请战，"我负责换药吧！"也不知道是不是那个年代食堂没啥好吃的，营养不良的缘故，他肚皮上这个洞完全愈合居然用了足足三个月。

卫生科疗养所，位置在卫生科最后一排房子，左边是传染病房，右边是普通病房。在青岛，不知道学员是否经常在校外小餐馆吃海鲜，菌痢时常发生。南京老化工学院一个子弟兵得了菌痢，各种治疗无效，拉肚四十天后走了，那张英俊潇洒的脸至今我都记得，他和卫生科药房另外一位南京籍黄司药是同班同学。

普通病房则比较热闹，一般都是发烧病人，来就医的也有航校家属和外面的老百姓。有的年轻学员很调皮，病愈后不愿意离开，早上测体温前，那根体温计在热水缸子上熏过，体温依然每天保持在三十九摄氏度多。

一次早上轮到治疗班，正在忙着挨个儿病房做肌肉注射，病房门口一个脸盆落地咣当一声巨响，我注射的针角度一偏直接扎进了自己左手食指肚，一阵麻疼袭来，我咬牙切齿地把针拔出来，病号趴在床上根本没有察觉到发生了什么。

在疗养所先后遇到了南京老乡，"毛五""老扁"和"桂二"，毛五一口南京腔，给我起了个绰号叫"面"，"老扁"和"桂二"都是南京海军指挥学院子弟，各个相貌不亚于现在的演员，可乐的是后两位跟我在一所中学。几十年过去，虽不曾常相见，但是积淀下来了深厚的情感，战友情让彼此成为没有血缘关系的兄弟姐妹，大家依然亲切地称呼我为

"丫头"。

20世纪80年代的生活并不富裕，各种肉罐头绝对算是奢侈品。同为南京陆军指挥学院子弟，曹伟身高超过一米八，帅气十足。学员灶伙食比我们机关灶要次，没啥油水，曹伟却毫不吝惜地将家里邮寄的罐头用个军用挎包装着，都给我送来了，他真心懂得付出。

时隔多年才明白南京兵里面的"看相"高手应该是马国康，在战友聚会的时候，曹伟摸了摸我的脑袋瓜子，马国康悄悄告诉我："丫头，曹伟对你绝对是真心喜欢。"很多年以后，我在一篇文章中看到将摸头定论为真爱的段子，佩服二十啷当岁的小马哥，谁说年轻的时候不懂得爱情，那时的马国康就懂！

比较奇怪的当数火腿罐头，那是"老扁"在青岛找到的，后来我找遍了中山路上每一家副食商店，都未瞧见里面肉是一层一层火腿的罐头。又一年五一期间，"老扁"神秘变起了魔术，给我拎来一箱子潜艇兵才享受得到的军用午餐肉罐头。军绿色的包装纸看着挺严肃，撬开罐头的一刹那，满室生香啊，顿时自豪地享受了一把潜艇兵的待遇。我想，我们国家是否将最好的猪肉都拿去做了军用午餐肉罐头，比起上海梅林那个滋味可是强得太多了。青春恰如一轮火红的朝阳，每一幅图画都涂抹于岁月静好，也自然少不了人间的烟火气息！

在青岛，人们对蛤蜊的喜爱程度，如同南京人离不开盐水鸭，东北人偏好松花江大鲤鱼，陕西人将面条视同生命一样重要，青岛人把蛤蜊称为嘎拉。过去青岛沿海盛产各种蛤蜊，落潮时可以挖很多，不用花钱就能吃到海货。青岛朋友当时笑话南京的鱼有一股土腥味，淡水鱼嘛，自然没有海里的鲜美多汁。

比较常见的蛤蜊，一块钱三斤。我们这些单身的人没有煎炒烹炸的条件，直接将一块钱三斤的蛤蜊买回来放在清水里浸泡吐沙，放入手术室煮器械的大锅，电炉上煮开就可以吃了，水中只放葱、姜和盐，当蛤蜊张开可爱小嘴的瞬间立刻断电，多一分钟，蛤蜊肉就老了。这片海的水质很好，蛤蜊似乎挖之不完，取之不尽，大海给予青岛人无穷无尽的爱意。

大海是神奇的，涨潮的时间每天都不同，十五天为一个周期。每一天的潮汐，又分为两次高潮和两次低潮。高潮低潮之间相差六个小时，高潮也就是青岛人说的满潮。在高潮和低潮时，各约有半小时为平潮的时间，就是海水不涨也不退。海面看起来一副很平静的样子，这是最迷惑人的时候，也是最危险的时候。每一年来青岛海边度假的游客，都会有被涨潮的海水困在礁石上，等待救援人员赶来的险情发生。

当地人赶海也是一件危险的事，如果天气不好，或者夏日炎炎突然变天下雷阵雨，一个闪电下来，那电光打在海滩上，像一条浑身放电的毒蛇窜动。记得一个夏季的午后，天空突然下起了大雨，咔咔的，电闪雷鸣，卫生科里被送来两个七八岁等待急救的小男孩，孩子太小，夏日突遇雷阵雨来不及躲闪，两个孩子浑身湿透满是泥水，那惨白的脸我至今难以忘记，其中一个孩子没能救过来，没了。

有一年栈桥海边突然起了大浪，恰巧外地一对新婚夫妻在青岛旅行，两个人留恋栈桥的美丽，不顾白浪滚滚而来，依然在栈桥的铁索旁摆姿拍照，一个数米高的白浪小山似的袭来，把新婚夫妻卷入海中，新娘子再也没能上岸。大海是美丽的，偶尔震怒发起脾气来，也是挺吓人的。

三盛楼起家于 1923 年，一门三兄弟，支起两口大锅，供应"杠子头"火烧、牛头肉、杂面汤和名气很响、个儿大、皮薄馅儿足的高密大包子。后来，三盛楼做大翻建，建筑风格受到当时日式建筑影响，整体造型为砖木结构设计，窗户也是狭长形，楼上楼下清一色木地板，在沧口区（现为李沧区）算得上是地标式建筑。

航校战友李伟狂爱踢足球，到现在都一副运动员的身板，他的姥爷当年就是三盛楼特级厨师，老人家有句名言："上有天堂，下有厨房。"名菜三珍扒肘子估计李伟没少吃，底子好才敢在足球场上"大开拳脚"。三盛楼还有一道名菜——干姜黄焖鸡，号称"青岛一绝"，当年在青岛，沧口的三盛楼，中山路上的春和楼，台东的聚福楼，齐名为岛城"三大楼"。

名家店铺不是我们小兵消费的地方，在沧口扎营那几年，热捧了高密大包、高密炉包和沧口百姓喜欢的锅贴馄饨。每逢周末，可以请假外出的学员们三五成群，端正地坐在著名的沧口锅贴店内，哪怕翻尽口袋里最后一枚硬币，都要换一碗热气腾腾、滋养味蕾的小馄饨。

记忆里军人的鞋子似乎永远都只有黑色，在航校中，军务科科长经常带着人检查军容风纪，不过总不会一年三百六十五天都来科里检查吧？80年代初的青岛早已经有了几家皮鞋厂，生产了各式各样的正宗猪皮鞋和牛皮鞋。热闹的商业街中山路一带连着开了几家皮鞋专卖店。进入店中，我一眼相中了双颜色挺特别，深沉的棕红色丁字猪皮鞋，十二块钱，美滋滋地直接套在了脚上。那时真觉得神清气爽，有超凡脱俗之感。

航校的军务科科长是唐山人，抓得严，军容风纪检查时还要脱帽，我那一双辫子原本安安稳稳地塞在军帽里，帽子一摘，辫子弱弱地滑落下来，耷拉在了肩膀上。唉，老老实实地去剪辫子吧。

仿佛自投罗网一般，直奔中山路上的"南京理发店"，店堂明亮宽敞，听着南京话倍感亲切，理发师挥舞着神奇轻巧的发剪，一阵漂亮的招式花样划过之后，镜子中看到一个洪湖赤卫队队长韩英造型的我。

第一次吃上大块头的海蟹还是在1985年的国庆节，秋波姐来科里上班，顺便给我带了一只巨大的梭子蟹。我的天呀，第一次见到这么大个头的螃蟹。面对如此张牙舞爪的美味，实在嘴大喉咙小，奋力甩开腮帮子战斗后还想再吃一只，可惜只有一只，将已板结成橘色的蟹黄奋力干嚼，就已回味无穷。

在青岛过的第一个春节比较狼狈，年三十去食堂的路上跨越厚厚积雪覆盖的壕沟时，脚下一滑掉下去了。仰望灰蒙蒙的天空，耳朵听到四周寂静无声，赶紧一骨碌爬起，手忙脚乱地扒在沟沿翻了出来。大年初一兴冲冲来到往日人声鼎沸的中山路，视野中，只有地面上残留的年三十放过的红色炮仗的碎片在风中打着滚，沿街店铺全部关门，一个人过年，连吃饭都成问题。

后来过年我轮番吃起了"百家饭"，五官科胡医生的拿手菜凉拌龙口粉丝，口感细腻，清爽又筋道。门诊部戴护士长、丛护士、杨助理和王助理，拿手绝活儿都是用新鲜大鲅鱼做熏鱼，不仅有南京绿柳居熏鱼的甜咸美香，也少了股土腥味。秋波姐家的一挂咸肉勾起了我的思乡情结，切成薄片，咸肉的肥肉部分白里透着少许微黄，一盘子咸肉端上桌，好像又回到了紫金山脚下的玄武湖畔，亮色的油汪着一缕缕冬日的年景，让我不禁想起父母和弟弟们，不忍直视，也不忍下筷。

山东菜里少不了大葱，田司药做的貌似简单的"葱爆海参"十分美味。眼见着成段的章丘大葱葱白就下了装着大油的锅，待葱白变得稍黄，海参也就下了锅，出锅后放进嘴里真是一种绝美的享受。

青岛由渔村发展而来，渔民们织网捕鱼，海滩上晒着鱼干，所以当时清末修鱼山路时，将鱼山一分为二，分别称东鱼山和西鱼山，东鱼山就是现在的小鱼山。鱼山临海而立，登顶眺望青岛海景，泉湾之美丽尽收眼帘。

山顶上有个小公园，雕塑作品都是用那青岛啤酒的瓶子做的呢，那是青岛本土的艺术家才想得到的雕塑材料。小鱼山并不高，那个时候也不要门票，夜晚坐在啤酒瓶子雕塑旁边，品尝一下中秋的月饼，真是惬意。

远处海面上的军舰让我想起苏小明那首成名曲："军港的夜啊，静悄悄……"不过青岛夜里泡海澡的男女老少喧腾欢实，可不会静悄悄哦！

鱼山路有青岛海洋大学部分宿舍，现在也改名为山东海洋大学。鱼山路 33 号，是曾任山东大学教授的梁实秋先生的故居，"我虽然足迹不广，但北自辽东，南至两广，也走过了十几个省，窃以为真正令人流连不忍去的地方当是青岛"。

在青岛最为繁华的中山路工艺美术大楼的斜对面有一条街，街巷不宽，里面大部分商贩在卖淄博陶瓷和外贸出口转内销的陶瓷艺术品，也有很少的摊位专门售卖青岛当地才有的崂山绿石，绿茵茵的石头雨天会冒水珠，也许在留恋大海吧！

崂山绿石，大多产于海滨潮汐地带，所以又称为海底玉，颜色大多为色彩绚丽的绿色、墨绿色、浅绿色，带点微微的蓝色。绝大多数崂山绿石上那一道一道的白色纹理如残雪一般，那石头的不同色彩在阳光下辉映，非常奇特，质地很硬。

宋元时期，即有人将崂山绿石置于案头，也为文房用具。明代黄宗昌的《劳山志》和黄守细的《绿石滩》中已详细记录其事。

放眼青岛的大街小巷，骑自行车的人很少，难得谁骑着自行车去一趟中山路，都骄傲得恨不能拿个喇叭去嘚瑟一下。青岛整座城市的道路，特别是靠海靠山的路段，都是高高低低、弯弯曲曲的海边山地地貌，还有不少错落有致的石板老街。

印象最深的是黄岛路的石阶路，那边一些老房子很有特色，留下许多殖民时期的烙印，现在想来有点澳门老街建筑的味道。马路石阶顺着山势而行，远远看去有三个坡度，但真正走起来并不感觉到累，倒是边走边看，心生欢喜。沧桑的时钟嘀嗒嘀嗒声和一代又一代人的脚步声融合在一起，历经风雨和磨难之后，这条五六百米的石阶，变得越来越端庄典雅，犹如一幅美丽的画卷！

离海水浴场不是很远的地方，有一家海军综合型医院——青岛海军401医院，原为殖民时期日式老医院，80年代时还保留着日式建筑风格，现在早已消失得无影无踪，改成971医院了。一次晚上送一位学员去401医院住院，才加过汽油的救护车味道特别大，强忍着给病号办完入院手续，我赶紧到栈桥边上吹风。我站在海边大口呼吸着带着海蛎子味的新鲜空气，仰望夜空中的繁星闪烁迷人，真想伸手去摘下一颗送给自己。

航校卫生科人手紧缺，一个人顶两个人用是常态。1984年初冬，学员队伍暴发了大流感，恰逢我在门诊注射室，高峰期每天有八十多位学员过来做皮试、肌肉注射，只有一位腹部注射的家属，马不停蹄忙着配药青霉素和青链霉素，庆大霉素注射液用得很少。那个年月没有一次性注射器，使用过的针头需用水"滋"一下，堵住的淘汰；第二轮用药棉，带钩的针头继续淘汰。一位沈阳的学员让我印象深刻，音质好听得如配音演员一般，自小在沈阳少年宫练舞，臀部肌肉硬得像块石头，可是，他就像一颗星星陨落了，风华正茂的年纪从苍穹坠落在了绿茵中。

放射科医生大海是天津人，眼睛乌亮乌亮的，眼神相当犀利，眉毛特别浓黑，跟粘上去的假眉毛一般。大海哥跟我们同住一排单身宿舍，每日晨起会打太极拳，至于换下来的衣服，似乎总是没有工夫去洗，就那么冷清地被泡在桶里。说来也奇怪，他生病输液，大家都有点儿怕他似的，病房护士谁给他进针都找不到血管，唯独我每次都能"一针见血"。在阳光斜射在蔷薇花瓣的黄昏，校园内大朵大朵的绣球花夺目迷人。那个时候，大海终于定亲了，天津卫是回不去了，海河之滨伴随一曲乡恋，一切都将化成层层叠叠的对故乡的思念。

1984年年底，离开南京已有两年光景，对于无肉不欢的我来说，在某种意义上，海鲜貌似算作了小荤，一盆海虾下肚还是不如大口吃肉来得痛快，对南京蜡梅牌香肠更是向往不已。母亲接到女儿的来信，立刻到长江路口的长江南北货副食品商店买了好几挂蜡梅牌香肠，还捎带着两串香肚。自此每天早上，早早起床，期盼着海面上升起太阳。日子一天天过去，始终不见"蜡梅飘香"，终于有一天接到了母亲一封来信，告知"转战"于几家邮局都告失败，香肠属于禁止邮寄的物品。

　　最终我在青岛中山路商业街上发现了驴肉罐头，玻璃瓶包装，和上海的梅林罐头凤尾鱼一样的造型设计，透过玻璃发现了丰满的肉块和一条肉筋。开罐食来，成肉冻的汤汁透明咸香，肉块酥烂，和猪肉的香味略为不同，似乎筋少且不见肥肉。

　　驴肉盛行的一百多年历史中，在山东、河南、河北、陕西和什么都敢吃的广东比较普遍。记得八一电影制片厂摄制的电影《地雷战》里偷地雷的鬼子，就是化妆成山东海阳当地头扎白毛巾的老百姓，骑着一头黑色的毛驴进了村。在山东省，名气很大的驴肉当数德州，可惜我只能吃驴肉罐头，青岛那里除了海鲜和德式烤肠，并无多少外来口味，包括南京人民热爱的鸭子，在青岛八毛钱一斤都受到了冷遇，嫌弃鸭子跟嫌弃淡水鱼一个理由：土腥味。

　　航校机关的伙食在80年代还不错了，当时最受欢迎的早餐是气鼓，午餐是两角五一份的羊肉汤，晚餐最好的伙食就是水饺。

　　面点气鼓的做法稍显复杂，带着扑鼻浓郁小麦清香的面粉加糖发酵后，搓成一个一个的剂子，用掌心压压再抻巴抻巴，丢下油锅，小火炸成焦黄捞出来控油就成了，油炸食物的甘香立时就出来了。

　　在古代即为"天下通食"的饺子已成为北方人的挚爱。这饺子包得好坏全在皮儿上，您想啊，这饺子皮儿过于薄易漏馅儿，一下锅成一锅片汤儿，多可惜呀；皮儿太厚吧，大嘴麻牙光嚼着面则吃不到馅儿，那多不过瘾呢！

那个年代还没有诞生"湾仔码头"，但青岛人包的饺子甚是好吃，单单和面都讲究，听食堂的大厨说，面里除了二比一的比例搁面粉加水，还需要放鸡蛋和一点点盐；揉面也讲究，需要面光、手光、案板光；馅儿一般常用五花猪肉配高密韭菜，也吃过不少顿牛肉馅儿的。

最香的当数大葱猪肉饺子。在卫生科的病员食堂王师傅那里可以蹭到，大葱猪肉饺子是缠绕在舌尖上的幸福之一。为了考验我这个干部子弟是否算作自己人，大脑瓜子锃亮的王师傅还拿出一碟山东大葱的葱白递给我，这个节骨眼儿上什么话都是多余，只管蘸点黑漆漆的酱油，面无惧色咽下去就好。

青岛的冬天很冷，说天寒地冻一点儿都不夸张，手上两根手指破天荒长起了冻疮，又痒又肿。航校院墙外面的海面上阵阵寒风，冬日里如若刮起大风，那风的力量恨不能把木头窗框摇晃得断掉，这个时候不会再有人唱"海风你轻轻地吹，海浪你轻轻地摇……"。虽说青岛是北方城市，但后半夜暖气时常停止供应，生生被冻醒无数回，双腿蜷着迷迷糊糊到了天亮，薄薄一床军被上只压着一床更薄的军毯。

一日，风没有那么大，我紧紧地裹着军大衣戴着个棉帽出了门，在坡顶一阵大风刮起了旋子，我跌跌撞撞、狼狈不堪，恰遇一队学员整齐列队，有几个家伙居然一脸坏笑，真没有同情心。我来到饭堂干掉两份羊肉汤。那汤清亮无膻味，用羊的棒子骨熬汤汤汁发白，北方的羊肉肉质肥美、浓香扑鼻，汤里面有少许白胡椒面外加一些香菜段，一口汤下去，醇香诱人。此时，聆听着食堂外风的咏唱，刺骨寒风凛冽中也难以忘却钟山和秦淮。

青岛那片海，透着亮的海水映着升起的太阳和披着薄云的月亮。悠闲的人们捡起闲逛在海滩上的小螃蟹，顺带着捞起几根被海浪卷过来趴在岸边的海带。硬朗的礁石上满是蛤蜊，海边的女人们用一种特殊的工具一起一个准儿，尤其冬天最为肥美，号称"天下第一鲜"。谁家孩子胃口不好了，那就将新鲜的海蛎子肉洗净，葱姜蒜爆锅后加入豆腐炖至汤汁略微浓稠即可。那会儿坊间传说海蛎子还有安神助眠的效果，难怪经常听不见起床号呢，原来是吃了太多海蛎子的缘故。

也许是航校在海边湿度较大的缘故，也许是那个年月生态环境保护得好，夏天夜晚航校的小路上，我偶尔一脚踢上一只刺猬，刺猬为了保护自己，当即缩成一团，形成刺球状一动也不动。

崂山山脉向西一直到青岛市区，这一带经常将海产作为维系人们友好情谊的那根纽带。我常常思念海风的吹拂，也思念海鲜的味道，不管离开那里多久，尘封的滋味常常在舌尖萦绕，无法淡忘，百转千回。曾经的青春年华，总与梨花飘雪和皎洁明月相关，从春天到秋天，再到刺骨的寒风自海平线那端吹起，我们早已被海的魅力征服。后来，再回到汇泉湾的时候，海边的食物依然是那么原始简单，那是平淡无奇的奢华。

1985年九号台风，使青岛遭遇了几十年未遇的最强台风暴雨袭击。记得那天是8月18日，一个很吉利的数字。夜里，海面上最大风力达到了十二级以上，当日沿海涌浪最高的有八米。崂山水库水位也超过了警戒线，被迫开闸放水。青岛军民出动三百多万人，合力抗击第九号台风。

航校对面就是军用飞机场，疯狂的台风暴雨袭击中，一架架在停机坪上的飞机居然神奇地自己在积水中滑动起来。南京战友毛五所在的机务中队全员出动，奋战在停机坪上。他们穿着雨衣，暴雨早已从脖子处灌进去把军装打得湿透。钢丝缠绕住航空兵战士们的身体用以固定飞机，胸怀深蓝色的梦想，献身使命壮军威！

在各机场机务中队，"黑皮"是每一个干过机务的男兵对那身既沉重又难看的外套的独特称呼。到了隆冬，机场一马平川，寒冷刺骨的北风一吹，顿时像飞来无数把小刀刺痛难忍，此时只有沉重而难看的"黑皮"最贴心、最管用。

黑皮、大头鞋、草帽、太阳镜这些都是地勤兵特有的装束。有打油诗为证："身穿破衣烂裤，手拿解刀抹布，戴着墨镜装酷，远看似明星出户，近看一航空机务！"

夏季，水泥跑道晒得可烫熟鸡蛋，为避免长时间阳光直射，地勤兵个个脸上戴副墨镜，很多人一个夏天下来脸色乌黑，只有眼睛一圈是白色，活脱脱变成熊猫眼。

航校的阅兵场就是打靶场，打靶场外面的马路牙子边都是高大的老槐树，开满了芬芳的白色槐花，费尽心思摘下一串花窃喜，都说这槐花能吃，还能炒鸡子，想来何必那么麻烦，直接仰起头，抿一下，淡淡的清香伴着丝丝甜蜜，迄今为止都没有忘记。

2019年天安门广场国庆阅兵方阵中，战略支援方队领队康怀海少将，曾经是青岛海军航校第二十八期学员，信息作战方队领队孟凡浩少将，曾经也是航校一队学员，而文职方队领队王海涛是航校二队学员，我亲爱的战友们！前进！向前进！

这所青春永驻，由第一任海军司令员萧劲光亲自下令建立起的担负保卫新中国领海领空重任的海军航空学校，在后来的发展中拥有多个模块的训练科目，还有鲜明海军特色游泳、海上求生与救生、野战生存、武装泅渡、轻潜水和跳水等海上基础训练，舢板、帆船等海军特项训练，同时，全体学员必须掌握旋梯、滚轮、浪木、爬绳、爬梯等海军特项训练。从创建初期发展到如今，学校已经成为海军航空大学的青岛校区。

2002年是战友们入伍二十周年，十二位南京弟兄在八一建军节前一天回到了青岛相聚。回程前，我急急忙忙到中山路土特产商店买咸鲅鱼，切成小方块油炸至咸酥，一口一个，那滋味别提多幸福。顺便，给酒桌上脱不了身的吃货宋强带上了一份儿。买鱼的时候没有多想，只是有一秒钟的疑惑而已，这鲅鱼怎么有点扁，肉质不够厚实。回到南京没两天，宋强一个电话打过来："丫头，你买的是鲅鱼吗？怎么这鱼肉里都是小刺？"

青岛一别又是十八年，这座被碧海、蓝天、绿树、红墙环绕着的浪漫之城，早已深深地被情怀包围。离别似乎只是一个形式，永远都不会凋零的青春年华早已深深烙在心底。

不知道发明挂历的人是谁，真的很高明。我们可以随意捏着一支笔在挂历上画圈，划去一天又一天的光阴，而留在心底的记忆和故事，却无法划掉了。

最美的年华就这样像水一样流过。"爱琴岛"，作为我们每一位航校人曾经度过的青春家园，已经融入文字书写的字里行间，抒写着自己无悔的青春记忆。在 2020 鼠年立春之夜，大地如此安宁，外面的鸟儿传来天籁之音。在祖国大美山河的又一个春天，人们用热血和生命去篆刻着世界的美好。望春风，人生不重来，岁月不言败！

［发表于《西部散文选刊（原创版）》］

天津印象

"走过了天津的大街小巷，有那么多的大楼房，你就住在那大楼里面，一个不起眼的地方。"

天津这个名字，首次出现在永乐初年，为朱棣所赐，意为天子渡河的地方。天津古城已有六百年历史，又称"天津卫"，因为天津是海上通向北京的唯一要道。这个一百多年前曾被多国瓜分租界的城市，古老而神秘，既有西方殖民时代的烙印，有过刀光剑影，也有如今现代城市的繁华喧嚣。

天津，海河之畔一颗渤海明珠，这座中国北方第一大港，既带着中华民族五千多年的发展轨迹，也有着西方殖民时代的烙印，一同构成的历史为我们创造了丰厚的文化遗产，形成了颇具特色的津味儿文化。

天津语音丰富独特，很有自己的魅力，就此可以杂谈一下。在记忆中，北京人把蝉念"zhī liao"，天津读"zī liao"；"是"字北京读"shì"，舌头得卷着发音，而天津人用舌尖发音成了"sì"。以前听到过相声演员抖包袱，天津人初学京腔京调时，"是不是"尖着舌尖改为卷着舌尖不太好掌握，常常顾前不顾后地冒出"sì bú shì"或者"shì bú sì"，引无数台下观众哈哈大笑。

在天津，戏曲和曲艺品种颇多，相声、京剧、河北梆子、评剧、大鼓、天津快板等十分兴盛。我的父亲就曾经在 50 年代拜师京剧大师裘盛戎先生学习花脸表演艺术，还另拜师学习相声、快板和评剧。家里有说天津快板的两套竹质响板，还有说山东快书的一对铜板作为我们的玩具。天津快板在冯巩最火那几年成为时兴的传统说唱艺术，属于中国曲艺韵诵类曲种。"竹板这么一打，哎，别的咱不夸。我夸一夸，这个传统美食狗不理包子。"这是冯巩与郭冬临在春晚相声中的一段快板说词，成为多少中国老百姓心中一段经典的回忆。天津是很多艺人发展事业的源头之地，在天津唱红，那是走向全国的基础。戏曲的繁荣也使得天津茶园、戏园门庭若市，成为天津人接朋会友、茶余饭后丰富精神生活的去处之一。

印象中天津民间习俗很多，其中包括"初一饺子初二面，初三合子往家转"的春节特定传统习俗。

天津人对海神天后崇拜至极，津门历史也多与天后文化密不可分，老话说得好："先有天后宫，后有天津卫。"

地域特色浓郁的杨柳青年画、塘沽版画、根雕、石雕、木雕、面塑、地毯、剪纸、刻砖、泥塑这些民间艺术均受天后文化影响。最具有影响力的当数杨柳青木版年画，它创始于明代，在人们心中杨柳青木版年画不仅是名扬海内外的艺术瑰宝，更是一种创造幸福生活的情感寄托。

生活在北京多年的二叔，对民间古文化研究颇为透彻，曾经特意选择了日子，去天津杨柳青请到一幅名家的木版年画。次年，堂妹如愿得了帅气俊朗的大胖小子，居然和那年画娃娃神态相仿，一样浓眉大眼。

"走过了天津的大街小巷，有那么多的漂亮姑娘，那些曾经爱过我和我爱的，如今不知道身在何方……"

2014年5月我自南京取道北京去了天津，这是我于1970年两次天津之行后第三次来到天津。

天津离山不远，东北是燕山山脉的余脉，天津离海也不远，面对着渤海湾，天津就在这山海之间。塘沽滨海新区，有俄罗斯航母、大沽口炮台和北塘古镇。站在巨大的汉沽八卦滩"基辅"号上，战友郑元柱说，托燕子的福，还能来一趟航母，突然想到网上说北京人未必去过长城，乐得我够呛。

第二天参观位于天津古海岸的大沽口炮台遗址博物馆，南有虎门，北有大沽，这里是中国近代史上两座重要的海防屏障之一，素称"津门之屏"。海岸边芦苇丛生，四周幽静，每年春天还有飞禽在此滩涂上落脚栖息。北塘古镇在明清时为海防重镇，它背靠海河，面朝渤海，曾经是八国联军攻陷的一个要塞。

天津地理位置得天独厚，渤海之滨，白河之津。这地方人情厚，人心热，再加上爱吃、会吃，海蟹、海虾和各种贝类顿顿往胃里填，吃得我多少有点儿腻得慌。不过，在滨海新区的集装箱海鲜一条街，我倒是对一道从未见过的菜产生了浓厚的兴趣——拌着麻酱的黄须菜，一盘子都被我包圆儿了。黄须叶中间有道沟碱，叶不大，跟小圆棍似的，没吃过您就看好喽。

连续两天的车马劳顿，苦了几位弟兄，大个子孙学仁在第二天晚上的大港老大韩树元迎接大连尹健等战友们的宴席饭桌上低垂着头打起了盹。那天晚上的摄影师是郭百顺，太忙碌，不然真应该请百顺给学仁特拍一张瞌睡照。赵学栋跑得少倒还好，秀泉的老寒腿酸疼不已，元柱也累惨了，蹲在古塘北镇的墙根下对我说："燕子，你可别来了，把大家伙儿都忙坏了。""嘛玩意儿？这么多好吃好喝供着，两天都扛不住？你真哏！"

要说语言的幽默诙谐，我对天津战友的嘴码子那得刮目相看。老话说，京油子卫嘴子，北京人生在皇城根儿下，会端着架子，天津人则天生就会说话，要不全国这么多城市怎么只有天津成立了语言研究艺术中心。战友们风趣幽默，让你疑惑天津是否人人不用训练都个顶个是相声表演艺术家。航校时期训练部的赵秀泉和郑元柱嘴码子活儿一流，两个人谈得眉飞色舞，捎带脚儿学仁横插一脚"韶刀""韶刀"，看着他们一脸兴奋，我自然也不能干看着不参与，好歹咱们也会上几句："珍珠翡翠白玉汤和二子他妈，给我烙两张糖饼。大家多年不见，一起见个面搅和搅和，别提那个欢腾劲儿，真嗯儿。"

"走过了天津的大街小巷，有各式各样的银行，所以必须好好学习天天向上，才能挣钱买车买房。"

面对"天津三绝"之首、传承了一百六十多年的狗不理包子，何来拒绝之理由？除了价码飙升，别的还真没毛病。狗不理包子和面时的水温要根据季节来变化，每个包子的馅儿有三钱左右，操作起来褶花均匀、整齐，漂亮得似一朵一朵白菊含苞待放。"皮薄大馅十八个褶"，当年，袁世凯在天津操练新军，将狗不理包子带入宫中，敬献给慈禧太后。老佛爷龙颜大悦，赞道："山中走兽云中燕，腹地牛羊海底鲜，不及狗不理香矣！"如今的狗不理包子也创新发展了，有三鲜馅儿、酱肉馅儿、海鲜馅儿、野菜馅儿……

庆祝宴才结束不久，我和尹健就又饿了，还得数另外一个南京战友精，他又填进肚里两个韭菜猪肉馅儿狗不理，而我只意思了半个，眼下饿得难受。我和尹健就坐在塘沽宾馆楼下的烧烤店继续吃夜宵，就着各种新鲜串儿的烧烤香气，聊着航校的人和事，包括他和扁头的友情，还有曹伟去大连他俩分手时的抱头痛哭。尹健长叹道："老杨婆子，你说这日子怎么过得这么快？"

"走过了天津的大街小巷，我看到它越来越时尚，脱下三接头和呢子大衣，把阿玛尼穿在身上，甩落身边几多沧桑。"

1860年，英法联军攻陷了大沽口，从此天津街头增加了许多西洋建筑，哥特式、罗马式、俄罗斯古典式等，天津的这些西洋建筑，与中式的四合院民居混杂在一起，形成这座城市特有的人文景观，昔日九国租界内遗留了几百幢具有历史风貌的建筑。

五大道，是小洋楼和老租界的代名词，也是天津最具象征性的历史文化符号，它包括睦南道、大理道、马场道、常德道、重庆道。每一条小路，都美得让人窒息，安静整洁、风光旖旎。

　　历史上，多少近现代名人在这里留下了他们的足迹，革命烈士吉鸿昌；袁士凯还有北洋内阁七位总理顾维钧、唐绍仪、潘复、龚心湛、朱启钤、颜惠庆、熊希龄、张绍增等；爱国人士、起义将领高树勋，抗日烈士张自忠、京剧大师马连良等。

　　徜徉流连其间，当我推开一扇扇门扉，时光斑驳的光影映在墙垣屋瓦之上，这是一座城市前世今生的缩影。

　　今天的五大道除了有悠久的历史，还有最吸引人的各式小院，除了文化气息，还有极具烟火气的各种餐厅。

　　常德道2号马克西姆餐厅，一种田园牧歌式的优雅、安静和舒适的情调，墙上画了希腊神话中的美丽女神，古色古香的餐厅里摆设了线条流畅的精雕木饰。

　　天津的城市建筑是顺着海河方向建的，天津城里也有东北角、西北角、西南角和东南角，但它不是严格意义上的地理方位，也不能作为地标指示。比如，著名的南开大学，从字面上理解应该在正南方向，而实际上是在城的西南，初到天津的外地人经常会找不着北。

　　第三天，我一人坐车去了马场道天津外国语大学，这所名校看起来规模并不大，但是由内而外散发着雍容大度和不可抗拒的华贵。

　　顺着不宽的马路牙子一路闲逛，二十分钟左右就到了中国古瓷博物馆"瓷房子"。这幢法式老洋楼，坐落在天津和平区赤峰道72号，你细细端详，惊艳绝伦，连犄角旮旯儿都透着十足的精致，可惜不知何故，我去那天恰好闭馆。

　　看看身边的那些人，依旧是那么匆忙，我在南市街逗留了相当一会儿，天津南市建在室内且高大辉煌，显现出六百年历史名城的派头。店铺一家挨着一家，卖什么吃食的都有，名字也叫着有趣：崩豆张、果仁张、皮糖张……挑来选去，进了"北京炸酱面"，好奇开在天津的老北京炸酱面馆是否有开在北京的味道正宗，结果炸酱太咸，被齁着了。

在南市食品街，看到了传说中的龙嘴大铜壶，这是天津民俗文化的象征之一。它是用来冲"茶汤"的物件儿，颇具天津地方特色。龙嘴大铜壶也叫茶汤壶、莲子粥铜壶，是纯手工制作，全铜。铜壶重十八斤至十九斤，可盛水八十斤，铜壶上部和下部各有一圈铜饰花纹，壶嘴和壶把的上方镶饰着一条铜龙。听着铜壶盖旁的小汽笛"呜呜"响着，冲茶汤的师傅一手端碗，一手拿起铜壶，壶嘴向下倾斜，一股沸水直冲碗内，刹那间，水满茶汤熟。

过了那么些年，我还和从前一样，闻着味还真撞见一家小门脸的绿豆面煎饼馃子铺。还别说，天津人真讲究，这葱花还分熟葱和生葱，下锅摊鸡蛋饼找平，搁点儿利民甜面酱、葱花、酱豆腐和芝麻，一折叠就归您啦！如今的天津煎饼馃子已经被外国人偷艺漂洋过海，成了热捧的新鲜玩意儿。

天津名人众多，著名京剧表演艺术家马连良先生曾经居住在一栋意大利人建造的楼中，阳台花柱居然与珍珠串一般雅致，天津人俗称"疙瘩楼"。疙瘩楼位于河北路283—295号，楼不高，透过车窗望过去只有三层，高台阶，圆拱门，外墙据说采用火砖砌筑，一眼扫过去确实满眼疙疙瘩瘩，新奇之中显露出天津风情的与众不同。问了一下当地人，原来中华人民共和国成立以前这里是英租界威灵顿道。

外地人来天津卫，还必到老城东门外，海河三岔口地区的著名古文化街。古文化街以前是由宫南、宫北大街组成，分界点是娘娘宫。宫北大街出口是老铁桥大街，宫南大街出口是水阁大街，娘娘宫山门直对戏楼。这里就出现了一个问题：宫南大街坐东的胡同都直通海河，而宫北大街上坐东的胡同都不通海河。这里也是天津卫最早融民俗、宗教、文化和商贸为一体的老街，原称宫前大街。海河水就从文化街边缓缓流过，在南北街口，各有一座造型别致、色彩绚烂、庄重典雅的大牌楼。南口的楼匾上镌刻着"津门故里"四个烫金楷体大字；北口的匾上题有"沽上艺苑"四个清秀的隶书大字。这是一条有着八百多年历史的地方，这里有艺术气息十足的街貌、店铺、商品……

宫南大街上坐东是"真素园"，自东门可以直通海河的袜子胡同，宫南大街东侧有好多山西人开的颜料庄，门脸后有几进的院落，后面也有通沿河的马路。耳朵眼儿胡同东口坐北就是老天津城炸糕的发祥地，胡同因此得名。

文化街的宫北大街和沿河马路中间有一条街叫二道街，南口在宫前戏楼，北口在福神街，有名的玉皇阁就坐落在此处，面对海河，在狮子桥附近。二道街多深宅大院，开颜料庄的山西老客曾经多居此处。通往二道街的有章家胡同和福神街，二道街上通沿河马路的只有玉皇阁大街和萨宝石胡同。萨宝石洋行在此胡同因而得名。

天齐庙大街南起袜子胡同，北至崇仁宫胡同。从东马路穿过天齐庙大街经宣家胡同或王十二胡同即可到宫北大街。受寺庙的建成、河运的繁荣及传统文化的影响，民居、商业手工作坊、餐饮等从初步形成到有一定的规模都有一定的历史渊源。

文化街曾经的杨家是长源杨家。杨家大院坐落在宫北大街北口的东面，西面是他家的花园。杨家有三十二个院子，二百零九间房。每个院落几乎一样，四梁八柱、磨砖对缝、青花点缀、雕梁画栋，起脊的瓦房，前出廊后出厦。只是现如今，杨家家业败了，院落也荒废了。

在古文化街"名流茶馆"听段相声才过瘾。"名流茶馆"位于古文化街中央区风景街二楼，是马三立先生题的字。门口散摆着贴着红纸的演出告示牌，一般上午、下午有两场相声团演出。除了有座位听相声，茶馆还给顾客奉上一个装着茶叶的瓷杯和一暖瓶热水，小剧场，舞台只比观众席高几个台阶，酽茶味、橘子皮味和烟味在空中弥漫着，嗑瓜子声、喝茶倒水声和聊天声不绝于耳。如果听得高兴了，就花二三十元买个花篮送上去，请"角儿"再来一段。到天津，不听段传统津味文化的代表——茶馆相声，您一定亏大发了。

来到劝业场，走路太多脚力有点儿跟不上了，我坐上敞篷游览车，一遍又一遍兜着圈子。记得劝业场还是法国人开的呢，位于梨栈大街的一个大十字路口，当数天津卫最繁华的商业中心，整整占据十字路口的一个角。既然来了鼎鼎大名的劝业场，怎么着也得踅摸一件，下了游览车信步上楼，拿了一条超薄的黑裤，还有一条深灰色绣同色花的裤子，看着就清凉，5月的天津实在是太热了。

没去天津之前，早已听说过被誉为"沽上明珠"的洋货市场。天津港码头与世界上一百六十多个国家的三百多个港口有着贸易往来。在20世纪八九十年代，位于塘沽的洋货市场兴旺发达起来，现在市场面积大约有一万平方米，最火的时候一年营业额有几个亿，客流量一天都有几万人，成为京津冀地区旅游兼购物的繁华之地。

战友赵秀泉自傲地领着我一起溜达了一圈，市场内依旧熙熙攘攘，但是时过境迁，这里已然不完全是洋货的天下。东起吉林路，西至中心北路的洋货市场，步行街有几百米长，建筑风格比较洋化。整条街的路面采用罗马石铺垫，街道两旁的建筑不是很高，精美华丽，尤其那屋顶造型都呈现出几何形状。街道青铜雕塑和汉白玉雕塑交织点缀，连街灯也都具有古典美，处处散发着天津这海纳百川的国际范儿。秀泉告诉我，这里的夜景更美、更有滋味。

"走过了天津的大街小巷，看到她越来越迷茫。小时候嘎巴菜和豆腐肝的味道，我已经渐渐遗忘……"

战友聚会的最后一顿大餐由天津战友里的文化人吴超宴请，他们全家盛装出席。在和秀泉他们道别的那个路口，原本个个喜笑颜开，没承想，饭后吴超送我们到了天津火车站，即将分手的瞬间，吴超微笑的脸上突然泪雨滂沱，顿时让我们仨回南京的人哭得上气不接下气……后来，天津一别几年后，有两位战友已经永远离开了。

流光溢彩看不够，疑是仙境落人间。天津有着市井的平实，那种见过大世面，经历过大富贵后的泰然，实在是喧哗世界里难得的"市格"。滚滚东去的海河，默默守护着生机勃勃的市井，它安静地收藏起沉甸甸的往事，序写起新的华章。

（发表于《西散原创年度优秀作品精选》）

航校逸事

新兵蛋子

浓墨暮色飘起，不知道寓意是什么，我的内心很惆怅。3月，在万物复苏一片新绿，大地披上美丽嫁衣似的新装的时候，天津战友韩树元没了。他彻底告别了我们，告别了曾经一起训练的这些航校大头兵们，但是大家似乎又觉得他的离去连接起了青岛青春永驻的故事。一日当兵，终身为伍。战友，透过这两个生死与共的字眼，在这个寂静的夜晚，我想起很多年前的那些誓言，"我要从南走到北，我还要从白走到黑""老子没变"……忽然间，许多年轻或已不再年轻的面庞，一波一波像海浪一样涌到我的面前。

1982年深秋不是很冷，我们仨穿着没有领章帽徽的蓝色军装，顺从得跟猫一样跟随着来南京带女兵的海军航空兵38671部队（简称航校）宣传科科长张春元踏上了北上青岛的列车。火车上三个人面面相觑，还真别说，就在那一时刻我们才大彻大悟，为什么革命的颜色为烈焰状的红色。没有这红色领章帽徽的映衬，三个新兵浑身冒出一股未经历过风雨的傻气。这一幕幕军营生活片段当时并没有多么深刻，在入伍四十周年的2022年，回眸看去，那迷人光芒像被年轮施了法，那些曾经的画面并未随风飘走，依然充满活力。

部队是所大学校，也是热血青春年华的熔炉，严肃紧张的同时也充满各种趣事。新兵集中训练两个月，姐仨被分在学员十二队四区队四班，个头最高的王核琳身高一米七四，被男兵冠名"大洋马"。我身高一米六，不高不低，男兵应该没办法调侃了吧？长着一张娃娃脸的燕明是往届生，身高一米五。部队要求女兵不得烫发，她顶着满头微微的鬈发，面不改色语不乱地回答区队长李作林的"找事"："自来卷，爹妈给的。"李区队长是山东人，心知肚明。日子一天天过去，燕明同志的鬈发也一天天地拉直成了清汤挂面。

洪泽兵，11月3日上午8点出发前往南京火车站，12点左右到达，站在站台上，心情既激动忐忑又带着期盼和向往。1点左右，带兵的领导告知大家准备开饭，不一会儿只见着陆军军装的人抬上来两个大木桶，一个装着饭，一个装着菜（好像是大白菜烧粉丝，零星能看到几片肉），带兵的领导这时让洪泽兵从挎包里取出茶缸和牙刷，洪泽兵们没有及时掌握领导的意图，领导又重复了一遍，原来没有碗筷，茶缸和牙刷就权当碗筷使用了。他们排队打好了饭菜，用牙刷柄朝嘴里扒拉。人生就是这样，总会遇到无数个第一次，后来洪泽兵里面跟我交往几十年的兄弟朱军将这幕场景归纳总结为挖掘心灵第一图。

下午3点左右，洪泽兵们登上去青岛的火车，登车前每个人发了两个长方形的大面包，这是在火车上的伙食。洪泽兵们捧着面包，很多人是小县城来的，绝大部分还没吃过面包，更没见过面包是长成这个样子的。上车后不久，就有不少人急于品尝，车程未过半时，所有人都没忍住把面包吃了。

他们到达航校后，得知和三位南京女兵一起被分在了四区队，洪泽兵们有点儿窃喜。新兵训练开始前，区队长要求大家理发。入伍前就听说在部队一律要剪短发，朱军特地到理发店剪了个寸头，身高一米八八的他用手一摸硬茬茬的板寸，低眉顺眼，小心翼翼问区队长："我的头发也要理吗？"区队长像子弹一样蹦出五个字："统统剃光头。"朱军和一众男兵大吃一惊，特别难堪，他们一起用余光瞄向三个浑然不知的南京女兵。光头？在女兵面前多么难堪，好在人多，众多人都觉得难堪，也就转化成了从容。

军令如山，下午区队文书（姓廖，四川兵）拎着理发工具进了宿舍，看见洪泽兵轮流坐在方凳上，文书拿着手推子，从前脑门儿中间一推子下去，一直推到后脑勺儿，就像老农犁地一样，三下五除二剃光了。男兵们望着地上的头发，再摸摸光光的脑袋，估计心里五味杂陈，难以名状。当时没有镜子，估计有镜子男兵也不敢照。就这样，一下午过去，区队二十七名男兵晚饭集合时，一水儿的光头，你看看我，我看看你，个个忍俊不禁。黄金城，当时在剃光头后，因头皮屑太多，直接操起鞋刷子从头上往下刷，最后竟然落了一地，用扫帚扫了一小堆。当年他一头茂密的头发就这样被剃光，心里不知有多烦恼，那只是年轻带来的烦恼，而青春却是一去不复返了！后转业在上海，成为上海新移民的黄金城同志，不要说头皮屑了，连头发都没几根了。

四班班长黄兆方，长着一张腼腆的脸，一双梅花鹿般温柔的眼睛，他的睫毛比我们女兵的还要长，性格也像鹿一样温顺，训练场上喊口令的声音比一班长少些杀气。当时我有预感，黄班长前途渺茫，军旅人生，慈不掌兵。副班长倪斌倒是个狠角色，他脸上一直没有什么表情。自从我们认识他那天起，就没有见到过他的一丝笑容，好像他的笑肌是僵化的。班副长的眼睛只有黄兆方的一半大，但是眼露"凶悍"的光，他每一个正步踢出去，都带着淬炼出来的"火"，虎虎生威，十足的兵味。

一班长赵一平特别威风，好像"一"就是我们区队四个班的老大一样，训练场上的一班长，黝黑的一张脸，冷冰冰的。位于区队站立第一个的人就是赵一平，要点名，他也是头一个，所以估计一班的新兵在心里不知道默默地"骂"过赵一平多少次，一班长和新兵同天入伍，只是赵一平是那个不允许一班人出错的铁的纪律的化身。

一班长赵一平睡觉都半睡半醒的，像只猫，一天夜里，赵一平耳畔传来咕咚一声，不好，是谁摔下来了，他连忙起床打开灯，一看，上铺的潘国标连人带被子从上面摔了下来。赵一平吓得脸色煞白，连连拍打潘国标的脸，奇葩的是，潘国标竟然依然在梦乡，香甜地打着呼噜。那天夜晚，风和大海唱起柔美的和声，它们用博大的胸怀、柔和的爱守护着我们。

一班长赵一平后来去了北京海航后勤，转业后留在北京。四班副班长倪斌则转业留在了青岛市市级机关，这倒是符合他那张刻板的"政治脸"。航校战友分别三十年后重逢，副班长脸上的大把皱纹折服了一众人，我欣喜地发现副班长终于会笑了，弯弯的眼睛配合脸上的褶子笑得灿烂无比。原来岁月就是杀猪刀这句话，不仅适合女人，也适用于男人。

没来之前就知道青岛是一座比较洋派的海滨城市，绿树，红楼，碧海，风景优美，在地壳的塑造及海水的不断冲刷和雕刻下，青岛沿岸形成了怡人的景观。

海岸线还有无数海湾和造型各异的海礁、岬角，都是海蚀形成的地貌，勾勒出美丽的海滨风景，青岛的城市建筑有着异域风情和独特的文化魅力，航校里面就有部分遗存下来的日式建筑。

青岛的冬天天寒地冻，翘望着不远处食堂高大烟囱里冒出的炊烟，训练场上的新兵蛋子们已然饥肠辘辘，像机器人一样进行着训练动作——立正，稍息，向左转，向右转，向后转，齐步走，立定。至于来来回回折腾多少次，还真的记不住了，我们只管目视前方，竖起耳朵听准班长的指令。区队长像个大监工，手里捏根树枝在我们的身边晃悠，谁队列的动作不到位，一言不发，上去先抽一下谁的手。匍匐前进，那速度练得和电影里的侦察兵一样敏捷。训练越来越苦，晚上迎着月亮还要夜训，我记得有一天夜里女兵们剩下我一人坚守，咬牙切齿地和男兵一起死磕到底。

忍受快乐还是忍受痛苦，我也说不准，可能痛苦并快乐着。燕明同志先请了病假：头疼，估计是被青岛蛮横的海风吹的吧，反正查来查去查不出什么原因，暂且算作了神经性头痛。在我心生羡慕的当口，核琳同志也请了病假：肚子疼。女兵们没有优待，用水都是凉凉的自来水。真别说，新兵的时候我就干起了后勤保障工作，病号饭一端那都是双人份儿。青岛虾酥糖和钙奶饼干，那时也成了我们幸福的滋补品。

队列训练场和射击训练场上热火朝天，冬天的海面虽然更加明亮，更加湛蓝，但我们分明失去了浪漫情怀，不算厚实的臀部（那个时候戏称中段）因为席地而坐，也冻皴了，有点像被皮鞭蘸了凉水抽打般疼痛。

12 月后，按照训练计划开始了隔三岔五的夜间紧急集合。紧急集合是不会提前通知的，我们在连续猜错钟点的时候，一边调侃着队干部的狡猾，一边万般无奈地迎接着下一次夜间的突然袭击。每天早上辛辛苦苦叠好的被子，谁也不忍心去破坏。花了那么长时间，又是用纸壳子定型，又是用板凳压，一片心血打造出的豆腐块被子怎么能被摊开破坏了形状？盖上被子睡固然幸福，只是一天折腾两次被子，幸福的感觉早就没有了，只留下不甘。我不盖被子，全副武装，只裹一件军大衣。夜间紧急集合有时一夜搞两次，根本不给大家缓口气的时间，都在凌晨 2 点至 3 点进行，哨子声一响，你就看那手忙脚乱的劲儿吧，有一个男兵同志才冲出楼道背包就散了架，同班的士兵目光似乎火燎燎的，一个班的脸都丢光了。

追求爱情是一桩冒险又极认真的事。80 年代的青年男女，有很多都是观赏电影的同时憧憬着纯洁的爱情走过了青春期。进入部队，进入新兵训练，也开启了一个新的成长过程。我不知道如何区分男性的成熟，看见有学员在晒被子，那被子上分明画着"地图"，才知道原来是发育了。在一阵起哄轻笑声中，我们眼里的男兵也许真的成熟了。

一天训练结束，晚餐刚用过，回新兵大楼的路上，我看见昏暗的灯光下，一个像电线杆似的大个子兵，原来是我们十二队三区队的王平站在路灯下，他左手托着本子，右手在奋笔疾书。我不解地问他："你在默写条例吗？那么刻苦。"他看着我只管傻笑，露出一口雪白的牙齿，低头继续写下去。我摇摇头，这人走火入魔了吧，想考第一。那天晚上，我去洗漱间，已经接夜班执勤的王平穿着军大衣，高高的个子从走廊那头向我走来，往我军大衣口袋里塞进一封信，他并没有停顿，径直走过。我站在洗漱间打开一看，情书？再翻看，里面还有一张这小子的便装照片。

新兵训练的强度很高，很快让在家时一日三餐吃大米白面、猪肉鱼肉不是个事的日子成了思念，成了历史。男兵们八个人才一盆菜，个个跟多少年没见过嚼头一样，恨不得几分钟，菜盆就见底了，那边的饭桶也见底了。轮到吃面条，大家伙儿更是一哄而上，手长的，手短的，都拿着筷子围在面条桶边使劲儿地夹。面是那种不见一丝荤腥的素面，只是那葱花酱油味闻起来已经十分诱惑。据说多吃粉条会变笨，食堂每日不变的萝卜粉条和大白菜粉条我已吃得有些腻了，那天难得保持一份清醒，先捞了半盆面条，分分钟下肚，那个速度有点儿像电影里蹲在墙根儿，端着大海碗吃面的老农。只几步，我又窜到了面条桶前，得意扬扬地又捞满了一盆面，仰着脖子走到饭桌前慢慢来品。

最后一项训练科目是射击，三个女兵中我得了唯一的优秀。在分兵之前我又幼稚了一回，教导员分别谈话，征求三人分配的意见。一个卫生科卫生员的名额，两个去警通连总机班做话务员。她俩显然比我成熟："服从组织分配。"我脱口而出："教导员，我想去卫生科。"心里暗自琢磨，卫生科用餐食堂羊肉汤可以可劲儿地造，机关兵也无须天天出早操。至于卫生科夜班倒、见血或是尸身，倒是不怕的。就这样，傻人有傻福，我去了卫生科，耿燕明和王核琳下了连队，成了总机班的"31"和"32"。

1983年新年元旦的晚餐至今令人咋舌：猪肉大葱馅儿包子。那晚星光点点，最璀璨的那颗星星是六队天津兵张耀琦，他一顿干掉了十二只个头很大的肉包，满堂生彩。

也就是那天晚上，我们队有新兵蛋子惹祸了。难得吃包子，难得瞧见荤，大家风卷残云般消灭了晚餐的猪肉馅儿大包子。离开的时候，谁也没有发现食堂泔水桶里多出数个白白的带着油光的包子皮，只是里面的馅儿不见了。教导员命值班员立刻吹哨子，我们学员十二队四个区队在食堂内集合。

新兵们用余光紧张地瞄着泔水桶，上面是那几个得意扬扬又赤裸裸裂开内脏的包子皮儿，大家伙儿神态都紧张坏了，心里直打鼓，不知道这是谁干的好事。教导员和队长在队列前默默站立了好几分钟，我们感觉队干部扫到身上的目光像是刀子，瞪得我们浑身发毛，几分钟的列队好像站立了一个小时。

教导员和队长没有说一句话，阴沉下来的脸很像青岛刚下过大雪的天，他们走到泔水桶前，拿起包子皮吃了起来，眉毛都不带皱的。四个区队长也冲到泔水桶前，拿起包子皮，严肃地往嘴里塞，我看见辽宁锦州区队长硬忍下咽，眉毛一直拧着。1983年1月1日晚上，我们的新兵宿舍特别安静，不带一丝喧哗，一直到熄灯号响起。

老兵油子

人生有许多被时间催熟又延续下去的第一次，我们在一个又一个第一次中体验到成长的滋味。这包括我在视为故乡的青岛，喝了在南京没有喝过的大肚瓶酸奶；品过只见瘦肉不见肥膘的咸香的驴肉；我们用很少的钱买来各种小海鲜，在洗脸盆内煮开；还有新兵训练时第一次接到的情书，那个在路灯下写下情书的大个子学员已经离开这个世界二十年；还有，第一次听一个男兵给我一个人吹笛子，虽然我对笛子独奏并没有多少感觉……而这许多的第一次，都诞生于青岛那座城。

男兵们大多烟瘾很大，困难时，一根烟两人分，一人撅半根。我想起从海航机关考过来的照相专业区队长梁军，他和独二团杨锦辉是在部队入了党才考到航校的，毕业后又一起回了海航。

我想起一张照片，那是一张彩色的合影，居然一点都没有掉色，印象中彩色照片远不及黑白照片那么"赖坨"。"坨"是南京方言，"赖坨"就是耐折腾。照片里面是我的战友们，"帝国军官"一个比一个帅，右后位是身高一米八一，姑娘们回头率百分百的南京战友曹伟，他舍得送一军用挎包那么多的家里邮寄来的罐头给我，在缺少补给的 80 年代，这份情谊可重着呢，他喜欢摸摸我的脑袋瓜子，年轻的时候不懂，以为他是把我当成了孩子。右前位一米七九的南京战友宋强拥有俊朗的五官，上回照片就是男一号的主，后来回到南京我拿着这张照片帮他介绍对象来着，不留神，一帮兄弟一起参与了相亲。第一排左二是身高一米七六的南京兵陈玉路，外号"毛五"，在学员队时擅长装病，为混进卫生科休养所吃上油水足的病号饭，他的意志力很坚定，寒冬腊月天穿着单衣单裤到室外生生地冻着自己，我那时管后勤工作，这"阳春面"的绰号就自他而起。

左三位杨柳细腰的是徐志强，眉毛又浓又长，更有一双柔情蜜意的眼睛，个头不算伟岸，只是干出来了伟岸的事。他退学了，回南京追梦，后来追去了越南，回国以后又去了广东，糖醋鸡蛋这道菜是他教的我，这是个阅历丰富的家伙。左四位是身高一米七八的南京战友马国康，侧脸对着镜头的那张有棱有角的面孔上有一双牛犊子一样大的眼睛，在学员队他享受少数民族生活待遇，靠着一盘炒鸡蛋，俘获了钻石一般坚硬的友情。

一排左手第五位是身高一米七八的大连战友尹健，也是我的铁杆哥们儿，80年代航校机关和学员队热火朝天大搞军民共建，学跳交谊舞是硬性任务，青年男女时髦三步四步，从上场的步子开始，尹健手把手教会了我跳交谊舞。他还陪我练羽毛球，青岛的初夏不算太热，在卫生科外面幽静的马路上，我俩可以你来我往打上近两个钟头。前几年疫情没来的时候，一次国庆节他坐着飞机给我带来了一箱子长海海参，叮嘱我一次只能吃半根，我半信半疑，忍不住吃了一根，次日晨起，鼻腔一痒，滚下一滴鲜血。

第二排身高一米七八的是来自石家庄的帅帅的梁军，海航机关考到学校来的梁军是照相区队区队长，略显成熟，一口标准磁性嗓音的普通话，坐在主播台前就是央视主持人的范儿。后来，我回到南京进入工业大学校医院工作，他特意来校医院看我，那时的梁军已毕业回到北京海航政治部。

再见面已是2002年夏天，在八一建军节前夕我们在青岛偶遇。十一个南京兵被我忽悠回青岛，纪念入伍二十周年，在青岛中山公园那里的酒店，留在青岛扎根北航的辽宁战友王金富狠狠地招待了大家伙儿一把，两张桌子上大盘大盘的海螃蟹很少有人动，光见啤酒一箱一箱地下，我和梁军媳妇儿老靳忙着干螃蟹。当年在学员队的时候梁军和他媳妇儿才搞对象，身边人意图拆散这对，把老靳搅黄，学员们都叫她老靳，特别是亚平，搅和起来最来劲儿。

雷达区队的赵亚平和曹伟一个班，班长是曹伟。亚平脸上布满了青春美丽痘，自打我认识他那天起，这青春痘就结结实实在脸上卧着，一晃小四十年了，这痘痘已成了他青春永驻的标配。亚平一心也想找一个漂亮的，结果没有漂亮的姑娘看上他。

其他战友都经常请客，唯独亚平没有做过东，于是"铁公鸡"这雅号就赐予他了。亚平有史以来第一次做东就是招待春节来南京过年的梁军夫妇和王金富一家。在民国时期就知名的中央饭店里，亚平搂着我和梁军媳妇儿老靳美滋滋地合影，他的每一个动作都绽放出暖男的气质。

饭桌上，梁军点燃一根烟说："到军校时就开始抽烟了。那青岛烟，牌子叫什么鹿，也抽烟丝，因为买不起盒烟。"我第一次听说学员们也抽烟丝，在此之前，电影镜头中只有胡须寸长的老大爷才用烟丝，顿生好奇地问："哪里有烟丝？"梁军往面前的烟灰缸里弹了一下手中灰白色的烟柱，烟灰松散着身体，纷纷跌落："是特设区队张晓光从老家带来的，秦皇岛人。"

"学员队春节都怎么过？我记得春节时我带着两个天津女兵关文敏和刘燕在学员二队门口放过烟火，二队一个副区队长蒋国华赞助的'窜天猴'。"梁军眯缝起眼睛，好像在凝视远方，"第一个年是在学校过的，发了好多东西，有青岛大圆火腿、面包、方便面和钙奶饼干。"这时我才知道，原来学员灶标准很高，按地勤灶标准，三天小会餐，一周一次大会餐，平时每顿三个热菜，最好吃的是肉卷。

曾有人说："幸福的人生总是相似的，不幸的人生各有各的不幸。"这话说得有点儿闹心，一个航校里面几个食堂的伙食标准区别忒大，不知这算幸还是不幸。学员灶早餐倒是和机关食堂差不多，面食为主，辅以小米粥和面汤；晚餐炒菜为主，经常发方便面和面包；午餐经常有红烧鱼，还有那种半斤多一条的海鱼，真是羡慕。

"李伟，你们学员灶食堂都吃什么鱼？"爱踢足球的李伟来过南京，他回应："刀鱼或鲅鱼，应该不大。从您卫生科爬高墙出去挖蛤蜊，用煤油炉或电炉蒸，一挖一麻袋！"这算幸事还是不幸？不知道了。我们卫生科的女兵们守着围墙真不知道可以翻出去挖蛤蜊，唉。

据说青岛人不爱吃淡水鱼，嫌弃养殖鱼有一股土腥味，机关食堂从未见过鲤鱼上桌。雷达区队曾旭建印象最深的是早餐第一次吃臭豆腐，入食堂后第一次闻到臭翻天的味道，以为进错了地方。曾旭建说："杨春燕，整个航校就咱两个没吃过臭豆腐。我第一次吃臭豆腐乳，不敢下筷子，闭上眼睛感觉像臭粑粑一样，尝过一筷子头，的确很香，回味无穷。"李伟接过话茬儿说："一般般，会餐时，俺把邻桌上的鸡腿掰下来，放到俺学员桌上共享。"马国康对鸡腿话题感兴趣："难怪我们桌上的鸡总是一条腿。"

爱情的模样

继续翻弄着相册里面的照片，有的照片已经模糊不清了，像被海水浊过了一样。有些照片必是刻在脑子里的，也许未必成像。

上海女孩如何被辽宁锦州区队长骗了，这事至今没整明白。上海女孩是宣传科广播员，梳着麻花辫子，她脸型方方的，算不得什么婴儿肥，下颌较宽。她皮肤白，犹如校园里梨园开放的梨花。不过我不喜欢梨花，梨花不是飘雪就是带雨，果真，她落了个梨花带雨。女孩的月事停摆，上海出来的人还是见多识广，女孩冷静地去地方医院做了引产手术，这件事在航校跟重磅炸弹一样，引来议论纷纷。

谁是孩儿他爹？那年中秋节之前，锦州区队长迈进保卫科的门，坦诚他就是"孩儿他爹"。我们被这个秀气的男人吓到了，他见到女兵说话脸都可以红到脖子，怎么会干出如此惊天动地的大事情，费解。

女孩住在卫生科养身体，科里安排她自己住一间病房，上海人还是仗义的，另外三个上海女兵来探望她，其他好友未见一个人影。一日上午，我送药到病房，见区队长坐在她的床头，两个人窃窃私语，说话的声音都很低。女的嘛，嗲嗲的上海普通话，男的嘛，粗壮的东北普通话，倒是蛮登对的。我跟他俩打了个招呼，经一事长一智，这时的区队长见到我，脸上看不到一丝羞涩的红云，成熟稳重的同时多出一些豁达自信。学校处理结果：女孩提前退伍回上海；区队长被撤销预提干。那年恰好是部队最后一次直接从士兵中选拔军事干部，他退役回了锦州。许多年过去了，没有人知道他们的爱是分道扬镳还是守护至白头。爱无处不在，只是你未必能够遇到，遇到爱情的人的概率还是不太高。不过有人说，你有什么样的爱情观，你就有什么样的爱情。也许，你的观念真的可以左右你的命运。

苦苦思念着一个人，或者心中有强烈感情，整个人便处于奥尔罕·帕慕克《纯真博物馆》中所写的状态："我的胃里有午饭，脖颈上有阳光，脑子里有爱情，灵魂里有慌乱，心里则有一股刺痛。"这时候的愁，是情愁，是浓愁——心里有"人"的时候，整个世界都是伊人的影子，只见那片特殊的树叶，不见整个森林，愁因伊人起，整颗心置于相思的磨盘中。只有灵魂里没有慌乱、心没有被刺痛的时候，才会安静地看见整个世界，才能发现世界辽阔、安静，蕴含着生机、美、神秘和启示。但，人有时依然惆怅，依然哀愁。这便是闲愁，是轻愁，也是清愁。

2020年春季的一天，小马哥给我打电话，说带一个常州战友到江浦，让我请客。这个常州战友娶了当年航校总机班班长上海松江人小朱。

人到了以后，才见到在航校与小朱秘密联络的男学员，我大跌眼镜，因为他其貌不扬。不明白女兵们看待男学员的标准是什么，小朱虽然在女兵中容貌一般，但我还是坚定不移地认为，小朱不应该嫁给他！

另外一人是一位教授，是小马哥他们公司的合作方。我强行忍住对把小朱勾搭到手，又生了三个孩子的男学员不满的表情，五官勉强绽放出笑容，实际上感觉自己生吞下了一只苍蝇。男学员的优点在于不会撒谎、无比自信、无比热情，女兵似乎也好骗，毋庸置疑。

那天，我把工大江浦浦苑餐厅最知名的几道大菜都点了，可以容纳十人的包间里面只有我们四个人。男教授倒是很帅，嘴巴甜得跟抹上了蜂蜜，不过掩饰不住眼睛里的虚伪，我又觉得自己生咽下一只苍蝇。

浓缩的都是精华。这位常州战友很有经商头脑，在听过一番职场、商场和官场的角逐故事之后，不知道为什么，他看着我的眼睛时有一丝不安，分别的时候大家都没有提出加微信，我只是无比热情洋溢地说道："问候小朱。"仅此而已。我算不算虚伪？

2022年4月寂静的夜晚，爱开会讨论的麻雀们都睡去了。我想起航校的莱阳梨果园，那大片雪白雪白的梨花素净雅致，虽然细看梨花有些散乱无序，但远看这些尽情释放生命活力的小花，壮美得犹如一幅长长的画卷。一朵梨花也许可以代表一个生命，人活一世，不仅仅是到天地之间走一趟过场，人们戴着幸福的眼镜，尽情享受历经千辛万苦才得来的甜蜜时光。航校的梨花，宁静祥和之余自带特殊的力量。梨花飞舞，那么有趣、那么简单、那么有魔力。时间会给不同的人带来特别定制的礼物，而对所有的人，时间又会带走一切礼物，不管这礼物是好还是坏，是喜爱还是不喜爱。

（发表于《青岛文学》）

不了情

20世纪70年代至80年代中期，部队大院长大的孩子大部分唯一的梦想就是当兵。我当时读书的南京第三十四中学，位于南京四大著名的城门之一——太平门附近，今位于江苏南京城东北。因位于神策门东南、紫金山下，皇宫正北，故明代以此门为南京的正北门，该门于20世纪50年代被拆除。中华人民共和国成立以后，太平门周边一大片区域内有三个部队大院，分别是位于宰门的海军指挥学院、位于太平门至小营的南京军区机关大院和位于兰园的空军司令部大院。

校园里的学生们，除了本地的孩子不穿军装，部队子弟都身着军装，统一单肩背着军用挎包做书包。女孩子们待遇差点，一般只能享用军裤，上身基本是花布或者格子布褂子，脚上只一双平绒布鞋穿三季。男孩子在家地位高，除了一身军装，脚上的鞋必须以北京布鞋为荣。因兵种不一样，一目了然，看着装即可知道这些少年来自哪个大院。

一身蓝军装是海军子弟，一身绿军装是陆军子弟，上绿下蓝是空军子弟。海院孩子少，没啥势力，空司大院的孩子牛哄哄地敢叫板，戏称陆军军装土气得掉渣，像"黄狗子"。分成了三派的男生善于在足球场上争夺地位，互不服气就上场练练，那赛场就在我家人民前线报社楼前的草坪上。后来才得知，踢球的男生里面就有我航校的战友。

男生们当中也有"跨兵种"特例，同班一男生的爸爸从军区大院调到了空司大院，身上军装也随即变成了上绿下蓝。他的发型很奇怪，一直是那种一丝不苟、板板正正跟用发胶抹过定了型一样的三七分，还有一双敌军参谋长一样审视的眼神，于是自然成了军区娃儿们口中的"叛徒"。

为了"脱胎换骨"，高中毕业招兵的时候，我在父亲给我的四个选择中，毫不犹豫地选择了去海军。那年来南京招女兵的是青岛海军航空兵一机校宣传科科长张春元，上海人。人武部见面后，教导员（后为航校学员二队教导员）笑眯眯地送给我三个字：有个性。我看着教导员发黑的牙齿也感到了亲切，那一定是熬夜写稿子被香烟熏黑的牙。

青岛这座城，就这样从地理课本上令人神往的文字描绘中跳将出来，一头闯入了我的青春，闯入了我的生活，如影随形，像执拗的情人一般，陪伴了我一生。

澡堂插曲

80 年代的洗浴设施还没有配备单独淋浴，航校的大澡堂子分男部和女部，一周开放一次。周日澡堂子比较热闹，按照各区队顺序，学员们都安安静静端着脸盆排队，叮叮当当，里面的毛巾、香皂和拖鞋等抓紧相会的机会打个群架。

新年快到了的缘故，同志们摩拳擦掌，预备大洗特洗一番。在"哗哗"一片流水声中，突然男部澡堂里一阵喧哗，一位区队长晕倒，倒在澡堂滑溜溜的地上，额角渗出了血丝。有人蒙了，茫然不知所措，张着 O 型的嘴巴。有几位赤条条躲在门帘后面，仅伸出带着蜂花洗发露泡泡的脑袋，呼叫外面等待的学员去卫生科喊医生来澡堂急诊。其余人则围着晕倒的区队长团团转，束手无策。左等不来，右等不来，那一刻的时间显得特别长、特别难熬。

终于盼来门诊部出诊医生的那一刻，气喘吁吁地背着急救药箱赶到现场处理的是位近五十岁的胖胖的女军医，原来那天没有男医生值班。此时学员们一副大失所望的眼神，气氛多少有点儿尴尬，硬是把女军医堵在了门外，因为区队长还躺在地上一丝不挂呢，有学员忙不迭拿着浴巾跑进澡堂里给区队长裹了一下。

要说姜还是老的辣，这女军医连看都不看一众拦截的学员，张开双臂边推开大家边说："让开让开！"然后突破重围，冲进澡堂。原来这位区队长忙着布置新年联欢会场，大半天还没来得及吃上一口饭，低血糖犯了。片刻后额头上蹭破皮的地方已经消毒并贴上一块纱布，并无大碍。区队长睁开眼睛望着周围黑压压的脑袋瓜子突然笑了，笑完之后深深呼了一口气。女医生起身看了大家一眼，扬长而去。开始还嘟囔的学员朝着女医生的背影做了个鬼脸，澡堂里"呱唧呱唧"响起一片欢送的掌声。

注射室

新兵训练结束，我被分配到卫生科当卫生员。卫生员嘛，我不陌生。戴红领巾的年月我在与军区大院一墙之隔的太平门小学读书，班主任王明英推荐我当少先队大队文艺委员，70年代在南京文化宫参加全市小学文艺演出，我扮演的就是一心去延安参加革命的卫生员。航校卫生科卫生员有一个班，在门诊外科换药室（手术室）、注射室、化验室和住院部疗养所四处轮换工作岗位。上岗前，会有理论学习和操作培训，比如肌肉注射，也就是打针，在没到注射室之前，除每日在外科换药室换药和做棉球、棉签、纱布块辅料外，就是抱着枕头或者萝卜练习进针的手感。

一日，南京兵宋强一瘸一拐，带着足球场上"战伤"的腿来包扎，见我埋头认真地往枕头上扎针，跟看见新大陆似的一脸坏笑。上药的时候，他倒是皱着浓黑的剑眉笑不出来了，双手抱着自己的腿，直喊"轻点儿，轻点儿"。再来换药，撕胶布连带拽下来他两根长汗毛，这下又疼得不行，咧歪了嘴："丫头，你手太毒了！"

当然，后面轮岗到注射室的时候，面对病号各种各样的臀部，进针的手感还是不一样，大部分人勤于运动的缘故，肌肉比较瓷实，并不像枕头那么软和，所以扎进去的瞬间，必须让手腕灵动配合。准确地说是"戳"进去，而不是扎，或者"捅"字也可以解释得清楚。最受欢迎的还是家属里比较肥胖的女性患者，不管是肌肉注射还是臀部注射，感觉屁股上的肉柔软得像一块大豆腐，没咋用力那针已经进去了。

爱情有距离

四川青川到大连有点儿远。科里卫生员班有两位情愫颇深的卫生员，一位是爱好美食、皮肤白皙水嫩的四川兵惠子，她特爱吃辣，无辣不欢，可以说我后来爱辣油跟惠子有直接关系。另一位是身材伟岸的大连兵海子，别人不说他是战士，我差点儿以为他是首长。说话声音贼好听，带着专属男生的磁性，眼睛不是很大，性格开朗。

当时科里老同志都说这俩人是一对，可我怎么观察都丈二和尚摸不着头脑，除了发现他们两个在一起总是有说不完的话题，其他根本就看不出什么。惠子爱用电炉子做饭，心事如春天的藤蔓一样疯长，她在给海子做川味，我跟着沾光。一来二去，就到了退伍季，我跟惠子去沧口国营照相馆拍了一张合影，离别的时候就要到了。

我忍不住问："你们俩啥情况？真的是一对吗？这退伍咋办？谁跟谁走？"这两个人沉闷了许久，海子哥面无表情，长叹一声，手指上夹着一根即将燃尽的烟卷。他说："春燕，你看我俩像一对吧？"我心里回应，真的是不太像，起码没看到伤心欲绝的眼泪。后来得知，惠子进大连的户口很难办，也许在感情面前，现实困难都是战无不胜、攻无不克的，感情脆弱得像纸张一样。初恋，是昨日的一场梦。

都是猎枪惹的祸

80 年代航校里面土生土长的野物挺常见。军体教研室一位年轻教员探家归队时带回一杆猎枪，据说这枪威慑力极大，干掉一头野猪都不在话下。

五一假期到了，哥几个心动不已，饭后一边聊着曾经的射击成绩，一边在校园里到处寻找猎物。当然，校园不是崂山，也寻找不到野猪，但一般的小型野味在那个时候还是很常见。

那天下午太阳很大，阳光明媚，有一丝丝晃眼，打靶场后面林密草深，眼看着树丛中一只野山鸡扑棱棱飞过，大家抓住机会，关键时刻显身手，"咔"的一声，猎枪已从肩膀上甩下握在手中，举枪、瞄准、射击一气呵成。这么潇洒干练，不知道能迷倒多少青岛小嫚。

但是，"砰"的一声后不见野鸡，倒传来"啊啊"的人惨叫声。后来得知，这猎枪射出的霰弹不知怎么那么寸，恰巧把在树林里采摘野菜的军体教研室主任打中了，而且还是臀部。军体教员哭丧着脸做了深刻的书面检讨，外加一个记大过处分。

中山路上的西餐

落日余晖洒满了海面，那夕阳跳跃着被波涛一口连着一口吃掉了。南京战友陈进在中山路西餐厅请客吃大餐，真是刘姥姥进大观园头一遭。从冷盘到咖啡，没有一样东西可口。上来的汤是凉的；其他食物如钱钟书《围成》中的比喻：鱼像海军陆战队，已登陆了好几天；肉像潜水艇士兵，长时期伏在水里。除醋以外，面包、牛油、红酒无一不酸。这似乎曾在青岛西餐厅经历过，从餐厅窗外望去，海里的鱼在没心没肺地跳跃着打发日子。

我和王核琳的对面，端坐着两位男战友，陈进教我们如何用刀叉，我用不屑的眼神看着他："傻不傻？外国电影不是白看的。"炸猪排裹着厚厚的金黄色面包屑，冒着汁水躺在我面前，我抄起家伙，来个干脆的，直接入口。炸猪排是"海派西餐"的经典代表，如同烙蛤蜊、罗宋汤一样，它们成就了青春期男女与"海派西餐"的美味情缘。西餐，讲究一个情调，只是在青岛，西餐终究不敌对手——海鲜配啤酒获得人们芳心，外来文化只能做个配角。从西餐厅出来，我们四个人摸摸依旧空落落的肚皮，又钻进了一家饺子馆，两盘鲅鱼韭菜饺子勉强填饱肚子。

青岛人太实在

离开南京后好久都没吃上一碗辣油小馄饨了，都快忘记是啥滋味了。周日外出，南京战友徐志强和大连战友尹健相约，直奔沧口锅贴铺，站在卖票窗口嚷道："来一斤鲜肉馄饨。"女服务员抬头看看："就你俩？"尹健挺了挺胸脯："对！"女服务员一脸纳闷儿没再说话，一会儿工夫馄饨被端上了桌子，他俩傻了，从来没有见过那么大的青花大瓷盘，哎呀呀！整整放了两层一共十大海碗。

"天爷！这下可怎么办？"二人面面相觑，放眼四周，前无救兵，后无援兵，尹健东北人那股虎劲儿上来了："咱俩必须使使劲儿把这些馄饨都干掉！"摘下军帽端正地放在桌上，撸胳膊挽袖子这就开干。第一碗香啊，第二碗也可以啊，到第三碗、第四碗的时候，已经不知道吃的是什么了。

尹健头上微微冒汗，咬牙切齿地干掉五碗馄饨，徐志强解决了四碗。

他俩把馄饨、蛋皮儿、紫菜都捞了，鲜汤一口没敢喝。"青岛人实在得吓人啊！一斤馄饨十大海碗，把俺们俩人撑的，硬生生保持军姿勉强挪着步子，差点儿都没走出沧口锅贴铺那个店门。"

酱油饺子

1984 年大年三十，旅顺基地领导照顾远道而来实习的大连学员，决定让他们回家过年，准了两天的假，但要求是，下午统一包完饺子才能走。能回家过年，心里乐开花似的，甭提多高兴了。吃完中午饭，大家就开始轻车熟路忙活起来了，擀皮的擀皮，会包的就动手包，个个神采飞扬，场面相当热闹。

尹健正包着饺子，就瞅见一旁小张包饺子的时候神秘兮兮，饺子皮里没放馅，小心地倒入一勺子酱油，然后把饺子皮轻轻地捏上，看看周围有没有其他人发现，对着他们这桌几个人伸出右手食指按在阔口厚嘴唇上做了个"嘘"的动作，并小声说："看看谁福气多多能吃上这个酱油饺子啊。"

包完了饺子，大连兵们就像出笼的鸟儿一样，飞奔到车站，坐上长途客车往家去了……

大年初二，尹健才进营区大门，正好迎面撞到厨房小张，他愣住了，小张的嘴唇肿起了老高，冬天的太阳照在他的嘴上，显然还有一圈亮晶晶、密集的小"珍珠"，活脱脱成了猪嘴，还擦着药膏。尹健说："大过年的怎么搞成猪嘴了啊？"

这时候，旁边的人搭腔道："也不知谁这么缺德，饺子馅里装进去了酱油，刚煮完的饺子，你想得多烫啊，没想到小张煮饺子的时候，盛了一个饺子想尝尝看熟没熟，巧了，就吃到了这个酱油饺子……"

人生遭遇滑铁卢

我一大头兵，遭遇的所谓滑铁卢，既不是令拿破仑战败的滑铁卢战役，也不是没考上滑铁卢大学，只是特指和平年代部队官兵们相当重视的可以拿下三等功的机会我没把握住，俗语"煮熟的鸭子飞了"。那件事对我打击不小，主要是吃了败仗的原因不太能拿得上台面，有伤大雅。当然，每个人的生命里都会遇到各种苦涩难咽的"滑铁卢"，但那件事至今想来依然令我难过。

当时卫生科党支部扩大会议上各个举手表决通过，但是谁都没有想到反对的人出现了。谁呢？恰恰是我的直接领导，门诊部护士长。她阴沉着一张肥胖的面部肌肤已经下垂的脸，操着山东人特有的卷舌音："杨子作为卫生员班的班长工作表现确实很出色，可我们这些勤勤恳恳工作多年的老护士都没有立过一次三等功，是不是不太公平？"得，背后一刀的滋味尝到了。

我思来想去，问题到底出在哪里，忽然恍然大悟，一定是毁在那条蓝绵绸裤子上。前些日子回南京探亲，临出发前护士长千叮咛万嘱咐给她带一条蓝绵绸裤子，青岛没有卖的。护士长一定是满心期待，我也一口答应下来保证完成任务。谁承想，回到南京，我妈说南京早就见不到绵绸裤了，不甘心，特意和母亲大人一起去南京80年代很火的鼓楼红霞绸布店，彻底傻了眼，还是没有！爽约不是我的风格，无奈之下买了一堆南京特产作为弥补。

回到青岛尴尬地跟护士长解释，她当时情绪就很低落，女人爱起蓝绵绸来势不可当，我人生的第一场败仗居然败在了这可恶的蓝绵绸上。后来，航校拿下三等功的是一个校务部的天津兵，他在很多年以后我赴天津战友聚会前夕，还在跟我炫耀此事儿。他当然不敢当面跟我吹嘘，只是拿着手机图片隔空显摆，当面的话我非得给他一脚。

心中永恒的痛

往事一幕幕，写着写着我落泪了，美丽干练的护士长早早就离开了这个奋斗过的战场。

一头自来卷的卫生员小林急急忙忙从前面门诊跑到病房，满脸兴奋地告诉我："疗养所新来一个护士长，漂亮得不得了，而且是从我们宁波东航调过来的。""嗯哼，有多漂亮，天上掉下个林妹妹？"我知道小林对故乡浙江的热爱和思念，只要是沾上浙江的必须都美，她的家可在台州，离宁波好长一段距离呢。

不过，当新来的护士长商永湘一个大步迈进我们疗养所办公室的那一刻，我真傻了眼，"哎哟喂！真美！"三十岁出头，乌黑浓密的短发齐肩垂下，一双又弯又大的眼睛漂亮极了，很有神采，感觉新护士长不是南方人。我跟会看相一样，护士长真是北方山东的，爱人更是青岛本地人，就是我们航校学员四队教导员。热络以后，我跟护士长开玩笑："坦白从宽，教导员是怎么把你骗到手的啊？"护士长跟我们的亲姐姐一样，工作起来很严厉，生活中很随和，她大大咧咧地告诉我，她最初在舞蹈队，台上演出的时候被他相中了。因为集体舞的妆造完全是一个模子，所以他第一眼看中的其实就是一双眼睛。是的，护士长的眼睛轮廓很美，瞳孔还有点琥珀色，好洋气哦。

也许是航校守在海边，湿度较大的缘故吧，也许那个年月生态环境保护得也好，夏天夜晚航校的小路上，你不小心一脚踢上的有可能是一只刺猬。这个时候的刺猬为了保护自己，当即缩成一团，呈刺球状一动也不动。据说刺猬营养丰富，也属于大补之物。小林拿着加工好的刺猬在护士

093

长家中的锅里烧，整个走廊都飘着香味。护士长及家属当时暂时安顿在卫生科宿舍，和我们在一个大通道上。闻着刺猬的肉香味儿和鸡肉相仿，但油脂可不是一般的多，黄澄澄的在锅里浮起了一层，让人无从下手。

在后来的日子里，工作之余，我跟着护士长一起玩转青岛中山路附近的老街，老街上有她和教导员的房子。青岛老房子里藏着厚重的历史。1986年我们离开青岛后没有几年，护士长也转业了，去了海南，去了依旧能够依傍和守望大海的地方。再后来她一路打拼，成为海南房地产行业颇具盛名的副总经理，记忆深处的护士长永远阔步向前！

女兵作家的铁杆"钢丝"

你好，春燕！缘分啊！佛说我俩相识是前世的五百次回眸！你对三队合影照片中这个长得像南方人的学员有印象吗？三十多年了！

我俩第一次见面你肯定忘了，那是在新兵训练时，咱们当时都没发领章帽徽呢！你我都去买东西，你买的虾酥糖和钙奶饼干，我当时买的牙膏、小镜子，差五分钱挺尴尬，你帮我解围大方地替我交了。小姑娘这么漂亮还这么仗义。当时咱们可都是士兵，拿的是战士津贴。

后来我从团岛机场回航校，入学后的体检你帮我顺利通过，之前我有血压问题。那个高血压的人就是我呀！看到过你父亲来学校看你，你父亲是首长对吧？我很巧遇到了。你当年是少有的漂亮，眼睛最漂亮，那是一双会说话的眼睛。

还记得航校的肉卷，确实挺好吃，当年在学员三队时，年轻人爱饿，一吃肉卷队长就骂我们："肚子是自己的，肉卷是学校的，使劲吃，每次都吃六七个，气气炊事班的人！"

老战友！分别三十多年后您突然以文字形式在杂志上出现，战友们惊喜得不知道咋高兴了。我们的航校，做梦都想念的地方。您把我们的青春印在杂志上了，战友们应该感谢你！如果这些文字都能够让在航校当过兵或者在青岛当过兵的人看到该多好啊！

老兵新传

　　八一建军节快到了，我与同年退伍回南京的老战友王子淳相约一起上张家港双山岛参观，当然他上岛是为了检查涵田酒店新建项目的情况，顺带带我们去瞧瞧张家港双山岛发展中的神秘模样。

　　子淳帅气十足、水性极好，能够横渡长江和玄武湖，在海院子弟中属于那种不显山不露水的人。不知道是否算得上命运的安排，退伍回宁时他很"傲气"地放弃了进海关的机会，选择了看似不太热门还比较辛苦的旅游局。未来是什么样子无法预测，我也不知道他的选择到底是对还是错，这么多年过去只能感叹世事沧桑。

　　人在选择命运时一定会有一堆故事，总是迷迷糊糊谁也说不准地绑定了前程。子淳选择旅游局这件事儿，似乎与在部队时抓鸡的熟练技巧有关。他们离开航校后被分配去了航空兵奔牛机场，机场有一个专门负责后勤保障的大队，还在一个院子里养了不少鸡。多诱惑人啊，怎么能眼睁睁地看着公鸡打鸣、母鸡下蛋呢？夜晚，几个弟兄开始行动了，一条龙配合"作战"。跳到院子里去偷鸡的"一传"就是子淳，更让人万万想不到的是，子淳就跟训练过一般，手到擒来，上手一拧巴，鸡脖子就断了。他把鸡甩手扔到了墙外，负责接应的"二传"拎起鸡撤离，回去"三传"负责拔毛，还有负责开膛破肚和炖鸡的四传、五传，各司其职。夜晚的机场寒风刺骨，一大锅喷香的鸡汤滋润的不仅仅是胃和心灵，还打通了退伍军人和五星级酒店老总之间的命脉。

双山岛在南码头上岛，我看见老战友子淳上身穿藏青 T 恤，下身着浅灰色长裤和白色皮鞋，颀长的身材，很干练地站在候船厅外面等候我们。风平浪静，过江只用了八分钟的时间，双山岛，我们来了！

"双山岛就是 1949 年 4 月 21 日解放军横渡长江时最东边的战场，当时岛上国民党守军有两个营。22 日黎明攻占双山岛战斗中牺牲的两百多名烈士都是江苏籍。攻打双山岛时那位高营长就是我们老战友高爱民的父亲，他打响了进攻的第一枪！前几天，高爱民上岛替老父亲祭拜烈士。岛上有双山渡江战役登陆纪念碑、纪念馆。"子淳向我们介绍着。老爷子今年九十二岁，原来时间并非能冲刷一切，失去战友的刻骨铭心之痛一直都跟刀割一样刻在老爷子心底。

在去酒店沿途的风光带中，我看到一些家长带着小朋友在江堤上忙忙叨叨地拿着小铲子低头挖着什么，快乐的娃儿时常快乐地欢呼："找到了，又一只。"看着我询问的眼神，子淳笑着告诉我们："客人们在江堤上找到的叫螃蜞，其实就是小螃蟹。当地乡民才是抓螃蜞的高手，一天多的时候可以抓五十斤左右，每斤卖二十多块钱。捉螃蟹忒容易，在水栈头用竹篓沉下去捉，很容易就能捉到半篓子。小的只有一二厘米长，一般五六厘米长，最大的有八九厘米。小的可以做鸭食、猫食，大的做油爆面拖蟹。靠江吃江，勤快一点儿都有饭吃。"

在这二十多平方公里的双山岛，绵绵不断的江堤长满了一丛丛开着淡褐色芦苇花的芦苇，而螃蜞掘洞而居，芦苇荡和江堤便是螃蜞的家园。在岛上的高尔夫酒店可以吃到用螃蜞做的一道菜——螃蜞豆腐。这道菜已经被评为江苏当家菜，同时也是张家港市非物质文化遗产。子淳说，螃蜞其实对江堤具有一定的危害，因为那小东西一直在不停地刨洞啊！

晚餐餐桌上，终于见到了唐朝大诗人白居易非常赞赏的螃蜞豆腐。几只暗紫色的螃蜞豆腐静卧在一只考究的盏中，趁热入口，鲜美即化，非常细嫩，而且还没有任何鸡蛋清等其他食材的辅助。开始大家都以为一定有豆腐的味道，螃蜞豆腐，顾名思义，就是螃蜞的肉跟豆腐一起制作的，但其实螃蜞豆腐这道菜里没有豆腐。

看着我们盯着螃蜞豆腐诧异的眼神，子淳笑了，用一双修长的大手边比画边讲解："制作螃蜞豆腐，要先将螃蜞掀掉硬壳儿去脐，洗净捣碎，再用纱布包好，挤出汁水。一点儿残渣都不能有，否则影响口感。待螃蜞肉浆做好，下入开水锅中，放料酒、姜、盐，文火烧开，此时流质的螃蜞肉浆美妙幻化成豆腐花似的肉羹，很像一朵朵睡莲浮于水面，白中略带紫色。汤汁中也可以加韭菜叶、蛋丝或者蘑菇丝，但绝对没有必要加味精，味道特别鲜美。"

子淳先后做过十三家五星级酒店的老总，从酒店最底层起家，一直干到玄武饭店大堂经理。光鲜背后那份苦辣酸甜，只有他自己心里明白。他说："一年三百六十五天，天天早上5点半起床。每日早上管理层例会雷打不动，哪怕是大年三十也容不得一点儿含糊。"金陵古城曾经红红火火的"红泥"，就是他从选址到经营一手打造。那里也是战友们聚会的地点，每一次子淳都会过来坐一会儿。这些年，他走遍二三十个国家的五星级酒店，不仅重视餐饮部的管理，也对餐饮菜品的各大类门儿清。

第二天一早，太阳出来了。拉开推拉门，站在宽大的阳台上眺望不远处酒店绿水环抱的高尔夫球场，心旷神怡。这里的游客夜间都可以在双山高尔夫球场练球，岛上有双山高登国际高尔夫学院。在这占地面积五十多亩的围合式江南园林建筑风格的酒店，还有一个直升机停机坪。我见过子淳发在朋友圈里坐在直升机里的照片，炯炯目光锐利地注视着前方，那目光背后闪耀的是战斗无悔的青春！

酒店农场里一群群山羊在江滩边吃草，鸡鸭鹅们没有羊儿那么自由。酒店女员工养的两只猫忙得够呛，一会儿忙着拿眼神勾搭老实的山羊，一会儿又拉开大步对着鸡鸭摇晃尾巴，自由自在自是最值得傲娇的。鹅太凶悍，猫心里门儿清，远远地躲开。酒店内大伯墩湿地公园的木栈道很长很长，木栈道一头有间茶社，坐在山水之间品茶，内心深处很平静。

环岛的一侧是夹江，夹江有二十多米深，岸边直上直下。鸟鸣啁啾，双山上是白鹭和珍稀飞鸟的天堂。各种认识或不认识的植物，受江水雨水的滋润长得郁郁葱葱。江堤上一行行的香樟、水杉、意杨和垂柳相扶相依，远处紫陌红尘，密密匝匝的芦苇沙沙作响。

1992年9月，中国人居环境科学创始人、两院院士吴良镛来到了双山岛，发出了"黄金有价，宝岛难求"的感慨。1996年，清华大学将双山岛定为生态研究试点区，如今的双山岛是原生态的湿地公园。车行于环岛路上，子淳说，他来张家港一年，不知不觉中爱上了这座岛。岛上百年来没有工业企业，是长江中下游地区原始生态环境保持得最完好的处女岛之一。现在，一座以原始生态闻名的山水含情的岛屿，以江南地域文化为底蕴，以慢岛生活形态为气质的"沙上绿洲"正日益完美地呈现在人们眼前。

主航道上江水滔滔，向右是上海，向左就是南京，江水中有一道神奇的蓝色和黄色的分界线，不知道这是否暗喻浓荫空气中花香鸟语的双山影像？瓦蓝的天空出现美如鱼鳞一般的云彩，时不时飞过一架直升机，天际出现了金色的大大的太阳。太阳有着坚强、勇敢、博大的胸襟，它始终给奋进中的人们带来永不褪色的光芒。右边不远处是一弯浅色的月亮，像极了柔情的眼睛。

（发表于《文化时代》）

金陵夏梦

明城墙下老门东

　　自从南唐开辟御道（中华路），这条中轴线北起皇城（内桥），南至南门（中华门），中华门至长乐路段中华路以东，称作"门东"。20世纪90年代末门东老街区修缮改建后，箍桶巷入口处立下牌坊，门东前面加了一个"老"字。这里，与老门西相对，都属于夫子庙秦淮风光带。有人说，认识一座城，就应该找寻到这座城最老的古街。古街因其久而成其古，这里以岁月为水，以历史为茶，既有闲居静观的柔情，也有时光积淀的厚重。十里秦淮汇集了历朝历代帝王将相、文人墨客，有文化巨匠李渔，有太平天国时期的女状元傅善祥，更是商家巨贾和平民百姓的怀旧之境。这里，拥有古城墙下的古朴建筑和江南鲜有的都市之魂，这里有寺庙园林、博物馆、非遗艺术展馆、中华老字号商业街、相声剧场、书画院、越剧院。这里就是"最南京"的城市名片——老门东！

　　箍桶巷紧靠着老门东正门的牌坊，20世纪90年代末箍桶巷拓宽，从马道街（古时跑马专用）南延到城墙根下。巷子长约六百米，宽二十六米，箍桶巷俨然成为老门东的主干道。在南京老城南的历史上，箍桶巷周围一带的街巷，有些店铺和明初江南首富沈万三有关。据说，箍桶巷源自沈万三开的酒坊工场，因为酿酒需要许多木桶而有了箍桶巷。箍桶的手工艺师出师前也需要当很久的学徒，直至箍出的桶滴酒不漏，才可开箍桶铺子。粮食酿制的美酒，桶桶精装，丝毫无损，喝一碗喷喷香。

　　剪子巷，也和老门东牌坊距离很近，左手即是。这条巷子长近千米，宽约四米。明初，这里是兵器仓库，古时兵器中箭比较多，所以开始的时候这里叫"箭子巷"，据说在民国时期改称为"剪子巷"。有老南京人说这条巷子也是南京城手工制作剪刀的剪刀铺子云集的地方，故而才会改名剪刀巷。不过这条巷子并不简单，民国时期南京救济院、妇女教育总所、孤儿院、育婴堂等都在这里，就连南京盲人学校也开在了剪子巷。

十里秦淮分为东五华里和西五华里，东五华里秦淮河，从老门东穿境而过，流经门东地段的武定桥、朱雀桥。西岸还有信府河一条街巷。沿河两岸，老巷如老树一般伸展着枝枝权权。走进老门东，首先抬眼看到的是伟岸高大的明城墙，明城墙为明初朱元璋当皇帝时所建，是世界上保存最完整的古城墙之一。历经战争磨难，老门东这段城墙已遍布伤痕。

遍寻老门东的安乐寺，却不知在哪里。秦淮一带是盛产中华成语典故的沃土。安乐寺，是成语"画龙点睛"的诞生之地。相传，南朝梁代一位大画家张僧繇，给寺里画了四条龙，可是没有给龙画眼珠。梁武帝召见他问缘由，张大画家回皇上，是为了寺庙的安全。皇上和众人不信，令他画上眼睛，张画家回到安乐寺，拿起画笔就给两条龙画上了乌黑灵动的眼珠。结果众人傻了，龙须舞动，龙爪划过，忽然天上电闪雷鸣，点了睛的龙一跃而起，上下腾飞，仿佛获得重生一般激情盘旋，众人眼看着龙腾飞得无影无踪。

老门东里有边营、中营、三条营和半边营。这个"营"和现在部队"营房"的"营"意思相同，都是驻扎军队的地方。明初洪武年间建了三座城防营：边营，靠近城墙的营房；中营，中间的营房；三条营，位置在北边。而南北方向的营房，就是"三条半营"。后来，这里的住房改为民居，也住过一些名人，比如清末南京大名鼎鼎的巨富蒋百万，就住在三条半营。老城南美食云集，跟此地名人云集有不少关联。20 世纪前后出生在南京老门东半边营的中国动画鼻祖万籁鸣万氏四兄弟，在 1926 年拍摄了真人和动画合成的中国第一部动画片《大闹画室》，之后，他们所创作的《大闹天宫》《铁扇公主》《神笔马良》等作品，成为几代人脑海里经典的童年记忆，也影响了一代又一代中国和世界的动漫人。联合国教科文组织宣布南京入选世界文学之都，这和其丰富的历史文化底蕴不可分割。

大文人李渔的寓所在老门东内，他对自己居住的庭院十分爱惜，发挥出园林建筑家的本事，精心打造出我国园林史上最为显赫的微型私家园林。芥子园的"芥子"，寓意园林小得如芥菜的一颗菜籽。园内青山秀水，竹林清雅脱俗，楼台亭阁很有江南风格，拱桥别致而有情调，奇石小溪相依相伴……芥子园应该是老门东内名人故居中最受瞩目的焦点。天黑后都还有外地游客买票进园子参观，十分受欢迎。

李渔是全才之大家，自己写，自己导，带着戏班排练演出到处跑。名剧《风筝误》和《比目鱼》等十个传奇剧目，都是李渔在芥子园创作而成。要说"走穴"，应该说李渔是鼻祖。他以家庭成员为班底的戏班子，去过多个省份演出，还去了京城演出，轰动一时。在以后的岁月，"芥子园"这个名字更火了，在"旧中国"时秦淮河畔还有过一家同名的饭馆。

老门东边营 98 号，是近现代著名爱国学者王伯沆的故居。走进雕花院门，青石铺地的院子，静静的空气中似乎可以闻到青苔的清香味道。王伯沆自少年时就考入夫子庙学宫当秀才，成为一位吃官粮的人物。科举制度废除后，南京高等师范学校聘请王伯沆主讲国文，就此学界轰动。1937 年 12 月，日军侵占了南京。王伯沆因病行动不便，没有离开南京，选择守在老门东的家中。汪伪政府得知王伯沆德高望重，就对他进行威逼利诱，请王伯沆做参事，先生宁死不从。这位伟大的语言学家和红学家在临终前，叮嘱家人把自己的遗体埋在后院，因为他不想在城门口碰到日本人。王伯沆的民族气节，感动了在抗战中饱受战火摧残的南京人。

门东"六艺·简生活"的门口，有一大盆绿意盎然的毛鹃。毛鹃又名锦绣杜鹃，为常绿灌木。春天花开时节，以杏红、淡红颜色居多。花朵繁茂艳丽，花海颜色亮丽。毛鹃非常适合南京的冬天，耐寒。

"六易·简生活"徽派屋顶瓦片重叠，瓦缝里神奇地长出了藤条，豆荚里都是成熟的种子，落在哪里，哪里就是藤的家园。屋顶上几根藤条，弯弯曲曲地垂直下来，在风中摇曳着曼妙的身姿。走在我前面的一位姑娘拉住了藤条。我问她："你拍照吗？"她说："不，我只想摆个造型。"姑娘走远了，青涩的背影被门东夕阳西下暖色调的光定格在缠满老藤的绿墙上。

门东许多宅院墙壁上都爬着紫藤，春天的紫藤自然最美，簇簇紫色或深或浅，都围绕着藤蔓从爬架上倾泻而下，簇簇紫藤长短不一、大小不一，聚在一起十分美丽。紫藤会在深秋长出长长的豆角样的果实。到了冬日，绿色的长豆角变成深褐色豆荚。新年已过，南京不算很冷，紫藤还没有落叶，当初撑起花朵和树叶的藤蔓依然相当结实。

枫叶遮盖住了老屋的屋脊，巨大的枫树饱含爱意地用黄色、橙色、橘色和红色涂抹着门东灰色的瓦砾，充满诗意。人们走在冬日阴冷的青石小巷深处，完全被这一片暖色征服。高大的枫树真是美极了，一阵寒风吹过，一片红彤彤的枫叶像一封情书，也像极了一张明信片，翻转舞动在门东的空中，飞翔、跳跃、回旋着如一片羽毛去亲吻古井的边沿。

大连的航校老战友非常喜爱南京这座南方名城，城市文化、历史包括建筑都让他着迷。中式庭院，特别优雅与从容，诗意的环境与建筑之美并存。"笑看风轻云淡，闲听花静鸟喧。"他第一次来南京落脚的地方，就很令我这老南京人汗颜：老门东"隐南门东"。这是一家古朴典雅的民宿，旁边就是金陵美术馆。隐南门东本是自清代以来的老宅子。民宿经营者进行了修缮改建，保留了宅子原有的建筑脉络，采用黑、白、灰为民宿主色，房间也多用黑色，十分有情调。

三条营的 25 号建筑建于明末清初，原为民居建筑，南北向。枯黄的藤枝向外延伸至古老的墙外，藤条从墙外簇拥出来，这些藤条也许有了一定的年龄，生长出来了黄色的胡须。

一进院落，小青瓦坡屋顶，外立面为青砖空斗墙，体现了门东传统院落民居的特点，这里现在成为"相遇沙龙香水"。调香台边三位披肩长发的姑娘似乎已经沉浸在各色香型中，空气中混淆了几种香味，她们陷入一片迷茫。在这条巷子里，神奇得让人感觉光阴不再前行，像一池静止不动的透明的清水。也许这就是门东的魅力，永远有着把玩不尽的东西，常见常新。

中营有一面青花瓷和圆形、菱形图案的灰瓦片一起组合起来的颇具精美艺术的墙，门头上是一个由青花瓷片砌成的大大的"福"字。这里的院墙特别高大，必须仰着脖子才能看到二楼窗户上的雕花，奇特得有点儿像老鹰向上延伸翅膀，展翅飞翔。门头处的设计少不了青花瓷和徽派建筑的灰黑色调，还有多种菊花的造型，如秋天里朵朵怒放的花，十分漂亮。

巷子深处，咖啡香气弥漫开来。这家咖啡馆门口有一只鹩哥的笼子，鹩哥形单影只，见到我就"练声"："老板，你好！恭喜发财。"哟呵，这鸟神了。门东人爱花，也爱鸟，鸟儿多为大嗓门儿，黄雀、鹦鹉和鹩哥居多。鸟笼子大多为竹质，也有红木的，比较讲究。

在青石板路上走累了，自然勾起喝杯咖啡歇歇的欲望。咖啡馆里很安静，墙壁上挂着几幅油画，一个角落里古朴大气的枣木架子上摆放着一只古典设计的音箱，音箱里放着轻音乐《天空之城》。门东这里怀古氛围深重，但是在这里咖啡文化也可以和茶文化联姻。探头看一眼神秘的后院，地面上的砖很有些年头，院子里有树，天井中充满阳光。"你好，我要一杯美式咖啡，一份脆皮蛋糕。"短头发，大眼睛，肉肉的鼻子，身材很棒，笑起来又憨憨的咖啡店老板娘——桃子是老城南人。桃子是她的乳名，不过她说她的微信名叫幻彩岁月。店里的甜点做得比较别致，味道在南京城里算是还不错的了。蔓越莓做的脆皮蛋糕，有一侧是和水果挞一样的做法，用碎麦饼干压制而成，当中是奶油和果酱的夹心，味道酸甜不腻口。"门东的原住民很少有守在原地打转的，你为什么不离开？"她问我："你有没有看见后院里的那棵桃树？"原来她是为了守护老宅后院的这棵桃树。60年代的人不时兴买花，家家都紧紧巴巴地生活，也没几个活钱。桃子的母亲很爱美，喜欢这棵桃树，就经常剪下桃树枝插在门上和窗户框上。秦淮河穿境而过，古称龙藏浦，生活在秦淮河两岸的人们福分都大着呢。

桃子幽幽地继续絮叨着，她之所以没有离开门东，不只是因为舍不得院里的桃树，还因为疼爱自己的父亲离开得太早，不太心甘罢了。她左手端着咖啡杯，右手在咖啡上打出一颗"奶油心"递给我，顺手又拿过来一只满是包浆的蛐蛐罐给我看。"其实人跟虫子没有区别，一样互生互长。不求大富大贵，守在这里和从前差不多就好了。你知不知道老城南夏秋季蛐蛐的鸣叫特别霸气？"提到蛐蛐，桃子的眼神一下子有点儿暗淡无光，"也只有提到蛐蛐才会觉得父亲还在，父亲书桌上的蛐蛐罐子可是一只宝葫芦做的。"她拿给我看的就是她父亲那个棕红色有盖子的罐子。

"缺吃少穿的年代，蛐蛐倒是勇猛好斗，打斗场面有点儿血腥，大概这一片城墙下曾经有战争中被炮弹震落和炸飞的城砖以及长满荒草的坟堆。这里是虫子的大本营，红麻头、白麻头、金翅额、黑头褐翅等，数雄蛐蛐最凶狠，神出鬼没，躲起来也不易被发现，往往发现的时候只剩下干裂的尸体，每当这个时候我爸爸都会有些伤心。只是蛐蛐再勇猛，牙齿再尖，斗到最后，还是输的，要死的，人也是一样。"桃子说。

这里隶属于长干里，漫长岁月，门东定格了许许多多的历史遗迹。但老门东并不老，如今的门东活力十足。转角，遇到了我的最爱，在这条幽静小巷深处遇到了"元本集合文创店"。店铺里面除了文具、花茶、米酒、香熏、香包和首饰之外，最吸引眼球的就是角落处立着一个大大的朱砂红的信筒，信筒上方还吊着各种写着留言的明信片，五块钱一张，邮寄的邮费是两元钱。

店铺里年轻的女店员冰雪聪明，迈着小碎步走出来，恭恭敬敬重新摆放了几本集邮册子，女店员身上有一股兰花香味。册子打开来看都是花卉邮票，有点眼花缭乱。翻看一下许多花都不认识，什么时候能给江南"水八仙"——菱角、芡实、莼菜、慈姑、荸荠、水芹、茭白、莲藕配一套邮票倒是不错的。问了一下店员，店里每周一开启信筒，帮助把那些盖好"老门东"邮戳的明信片送去邮局邮寄，邮递走一个又一个念想。也有旅客选择将留言盖好邮戳后并不邮寄，用夹子夹住系在屋顶特制的绳子上，过两年再回南京门东寻找时光的记忆。卡片很多，其中一张明信片轻轻地在我的脑门儿上拍了一下，仰着脖子细细看过，这分明就是情书："人海茫茫，感谢遇见！我的宝贝儿海鹏，从北京特地飞来南京给我过生日啦！二十一岁这一年的许多日子有你陪伴，二十二岁也请多多指教！未来我们都要好好的！要狠狠地幸福！"

情书，是一种情怀。在书信已退化到可有可无的快餐化时代，情书又可视作一种奢侈品。书信的作用也下降了许多，古时一封信可以是皇上的指令或者军令。再后来战火纷飞，一封情书辗转数周、数月甚至一年半载才可到达情人的手上。现在很多感情远抵不过金钱和权力，至于情书，更是要被各种条件限制。捧着鸿雁传书，压在箱底几十年的故事，一封书信抵千金应该只能在电影里看到了吧？书信往来的传统被打破，除了各种现代电子产品的运用，情书里缺少了"情"或者"文学艺术"，也是一个不可小瞧的原因。

在"元本"，遇见三位从小到大一起玩耍的贵州习水籍大学生，他们在认真地填写明信片。其中一位男生就读于金陵科技学院秘书专业，大男孩很新潮，顶着一头非洲人的羊毛卷。还有两位男生，来自贵州大学。

我帮忙给他们拍照，在高校工作久了，将学生们都视作自己的孩子。离开了这家店铺继续漫步，手机上转发给罗煜同学一张风景照片后，接到这样的短信："谢谢老师！很遗憾我毕业后离开那天没能找到您，不能亲口说一声谢谢和再见。祝老师工作顺利，阖家安康！"看到这样的留言我感到了由衷的欣慰，不管未来身在何处，相信他们不会忘记十里秦淮老门东留下的这一张照片。祝愿年轻人以梦为马！在泥沙俱下的世界，少一些功利主义的追求，多一些不忘初心的坚持。在二十岁左右的年纪里多做一些八十岁回想起来也会微笑的事情。

在中营 40 号院落门前，有一棵遮盖了两个院子的梧桐树，粗壮的树身上挂着一块牌：南京古树名木，二球悬铃木。神奇粗壮的梧桐树种于1921 年，2021 年正好和中国共产党一样一百岁！梧桐见证了秦淮人家几代人的传奇。这种树木原本是吉瑞的象征，但在特定的时间也有孤独和忧愁的寓意。当君主李煜成为阶下囚，满腔悲愤地写下了"无言独上西楼，月如钩。寂寞梧桐深院锁清秋"，极形象生动地写出了这位亡国之君幽居在一座荒凉深院的落魄相。除了重门深锁，孤影徘徊，只剩下清冷的月光从梧桐枝叶的缝隙中洒下。

在徐再思那里，梧桐又代表了相思。"一声梧叶一声秋，一点芭蕉一点愁"，深秋孤夜，夜雨滴打着梧桐和芭蕉，每一声都引起诗人的阵阵秋思和缕缕愁绪。

民间流传梧桐树也叫凤凰树，取"家有梧桐树，引来金凤凰"之意，寄托着人们的美好愿望。由于梧桐高大挺拔，为树木中的佼佼者，自古就被看重，而且常把梧桐和凤凰联系在一起。凤凰是鸟中之王，而凤凰最乐于栖在梧桐之上。以前古城殷实人家，为了传承贵气，常在院子里栽种梧桐。

门东美食街依旧是最喧嚣的地方，不得不信服"民以食为天"，我和李志兰老师相约在了门东。中午饭点儿直奔大巴山火锅店，疫情才过，火锅店内只有我们俩食客，服务员倒是有七八位，吃完饭我跟李志兰分手后继续逛。

美食是有声音的，咸亨油炸臭豆腐的油是大豆油，锅中"嘶嘶"作响，翻滚着白色油珠，一片欢腾的气氛。苋菜根水泡出的臭豆腐臭水，在油锅中被炸出，所以咸亨臭豆腐并没有太臭的味道。淋上橘色的酱汁，甜咸辣的味道都有。淡色微黄的皮入口酥脆，内里软嫩鲜香。

南京是南北口味兼容的城市。福建特色闽忠馄饨店名气响得很。"点个大碗的燕皮馄饨，外加绿豆百合汤。"旁边落座的两位女士来自安徽合肥，现在正埋头苦干小鱼锅贴、炸年糕。另外一张桌子的食客是成都大学才毕业的一对情侣，女孩儿漂亮的脸颊拍照无死角，美得令人惊叹，两人手指上戴着同款银对戒。在情感世界里并非只有钻石才配得上柔情蜜意，银色也可以如此缠绵！

闽忠店内三位服务员开始了她们的晚餐——淮安菜雪里蕻炒鸭血、绿豆芽炒韭菜，还有一盆生菜鸡蛋汤。闽忠馄饨店的三位店员在老门东已经工作五年，和店员唠着嗑儿，又打包了四份生馄饨，分别为燕皮扁肉、燕皮鲜肉、香菇鲜肉和荠菜鲜肉馅。

闽忠馄饨是一款没有面粉、不含肥肉的馄饨。馄饨皮用猪肉加少许番薯粉敲打而成，薄如纸张，柔韧筋道。肉馅儿是将猪瘦肉用木槌敲打而成，Q弹不油腻。买一碗燕皮馄饨送四只手工贡丸，小店现做的不掺淀粉的猪肉贡丸，每个贡丸可以吃出令人心动的包浆的芯。

　　老门东之所以诱惑力十足，原因之一还在于秦淮小吃云集。老门东的小吃，老品种、新品种，老字号、新店家荟萃在一起。秦淮小吃产生于六朝时期，文学名著《儒林外史》中有详细描写："传杯换盏，吃到午后，杜慎卿叫取点心来，便是猪油饺饵、鸭子肉包烧卖、鹅油酥、软香糕，每样一盒拿上来。众人吃了，又是雨水煨的六安毛尖茶，每人一碗。"在这里，除了金陵覆兴园，名震四方的蒋有记、六凤居、鸡鸣汤包、徐家鸭子外，还有不得不提的门东知名伴手礼店铺"桃源村"。桃源村的创始人是1885年出生于北京牛街的"北京马大爷"马绍臣，马家在牛街做清真美食小有名气。1931年他前往上海，在小桃园清真寺旁边开办了清真茶食店"桃源村"。20世纪40年代，马家在南京中央商场经营桃源村美食店。出售的糕点品种有萨其马、蝴蝶酥、玫瑰桃酥、京果、蜜三刀、麻油椒盐月饼、麻油绿豆糕等。老字号立足传统，紧跟时代潮流，如今的桃源村早已推出数款中西式糕点。除了馅芯各不同的金黄色金陵酥、墨色凤梨酥、绿色荷花酥、紫色香芋酥和红豆糕外，桃源村沾上"桃色"，自然也少不了粉嘟嘟的"桃小姐"。

　　华光流转，春秋代序。门东，有能够寻古探幽的街巷，又有让人排着长队享受的"黄勤记"凉粉的滋味，可以让人坐下来，在红公馆饮酒品茗，细细地体味古风里的现代元素以及传统里的时尚气息。红公馆内外建筑和装饰皆为民国风格，菜肴自然也少不了美龄沙拉、蒋公狮子头和雨花石汤圆。

　　清末民初，秦淮河畔一菜馆声名鹊起，菜馆名为"问柳"，典出杜甫"元戎小队出郊垧，问柳寻花到野亭"的诗句。意思是春天来了，亲朋好友一路询问青青柳色、寻着烂漫山花去野外踏青。菜馆深谙秦淮传统饮食文化，菜肴有问柳鱼片、问柳煮豆腐等。

门东的庭院和城墙根下，经常可以看到一丛一丛苍绿的麦冬，不仔细分辨，麦冬和兰草长得活脱脱一卵双生的姐妹花。麦冬常年油绿，春夏之交开蓝紫色花，秋末结蓝紫的果。麦冬很好养活，有点儿水分和阳光就好。

看来每一种植物，都是一味良药。它无私付出，抚慰人们不同的心绪。麦冬代表着一种合和、美好的意思。不知道是谁在哼唱时髦的歌《可可托海的牧羊人》，感慨词人们为何冷落了麦冬，诗词歌赋里从来没有它的影子？兰花草，印象中倒被人吟唱过。麦冬生长在普通人家，平凡，却御风霜而不傲，花开而不妖娆。夜幕下灯火阑珊，"我知道那一定不是你，再没人能唱出你那样动人的歌曲"。

"一花独放不是春，百花齐放春满园。"传统文化、本土文化、园林文化、民俗文化融合，成就了别具一格的老门东——这座南京新地标。在青砖黛瓦马头墙，还有石板路中蜿蜒穿行，不经意间就会领略到浓浓的人文气息。散落在门东各处的文化展馆都与本地传统文化相关，老城南记忆馆、南京越剧博物馆、海棠艺术馆、南京书画院都延续了老门东和秦淮历史上本土的特色文化。

出得门东，顺着左手边的巷子曲里拐弯，可以走到南京城赫赫有名的中华门（原名聚宝门）。这里，也是明太祖扬扬自得的地方。话说朱元璋为了吃饱饭出家当了八年和尚，当赖以栖身的皇觉寺毁于兵火，走投无路时，只好加入农民起义军。才进入南京的元末群雄之一的朱元璋，恐怕自己也不会想到自己日后会成为大明王朝的开国皇帝。

朱元璋借助金陵"王气"，成为大明王朝的明太祖之后，四十岁的朱皇帝命手下大将徐达率领大军迅速拿下元大都，就是今天的北京。当时身为"京城"人民的南京民众并没有感到生活美好，反而因朱皇帝大修城墙而苦不堪言。筑高墙是为了防御，南京的四重城墙当数人类建筑史上的一个奇迹，老门东正好被围在高大的明城墙内。门东西侧的中华门瓮城，相传是江南首富沈万三捐资聚宝盆而得以建造。中华门这段城墙建造过程中因为地基位置土质松软，不停地塌陷。军师跟皇上说这是城门地基下的土地爷不开心了，专吃泥土和城砖，需要在地基下埋一个聚宝盆给土地爷进贡才能镇得住。于是，朱皇帝立刻下令借来沈万三的聚宝盆，说好次日三更天归还聚宝盆，把聚宝盆埋下去，地基果然不再塌陷。可是第二天沈万三眼巴巴地等过了三更，始终听不到打更的钟声，后来得知南京从此不再打三更钟了。官府自然不会再归还聚宝盆，沈万三不甘心，去索要，却一下得罪了朱皇帝，全家被发配到大西南。这只是民间传说，算不得真。

我儿时曾短居在与总统府只一墙之隔的炮兵司令部大院（现在已为南京打卡地）。位于城东南京四大城门之一的太平门，那里有神圣庄严的南京军区大院，大院生活里军号声声似乎也预示了我的人生轨迹。记得第一次离开门东，登上中华门城堡的城墙，眺望着秦淮风光，一片柔情别绪涌上心头。第二次离开门东，忽然发现过两个十字路口不多远就是武定桥。

第三次离开门东这个南京城最古老的街区时，好奇地选择了第一个十字路口左拐，犹如翻开了南京这部线装书。路两边满是古朴典雅的民居建筑，顺着马道街一路走下去就是通往南京山西路的 16 路公交车站。我走在明太祖时期守城士兵们驯马的跑道上，仿佛耳旁清脆的"咯哒咯哒"的马蹄声声声不息。

金陵古城，有着两千四百多年建城史，四百五十多年建都史。它承东启西，交会南北，凭借独有的人文地理优势，一直以来都是长江下游最重要的大商埠。这座城承载着城市文化记忆，见证了城市的沧桑巨变，这一切都浓缩在了这古城墙下。走入门东，好似误入哆啦A梦的任意门，瞬间返回到往昔，返回到记忆深处老城南并不陌生的历史空间场景中。几度花开春暖，几番梦萦江南，万里关山、千里明月里，古老的遗存与山水和天地共扶，沧桑又斑驳，迷离又悠远。行走在这块热土，仿佛走在《南都繁会景物图卷》的画卷中。

"我们俩好，我们俩老，我们俩聚钱买棉袄。冬天给我穿，夏天给你穿。我们俩好，我们俩老，我们俩聚钱买手表。白天给我戴，晚上给你戴。""城门城门几丈高？三十六丈高。骑花马，带把刀，走进城门绕一绕，问你吃橘子吃香蕉？城门城门几丈高？三十六丈高。骑大马，带把刀，从你家门前抄一抄，问你吃橘子吃香蕉？"这几首童谣在金陵老门东代代传承，润物无声地成为南京人的情感之根。

（发表于《今古传奇》）

烟火老门西

秦淮水间

历史长河携带无数悲欢离合，在撞击中诞生许多故事，蜿蜒聚集起又撒下众多支流河系，曲折地穿过历朝历代，亲吻过无数的伤口，在舍与留恋之间，在怀旧情感的音符中奔腾而去。古往今来，万种生物披星戴月涂抹出江南烟雨的水墨画，诞生了一个又一个生生不息古老而丰盈的云锦家园。四季轮回，秦淮山水快乐勇敢地踏着奔流的脚步，一路上纵情享受着它所遭遇的一切，这是我们视作故乡的地方。

自范蠡在今中华门外长干里筑越城至今约两千五百年，老城南是金陵文化的发源地，以中华门为界，分为门东与门西片区。南京的先民们在这一带依水而居，"达官之悠居、文人之雅居、百姓之乐居"说的就是门西。众多名人逸事、文人雅集以及古典园林，让门西成为蕴含园林艺术、教育实录、民俗宝藏、宗教文化的一颗璀璨的文化明珠。

夏天，秦淮河岸边的菖蒲风姿绰约，但这绝对不会是它的独白，穿着豹纹装的老虎蜻蜓和红色紧身衣裹着全身的大红色蜻蜓多爱落在秦淮河边的菖蒲上谈情说爱。菖蒲是君子，它每天都在被老虎蜻蜓和红衣蜻蜓贴来贴去，从不感到厌烦。它冷静地抬头看看天空中飘着的云朵，开始数起了绵羊，一只、两只、三只……数到太阳西下，余晖变成金红色笼罩着河水，老虎蜻蜓和红衣蜻蜓才谈完一场老婆娘裹脚布一样长的恋爱，它淡定地摇摇头，明个儿早上，一准继续在自己的头上屙屎撒尿。

才立秋的时候，我特意去门西凤凰台下听蝉鸣，许多知了一起扯着嗓子唱出心中的歌谣，蝉鸣的动静比城东要轰轰烈烈得多。就在那两盏并蒂玉兰灯上方，巨大的斜着身子的古树依靠在城墙脚下，一辆橘色的水车在给参天古树喷水，养护古树。树也会饥渴，跟需要被呵护的三岁孩童一样。一阵水雾喷过去，蝉突然哑了一阵，这些蝉一定是被突然袭来的"雨水"浇成落汤知了了。沉寂只片刻，它们成群结队地转移去一片低矮的树丛间，继续起劲儿地练着它们的金嗓子，它们当然知道自己的特殊地位——夏秋根本就离不开蝉的元气。

也许河底并不安静，有些动静是岸上的人听不懂的，比如泥鳅在河里游泳发出的声音，还有土腥味很重的鲫鱼在水里吐着泡泡。秋虫听得懂夏天的乐曲，螳螂打个喷嚏，咒骂起要变坏的天气；蜘蛛忙着吐丝，织补自己的小家；蚂蚁急吼吼地往洞穴里搬运着"西点面包"；还有水鸟贴着水面飞过，它们用足够的耐心，等待弱小的鱼儿耐不住寂寞，拨开水面出来看人间的悲喜剧。

似乎走神的瞬间，我察觉水底有目光瞥了我一眼，原来是为了生计奔波的胖头鱼。秦淮河里的胖头鱼嘛，体型要壮许多，一条条颀长又丰满的鱼，立起来有齐腰高，犹如大江大湖里面专门负责生儿育女的胖头鱼祖先。卖鱼的渔人并不说这是秦淮河里面的鱼货，常常说这是给饭店专供的玄武湖里做剁椒鱼头的鱼。那鱼头，我炖了，先是感觉鲜美得令人陶醉，不出半个小时，腻到猛往肚子里灌浓茶。那天晚上，我被秦淮河里的鱼深深折服了，原来，鱼也可以迷醉人的，以前，我见到大鱼就躲，许久不敢碰剁椒鱼头。

蓝天上的云朵在秦淮水面上投下多情的靓影，两岸茂密高大的植株一棵挨着一棵，一片连着一片。那柞刺树上挂着一只鸟窝，八哥鸟快乐地张开秀气可爱的小嘴，扯着嗓子在断断续续地练习越来越响亮的口哨。你若行走在夏季的木梓树下，可要当心，穿着红衣绿裤的"洋辣子"就潜伏在木梓树中，大嘴马牙地啃着树叶。木梓树上好多爱蹦爱跳、胖嘟嘟的小麻雀。不知道是临水民宅居民种下的，还是野生的，木梓树下长着一片与深沉厚重的枫叶红和银杏黄色彩完全不同的嫩黄色的小小的花，那分明是南京人最爱的草——菊花脑。

门西人家

2000 年"申遗"成功之后，许多人才得知原来南京城还有一种古老的美如云霞的工艺品，就是南京云锦。明代南京的金陵十八坊，织锦坊就是其一。明清时期，中华门与内秦淮河沿线成为城市经济中心，是重要的商贸和手工业集散地，锦缎生产逐步达到高峰，门西一带"机户云集，机杼声彻夜不绝"，数万人以此为生。

在门西，在那古老的胭脂巷、五间厅、窦家园、吉祥街、严家井、六度庵、皇册库、铜坊苑和小府巷……这里有万家机房，织工们在木质编织机上穿梭着、编织着七彩丝线，缎面上有国色天香的牡丹，有象征爱情的并蒂莲花，有手拄着寿桃拐杖的老寿星，也有象征着官运亨通的鲤鱼跃龙门……每台云锦编织机上一上一下的两位机织工技艺精湛高超，他们无须画稿，全凭记忆，用金丝、银线、孔雀等动物的羽毛夹杂在织线之中，编织出"锦中之冠"。在古代丝织物中，"锦"是代表最高技术水平的丝织品，元、明、清三朝均为皇家御用贡品，因云锦独特的文化和内涵，被一些专家称作是中国古代织锦工艺史上的最后一座里程碑，被称作"东方瑰宝""中华一绝"。

经过了近代战争的洗礼，南京解放时只剩下了四台织机，传承人只有四名老人。如果不是毛主席和周总理持续关注、督促，南京云锦很有可能就这样失传了。

殷高巷24-1号是保存不多的明末二进云锦机房，现为秦淮区双塘街道磨盘街居委会。明末云锦机房灰瓦屋顶上，开出一朵又一朵褐色的花，也许那不叫花，像极了秦淮水边褐色的芦花果。老门西人回忆，20世纪七八十年代门西有一家艺新丝织厂，生产挂毯和地毯，图案设计为"熊猫与竹"、"八达岭长城"、徐悲鸿"八骏图"……老艺人枯木逢春，产品远销欧美中东……云锦，很像是来自天空一只锦瑟华年的鸟儿，在历史长河中快乐地飞翔了千年。

在南京老城南，没有一条路是直的。从门东到门西，以不太完整的"U"形分布，所有房屋沿着秦淮河河道而建，路沿着房子而修，所以连外墙都不是直的。有人说荷花塘历史街区很像一片密密麻麻的蜘蛛网，在我看来更像是一片大网，不管是日头之下还是夜晚，穿行在水斋庵、高岗里、谢公祠和高岗里一带清末民初古老的破旧狭窄的巷子中，犹如一条从城东游到门西的大鱼，这是另外一片区域，更有另外一种风韵。

在六角井内，遇到一位饭后坐在门口钉扣子的男子，他说这里三十年前在他几岁大的时候就有拆的计划，今年他都四十多了，依然要守在这老旧小区里，他边钉扣子边调侃："这件衬衣的扣子，为什么总是倒数第二颗松脱？搞特殊化？信心缺失？思想滑坡？打嗝啦？用劲啦？还是太肥，吃饱了肚子撑的？幸好我有我家妈妈传男不传女的手艺，喏！缝好啦。"

伴着月光穿行在六角井，尚未修建过的城南老房子，人均住房五六平方米，除了香肠挂在天台上、阁楼上，还有衣服和鞋子在天台亮相。天台晾衣绳上面，我看见一块大布在微微抖动，走近再看，不知是谁家的床单挂在半空中。巷子里清代的八角井孤单寂寞，顶上压着杂物和广告纸牌。老井一侧是仅可通过一人的极窄的巷，一头钻进去，摸黑走进一扇门，跨过门槛即看见里面原来还有几户人家。一对母女在说话，母亲银白头发，一身棉的花睡衣，女儿坐在餐桌边嗑瓜子。房子低矮，有点儿像钻进地道又见到了烟火，餐桌上摆着一盘切片香肠，锅里还炖着鱼。鱼被炖熟了，那位母亲一揭锅盖，香气扑鼻而来。门西的主妇多为烹饪高手，我很想细看到底是什么鱼，又怕打扰到那对母女。看见女儿的打扮和神态，似乎不常回来，有点儿像回娘家做客，外衣和围巾一样不少。越过散着余香的院落，出门，城墙出现在眼前，我再回头看一眼这黑灯瞎火的院子，恍然大悟，这画面，就是城墙下面有人家。

水斋庵 17 号旁边有一棵两人合抱才能抱得过来的大槐树，男主人是一位从出生就守在这条巷子的门西人，老爷子根本不舍得离开这里。他手里抱着一个大茶缸，"咕咚"灌下一口茶，很得意地用城南话告诉我说："姑娘哎！早年翻盖后的房子有一百多平方米，一楼隔出两个单间，一间租给百货店，一间用作裁缝铺，小日子过得不错。"他的老伴儿也放下手中的锅铲子走到门口和我聊天，她说："只有小孩子才会像树枝那样开杈离开门西，去外面买房过日子，娃儿们都有梦想，我们不想折腾，哪里都不如在门西这里，可以睡个安稳觉，你说对不？"他家对面的一套院落里挤着几户居民，完全没有动过工修整过的样子，可以说之前是什么样子，现在依然还是原来那样，白墙灰瓦，连门楼都原封未动。这家男主人属于脑子灵光的门西人，房子重新翻盖后，二楼做成了卧室，以前是一排平房，夏季梅雨天会返潮。他说："门口的槐树都已经长成参天大树了，生活环境也要改变，不应该全部依赖政府。"

人们多少有些口是心非，一边在口诛笔伐黑腌腊制品为万恶之源，一边情不自禁地年年月月思念着它，特别是到了时令季节，逃脱不了的怀旧气息扑面而来。

南京俗语说："小雪腌菜，大雪腌肉。"老秦淮人王增陵又在捧太太的马脚，老婆买了三四十棵"矮脚黄"，回家后，铺放在楼顶平台。王老师递过去一句话："就买这么一点儿，够哪个吃呀？要腌就多腌一点儿嘛！"只见老两口草草吃了午饭，便开始腌菜。把菜叶朝上，码放在大盆里，均匀地撒上盐，一层一层。等菜被盐腌软了，用手压实，继续码菜撒盐。一会儿工夫，两大盆菜腌上了。两个大盆相互扣压，王老师在上面又压上一块大石头，反正家里奇石很多。傍晚，腌菜出水了，已经柔软的菜，被码放到大泡菜坛里，密封好。四十天后，又嫩、又脆、又鲜。老南京人说腌菜是要讲究手气的，有手汗的人不能腌菜，那样腌的菜会烂，俗称"倒坛"。

记忆里七八十年代的南京城，腌菜可是秦淮人家过冬的主菜。生切腌菜头，是早晚就稀饭的小菜；腌菜炒豆芽、腌菜烧豆腐、腌菜炒辣椒、腌菜炒藕片都是日常菜；腌菜头炖排骨汤、腌菜炒什锦，则是过年时的大菜；待到来年开春时，把缸里所剩的腌菜捞起，煮过再晒就成了霉干菜……回味往事，王老师不愧为老南京人，擅长把老婆哄得团团转，常常在酒足饭饱后毕恭毕敬地跟上一声"太太辛苦啦"！

那时的人们生活普遍比较穷酸，门西有好多聚宝盆只是一个美好的传说，但门西人依然可以把一日三餐烹饪出自己的风味。比如，苋菜炒青椒，冬瓜皮或者西瓜皮炒青椒，蕹菜根儿炒青椒，还有一道菜，就是各家拿着锅去鸭子店端回几分钱的鸭汤来烧冬瓜，既省了油水，还沾了荤腥和鲜味，再后来得知可以吃到烤鸭的时候，又是门西人最先创造发明出来烤鸭架子炖冬瓜汤。

至于时鲜和口味，这里的人们更加细致：炒苋菜讲究菜色或红或绿，加一点儿蒜片，菜汤泡饭更够味；烧菊花脑或鸡毛菜汤讲究一个氽字，这样才会吃出原味的清香，最好再配上一只金黄色蛋花的鲜鸭蛋，荤菜最时兴咸鱼炖肉，鱼肉鲜美，滚滚入味。老门西人家的传统菜肴，还有鱼酥、扣肉、腌糖醋蒜头、小萝卜响、霉面筋，制作方法只有门西人才会。到了冬季，家家都在腌雪里蕻，门西人更是把腌雪里蕻翻出花样来素炒，或者用作配菜炖豆腐、煨鲫鱼汤。

路口那家老爷子热情得跟我们已经认识了很久一样，恨不能把知道的都告诉我。餐桌上已经摆出了两道菜，一道是鸡杂炒青椒，另一道是腌菜炒猪肉丝，还有浓汤在锅里上下翻滚。

门西男人时常一副暖男样子，行头上很好区分，习惯从头到脚穿一身花棉质地睡衣。在略微宽敞的百花巷，一位三十多岁的男人在家门口古砖地上悠闲地原地跳绳，这位先生也身着一套花睡衣。夜晚门西的女人，花睡衣家居服更是常见。经过小百花巷 3 号，我歪着头看了看，民国式屋梁的一侧有一根长长的线绳，吊着一只腌过的咸鸡，再看右边还有两挂咸肉。我待在那里，感觉身上掠过丝丝凉意，这宅子很像二进或者三进，宅子尽头有一团猩红的火头，我费力去瞧，原来里面站着位穿着花棉睡衣的老太太，那烟就在她的嘴角上叼着，派头十足，她的眼神我看不太清楚，可在漆黑的夜里，这种神态让人不寒而栗。

杏花沽酒

"借问酒家何处有，牧童遥指杏花村。"诗中优雅的"杏花村"，曾令多少代人心驰神往。它究竟在哪？南京民俗专家表示，《首都志》里杜牧《清明》一诗中描述的杏花村，就是南京的杏花村，在花露岗下的古凤凰台一带。古时杏花村无所谓村，只不过这一带居民聚集、灯火万家，当年在城墙下，杏花满坡、灿若红霞，不仅风景美丽，也是沽酒的雅处。

"杏花村外酒旗斜，墙里春深树树花。"杏花沽酒，是金陵四十八景之一，南京这座古老的城市自明代中后期，饮酒之风盛行。时至今日，每当夜晚穿行于荷花塘，穿行于鸣羊街、小百花巷、糖坊廊、煤灰堆和璇子巷时，在街巷玉白色宫灯下，时常会迎面扑来躲都躲不开的令人迷醉的酒香，常常还会碰到粗壮古树上一窝鸟儿在纵情歌唱。

来过门西不止一次两次，一日，为了品尝到门西两元一碟比待嫁大姑娘还抢手的油渣，毅然选择中午穿过集庆门城墙。行至中途，迎面撞见居民阁楼外的一个长长的晒衣架，架子上没有衣裳，晒太阳的是门西人家自灌肠衣的皱巴巴的香肠。特别是巷子里民居门口的地台上，时常铺着已微黄的大棵腌菜，院子里、阁楼外挂着一嘟噜一嘟噜已半干的香肠。门西人灌香肠一定喜欢多放酱油，那香肠分明透出淡淡的幸福的褐色。不过，并不是所有门西人都喜欢别人对着香肠暗自思量。钓鱼台巷子深处，一个老太太很警惕地看着我，她家香肠远看犹如天空中肉色浑圆饱满的蜘蛛网，横七竖八地交织在一起。

走过孝顺里，看见建于清末民初的单层砖木混合结构的殷高巷 22 号民居，小青瓦坡屋面，南北向三进院落里有不少花草。院子里一位奶奶很高兴地领着我欣赏她种的花。老人家种的夜来香不知道是什么品种，花很大，白色的，奶奶说："一早一晚特别清香，整个院子里都是香的，可惜现在花已经败了。"花儿并没有全部败光，虽然现在已经近 12 月。我发现还有一朵花花型饱满，奶奶说："你闻一下，真的是不一样的香味。"我很听话地踮起脚伸长脖子去闻那朵花，那种沁人心脾的感觉令我欣喜。在这座古老的宅院，古老和现代，就和手拉着手的恋人一样，路虽遥远，却从未分开。九棵夜来香似乎还很想和已经有点儿寒冷的天气抗衡呢，冒出来八朵"勇敢的花"，只是这八个勇敢的花苞没有温暖的阳光照射开不出花来。奶奶说："这花冬天要修剪，明年再长再开才能更好更旺盛。"金银花叶片还绿油油的,而金丝荷叶已经冻死了。不过,蜡梅已经打了花苞。老人家指着月季花丛,说:"每年三四月月季花开得非常漂亮。姑娘,记得去栖霞看红枫。2路公交车到长途东站原地不动,下来乘 D21 就是栖霞山。"老人看着我沉默了几秒钟,说:"你会记得这里吧?明年春天记得再来看花,我们这个院子里的花儿很美。"我想从此以后的每年春天,我都会记得这样一个令人牵挂的地方,离我并不远,可以来看花,还有这个不显老的奶奶。

殷高巷内

殷高巷内有一家开了二十年的小李汤包,店里店外,坐着的都是应景品尝蟹黄汤包的客人。厨房里堆满了一盆盆橘红色的螃蟹壳,脐朝上蒸熟后的螃蟹入冰箱冷冻十分钟,好拆。男伙计们忙着张罗,忙里偷闲告诉我:"蟹肉的生长为横向,每只腿连着一个腔。"店伙计真是熟能生巧,他们熟练地剔出蟹盖内的肉与蟹黄,再把蟹从腹背一分为二,用剪刀竖着剪开后用剔刀剔出剩余的蟹肉,蟹盖就处理完了;再用刀尖沿着蟹腔的关节旋转一周,切断关节和蟹壳连接的软组织。两根手指头捏住蟹腿关节部分,轻轻往外一拉,这个蟹腔的肉就被拉出来了。将蟹腿两头剪掉,用剔刀小心地推出蟹肉,整只蟹就处理好了。小李汤包店做螃蟹汤包,一天要拆八九十斤蟹。门西小李蟹黄汤包还有礼盒装,一盒九十八元。啧啧,还是门西热闹,有几家巷子口就有高淳螃蟹专卖店,个头儿从小到大,五元至二十元一只。我在店里面买了一笼,四只蟹黄汤包二十二元,连吃两家,腻得够呛,也许太腻了,我并没有觉得蟹黄汤包有多么特别。

就在几天前,晚上我来到这家店,看见店里人手分成两摊子在忙,据他们说外面操作台上要打理出八百只烧卖，给明天早上来取货的酒店用。女店员看我在忙着给友人发微信，端着一托盘的汤碗走过来问："要汤啊？"我看了一下，虾皮汤，就答她："好呀。"几分钟后她又过来，这次不是问我是否还要汤，干脆直接催我："快点吃哎，汤包要冷咯。"我抬头迎着她和善的目光，心里突然像撒了一把白砂糖那样甜蜜，在这初冬的南京，在这大名鼎鼎的荷花塘殷高巷，我被小李汤包店的女店员感动了。

街区殷高巷有三十年历史的鹏缘面馆第二代经营者浑身透着秀气和干练。女老板高鼻梁，大眼睛，大概因为每天凌晨 3 点半即到店铺，睡眠不足，黑眼圈有点儿明显，妙就妙在她的下巴有点儿像林青霞，自带美人沟。店里五个人，早上 6 点钟营业，下午 2 点关张。下午 1 点半我赶到的时候，店里几张桌子上还都有食客。怀旧是我常常避不开的情结，很久没有尝到油渣的滋味了，我兴奋地跟老板说："再来一份油渣。"老板有点儿尴尬地说："两天才有一次，今天正好没有。"我有点不开心，说："要一份双菇面，外加一碟雪里蕻。"大碗汤面端过来，里面有切成大片的香菇、杏鲍菇和木耳，还有两个大狮子头。香菇和杏鲍菇入口滑爽，狮子头香味扑鼻，雪里蕻不是很咸，微甜、脆鲜。

对面美女左手端起盘子，我瞥见她那侧桌角上贴着一张纸，八个字："创建为民，创建惠民。"美女全神贯注地用涂着唇膏的嘴巴一口咬住盘子里那只小笼汤包，非常熟练地吸出汤汁，然后用洁白的牙齿咬上一口薄到透明的包子皮。那个汤包纵然浑身汁液已被吸吮一空，依然在拼命挣扎，似乎还不太情愿进入口腔，它还贪恋世间的自由和美好，但，汤包已被咬出半月牙形，又一口，一个汤包就落肚了。

"再来一个稍微炝一点儿的大肉面，兰花干。"对面的美女说着。我凑到操作间窗口问："啥叫炝一点儿？""哦，炝点儿面就会硬点，第一滚后第二滚浇水，然后再一滚就挑起来。像你那面就叫软一点儿的，两开哦，浇两次水再挑面。"回到桌前发现坐在我后面的眼镜男面前那碗大肉面上直接架起一座"桥"，是厚厚的带着软骨五花肉的大肉桥，就这样霸气地横跨在一个大海碗上，这是我在南京城的面馆中看到的分量最足的大肉。眼镜男用筷子把大肉折叠按在面条上，这片大肉俯首帖耳，又结结实实地欺凌在面身之上。

感动，是不是应该属于情怀的一种。日复一日年复一年，这些良心商家就这样为许许多多的食客端出一笼汤包、一碗面，食客们常因一句敦促的话语、一句"再来呀"而感动。还有，恐怕只有在门西，你才会看到古城墙下，一位骑着电动车，鼓着腮帮子飙京剧唱腔的先生……这，就是属于门西人的烟火气吧。

钓鱼台河房

钓鱼台小学对面的秦淮民居群钓鱼台河房，是江苏省文物保护单位，钓鱼台河房的文字说明牌，还附加了英文。这里原为孔子的六十二代孙、大学士孔贞运旧居，时人喊他作"孔天官"，宅子称为"天官宅"，内有一个漂亮的花园"玮碧园"。太平天国定都南京后，为英王陈玉成府邸。太平军失败后，为曾国藩、曾国荃临时住所，后成湖南会馆，具有秦淮河房的典型特征。

河房里，三十多个戴着红领巾的孩童，在河房"茉居"学习和进行水资源与水世界的莫愁环保儿童活动，南京首部环保主题儿童微电影《假如地球没有明天》也正在首播。

顺着长廊来到第一个天井，这天下午天井里有女诗人聚会，十来位女性在畅谈各种话题，仪表端庄。不知道男人看到了会作何感想，他们经常说搞不懂现在的女人，好像女人是个谜。

河坊天井里忙着拍照的是位身着松绿外套束着腰身的年轻女子，她跟我一样脑袋上斜扣着普蓝色贝雷帽，长长的睫毛下有一双带羞含笑的眼睛，她全神贯注地举起手机取景，坐在对面藤条贵妃沙发上的女性上了点年纪，胸部丰腴，我的目光落在她们的胸部，那是具有时代特征的红纱巾，她们可能是一条纱巾就可以搞定一场爱情的中年人，纱巾绕颈，飘在胸前，真是两位典雅的中年女人。

从河房现在的管理者，曾参加过门西拆迁工作的 80 后刘冲那里得知，古时，坐船上朝的官员比坐马车上朝的官员官职要高，而坐马车上朝的官员其官职又比坐轿子的官员要高，所以从秦淮河坐船而来，必定是达官显贵。现在的河房，也有游船，不过路线和夫子庙画舫穿行线路完全是相反的方向。离开看水的码头，顺着台阶往回走，看到临水的一栋二层楼房。在这里工作的南京人小陈说："这里是陈玉成特意给女儿建的公主房，公主房的建筑设计也有别致的地方，在房屋下面使用的是小砖，非常费时费工，公主房上挂着金色的门牌——至臻楼。"

回到门厅，抬头注意到门厅内上方那道很有气魄、造型独特的大梁。才进门处的梁叫九根梁，一般是七根梁，只有皇宫里才能用九根梁，只因孔贞运官位太高才用九根。曾经沿着秦淮河而建的老河房无数，唯独钓鱼台河房得以保留下来，这得益于河房的独特之处——自带码头。明朝以及清朝，码头不是民间老百姓可以拥有的，这是花钱也办不到的事，必须要有官府审批，有码头有船才可以奠定这处河房的身份和地位。

河房整体布局类似北方的四合院，只不过在北方是东南西北四个厢房，而河房只保留下来了东厢房和西厢房。

钓鱼台河房还有一个要特别指出的地方，这处河房是南京本土建筑，不属于徽派。徽派建筑，最明显的特征就是马头墙，而河房是清水墙，是用墙体本身的砖铺出来的丝毫不加修饰的纹饰。河房使用的每一块砖都非常完整，门头和屋檐均为优雅漂亮的曲线。瓦和瓦当，相互咬合受力，瓦当是保护瓦的，这些瓦当和瓦很像一对又一对千年不老的神仙眷侣，就那么静静地不动声色又暗自得意地迎接着人们仰慕热烈的目光。

河房大门外原来守护着高大的户对，后被移到朝天宫保护起来，现在我们看到的户对是仿制的。户对的造型是莲花，中间是个鼓，如果中间是一个圆形的鼓，表明这家老爷是文官；如果是方形的鼓，就是武将，这对河房户对中间是圆的鼓，河房主人必定是文官，户对上面的狮子代表了威严。河房的门槛越高代表等级越高。用老南京话说，你们家门槛太高，我们跨不过去了。

河房正对的钓鱼台巷子有道暗红色木门，这门就是原先府里的佣人进出的通道。最为神奇的是，钓鱼台河房墙体的灰色小砖上砌着一只正方形石人脸造型，这就是脸庞宽大，眼球巨大犹如铃铛，威武霸气，胡人脸的拴马桩。从古至今，许多古迹会变成文字中的描述，现代人已经看不到多少珍稀宝贵的文物。拴马桩，使用意义和字面上的一样，就是拿来拴马的。拴马桩造型各异，有刻成狮子和貔貅的，狮子和貔貅在今天的人们看来一个代表威严，一个代表着财富。用手抚摸拴马桩，似乎可以感受到河房主人不同寻常的身份和地位，河房主人身为至高无上的大官显然不是贪财之辈，暗藏含蓄和中庸，他没有把拴马桩做成狮子和貔貅的造型，而是做成了胡人的脸，却只在齐胸的位置，意义深远。这个没有高过人头趾高气扬的拴马桩神圣不可替代。孔贞运，明朝首辅，一个极富亲和力的大官。至于拴马桩有多少年的历史，无从知晓，在北方传说中，"胡人南下而牧马"，据说在金元时期最早出现。而南京的马道在明清时期已经比较常见，老城南还有专门跑马的土路。

凤凰台下

旧时门西名刹繁多。现在的瓦官寺，位于花露北岗幽僻的一角，经过南京四十三中。关于这座寺庙，还有一个传说。公元 364 年，南京建瓦官寺，顾恺之为了给寺庙募款，在白墙上画了一幅病蔫蔫的"维摩诘居士像"，没有眼珠。开光点眼那天，顾恺之请寺僧打开寺门，让民众参观，并向观看的民众筹款。结果许多人为了争睹顾恺之"开光点眼"拥入瓦官寺。顾恺之当众起笔点睛，很快便凑足了一百万钱。后来，这幅活灵活现的画像毁于战火。历史上，瓦官寺曾被明朝状元焦竑更名为凤游寺。现在荷花塘一带的凤游寺小学、钓鱼台小学和文枢中学，都自带古韵。

文枢中学附近的钓鱼台 83、85、87 号，是建于清道光年间的贸易公司，系钓鱼台四大账房之一。吴家账房从事绸缎出口贸易，这里为南京丝织业代表性的遗迹，也是典型的清代风格建筑。不知是否老门西人天生有经营的细胞，在吴家账房前，遇到一位七十多岁的老者，也许是为了生计，他顶着夜色，吆喝声响起时我愣住了，一个转身才发现，原来那是刚才经过文枢中学门口时从我身边才过去的老者，他随身携带的喇叭一直在响："十块钱毛毛雨，现在谁都买得起，十块钱牛津货，不到一盒烟钱就能买到一根用上十年的皮带。"下晚自习的学生像雀跃的溪水一般涌了出来，挡住了我的视线，看不到那位身材微胖背佝偻着的老者了，踮起脚来时，我看到他头上的藏蓝色毛呢帽子，正在离我越来越远，再后来，我的眼前都是青春年少的孩子们。我这个初冬走夜路的人，被疏疏密密、四面八方涌上来的嘈杂的声音打湿了眼睛，老者被青春的悸动淹没在夜色深处。

记得第一次来门西荷花塘，看到一户大半房屋潜藏于地下，只有屋顶"古朴"地露出地表,我自以为是地认为这一定是古建筑。如今为了找到这所"古宅",我在门西一带迷宫似的巷子里兜兜转转,当我找到时,一阵欣喜若狂,只是略带一丝疑虑,这古宅旁怎么会出现垃圾车?寻找到荷花塘历史文化街区的工作人员,领到那处"古宅",询问后才得知,原来这是依山坡而建的仿建古宅,这里原来并非全部都是明清徽派古建筑。至于为什么是阶梯状的造型,是因为凤凰台下原本是一个山坡,房子依高低错落排列而成。凤凰台下的山地在清代陈作霖编著的地方志里有记载:"凤凰山在县北一里,宋元嘉十六年有三鸟翔集此山,状如孔雀,色彩五色,声音谐和,众鸟群集,乃置凤凰里,起台于山,号凤台山。"

很巧,这天新的收获,是我看到了愚园。愚园,曾经是清代太守胡恩燮的私家园林,亦称古家花园。当年,胡恩燮辞官归里,将这处明中山王徐达的后裔徐博的别业更名为愚园,寓意"大智若愚"。愚园建有清远堂、春晖堂、精舍松颜馆、青山伴读之楼、在水一方、愚湖、渡鹤桥等三十六景,当年不少达官贵人、文人墨客聚集在此。现在的胡家花园,被重新修缮过了。南京门西一带还生活过众多文人雅士、高门士族,如陆机、阮籍、韩熙载等。当年的门西,还有陈淡仙的凤台寓园、卜味斋太学园、吴孔璋孝廉园、陶氏冰雪窝……

顺着外秦淮河岸边一路走来,有一条环河而建的水泥路,路桩加铁索就是这条细长蜿蜒的小路的保护伞。我站在旁边犹豫半晌,前后看不到几个人,也有点儿担心,毕竟外秦淮河水深超过一米五,谈起水性嘛,我有点儿弱。后来,等我走近中华西门的地方,才瞄见下面环河路上露出两个人的脑袋,不仔细看,你会以为那是在草丛中晃动着的野兔。

穿过城门洞,我坐在明城墙西干长巷内的木质长椅上歇脚,一只懒散的猫迈着模特步,翘着尾巴拧着花里胡哨的屁股从我面前大摇大摆地溜达。看我没有搭理它的意思，就闪过高高的屋檐，不见了。竹林下一只棕色小狗在拉臭臭，它拉开架势，两条细细的后腿向下弯曲，几次下蹲后挣扎出一个和它的腿一样粗细的长条，紧接着，这狗对着泥土一阵乱刨，泥土散落，和屎混在一起，分辨不清了。一个高个子男人从我面前的小路上走过，他回头说："快一点儿喽。"随后，我又听到动静，以为会来个姑娘，扭头找寻，奔跑过来的原来是一只黑白色大狗。金钱富贵草处，一只蹦蹦跳跳的喜鹊歪着脖子看我，我很想让它站在内城墙上玩耍，可惜，它似乎听不懂我的话。仰脖松肩，天上一朵云霞飘过，一架飞机穿云而过，真想伴着那架飞机一起去旅行。我的右前方一排灰色瓦楞屋子上雕了一个像射击孔一样的方窗，我不知道为什么墙壁上要做这么样一个方孔，印象里电影片段中，方孔里面会伸出一支长枪，瞄准的是战争年代爬城墙的鬼子。

　　华灯初上，万象清明。夜色渐浓，琉璃塔被秦淮河上的水雾遮住，古城墙下门西人家的灯光缤纷多彩，替代了夜色朦胧之中隐身的花儿。远远地，凤凰台下一曲萨克斯风《有没有人告诉你》响起，悠长缠绵的曲子令人心碎；无数个音符化成情深的玫瑰，它们先是飞扬起来拥吻着金陵这座古老的城，再舒展开来飞去了水中灯影闪烁的秦淮，落在门西的烟火人家。

（发表于《三角洲》）

金陵食趣

话说南京人不知道什么时候落下了"大萝卜"这个雅号，好像南京人天生与美食脱不了干系。南京自古是一个移民城市，所以南京人的性格既有着北方人的豪爽，又有着江南人的细腻。一千个人有一千个喜欢南京的理由：人们亲切、诚朴、温和、从容不迫，梧桐大道郁郁葱葱，名人故居随处可见，艺术沙龙轻奢高雅，生活节奏张弛有度……当然，最吸引人的地方，是六朝烟水民国春秋熏染下，火辣热情的南京人充满烟火气的生活态度。

香肠

曾经风靡大江南北的南京香肠和香肚，自南洋劝业会上大放异彩获得金奖后，远销海外。早先洋猪少，本土猪肉香。南京人灌香肠选用的是本地黑毛猪，一般以猪腿肉为主，也有选用夹花肉的，腿肉肥瘦比例大致为三分肥七分瘦，肉太瘦了口感弱，比较柴，牙口不好的咬来费劲。灌香肠的话，用猪后腿肉会比较香，用猪前腿肉则比较嫩。

以前每年立冬之后，老南京的主妇们都时兴自家灌香肠，调料自配，也有菜场案头帮助搭配。葱、姜搅拌均匀后，曲酒（也可放少许白酒）又将肉的腥味去除，再拌入上好的酱油，鲜香紧实的肉全被灌在了包容的肠衣里，南京"蜡梅"牌香肠在市场上占据了许多年霸主地位。

曾经有一年冬季，在南京汤山一家温泉酒店吃过肥瘦比例大致为四分肥六分瘦的香肠，不知道是否因为汤山的水中矿物质含量丰富，连带着这种水混合进肉里的香肠都口感极佳。起先，香肠上桌时并无人搭理，无意间夹了一筷子，瞬间就被征服，毫不犹豫又夹两片送入口中，香得舌头打结说不出话来，幸福的感觉，就这几秒间炸开了。等到其他人有所察觉，半盘子香肠已安然落肚，那美妙的人间滋味回味至今。

香肚

香肚，20世纪七八十年代在长江南北货商店一嘟噜一嘟噜地挂着卖，颇有高高在上的意思，是实实在在很像样的礼品。香肚在南京人逢年过节的饭桌上，算一道正儿八经的大菜，价格比香肠略微高一些。香肚吃起来简单，但一般自家想制作就没有可能了，难就难在"猪尿脬"搞不定，这可是难度不小的技术活儿。

香肚肚皮使用的就是南京方言中的"猪尿脬"，也就是猪膀胱。要清理干净八十个猪膀胱，需用一公斤盐分两次擦腌，中间间隔十天。放入缸中腌渍三个月，再从盐卤中取出猪膀胱，每个继续用盐二十五克搓揉腌渍，放入蒲包中晾挂。这样处理可除掉膀胱的臊味，并使其肉质柔软，弹性增强。在装馅料前，腌渍好的猪膀胱洗六次，经过长时间几道工序处理的猪膀胱才可成为可装肉馅料的肚皮。

香肚，在南京又被称为"小肚"。据说早年间，南京最有名的香肚为清朝时期的老字号周易兴，清代袁枚老先生的《随园食单》有过记载："周益兴铺在彩霞街，八十多年，专制售小肚。"香肚形如大大的鸭梨，肠衣薄且有弹力，不会破裂，肥瘦搭配大致为四六，肉质红白分明，吃时上锅蒸熟，切成薄片，香嫩可口，略带一丝丝甜味。香肚选料更为讲究，腌渍时间略长，鲜香，耐嚼。如今南京一些百年老字号，比如魏洪兴等，倒是没有丢了梨形的形状，山西路狮子桥美食街就有得卖，只可惜味道不如从前那样醇香浓郁。

咸肉

有着悠久历史的咸肉现如今似乎遭到了冷遇。其实，咸肉具有开胃祛寒、消食等功效，猪肉味甘咸，性平、补肾养血。咸肉在古代叫腌肉，猪肉拿食盐腌好食用，又叫渍肉、盐肉。

据历史记载，在东西方各种早期文明中，用盐腌渍的肉类始终是百姓重要的饮食来源，有时甚至被当作货币用于支付及转让。《礼记·少仪》："其以乘壶酒、束脩、一犬赐人。"束脩就是腊肉，旧时常用作馈赠的一般性礼物。《论语·述而》："子曰：'自行束脩以上，吾未尝无诲焉。'"孔子接纳束脩为学生敬师的薄礼，代表其不计较酬金、诲人不倦的圣人品格。由此可见，当时的束脩，也就是腊肉，已经承担起货币交易的功能。

小雪腌菜，大雪腌肉。想到那一盘油汪汪、咸津津的腊肉，还有咸肉蒸鸡蛋、咸肉菜饭、咸肉蒸百叶，就忍不住流口水……每当大雪节气快到的时候，老南京人家家户户就争先恐后地在阳台上挂出来一条条腊肉，肥瘦相宜。

各家腌咸肉的方法也是按照自己的口味，有的人直接将花椒和盐下锅炒至淡黄焦香，冷透后在新鲜猪肉的几面抹匀，放在陶瓷盆中；也有人把盐、八角、茴香和香叶一起炒，再在猪肉上抹匀，抹好一块红红白白的肉再压上一块红红白白的肉，懒洋洋挤在一起。腌了一段时间后，把肉拿出来，再将之卤熬一下，叫回卤，肉会更香。这时候的咸肉可以拎到阳台上用麻绳串着挂起来，一排咸肉看起来就很漂亮。虽不比古人可以拿咸肉做家产，但是，我们南京人过大年为了增添喜庆气氛肯定要晒出来。也有家底殷实富足的，直接炫耀般挂着一整条猪腿吓唬人。

腌渍好肥瘦相间的五花肉，立冬前后日头出来的时候将其挂出来晒。一刀刀的肉就那样招摇着用钩子挂在阳台的绳索上。每刀肉多在二尺长左右，南方冬日暖洋洋的太阳晒着，肉色鲜红、紧实，未曾退去的粗盐粒折射出光芒。肥膘部位已渐渐泛黄、出油，会过日子的老南京人家，喜欢在煮饭的时候把切成片的咸肉放在大碗里和饭一起蒸，这样一锅米饭都有了咸肉的味道。咸肉还未上桌，哈喇子已经流下来了。南京人在冬天也经常把咸肉片和冬笋放在一起炖成砂锅，不怕油腻的再加上几块蹄髈肉，最后放入菜心，这就是名菜"腌笃鲜"。

猪头肉

周作人在《猪头肉》中说，"在摊上用几个钱买猪头肉，白切薄片，放在干荷叶上，微微撒点盐，空口吃也好，夹在烧饼里最是相宜，胜过北方的酱肘子"；丰子恺《缘缘堂随笔》中写他在杭州和老友吃猪头肉，"一斤猪头肉，每人照例是一斤老酒"；老舍先生不止一次写到老北京的猪头肉，"钓完鱼，野茶馆里的猪头肉，卤煮豆腐，白干酒与盐水豆儿，也能使人醉饱"。可见猪头肉早已不分年代地被人们喜爱了。

南京六合区人做猪头肉，甚为讲究，一定要手工去掉猪头上的毛。一般是人工脱毛，但据说别的地方有不法商家用沥青把猪头上的毛粘掉。用沥青拔毛污染较大，最好的办法就是用喷灯将猪头表面烤焦，再用水浸泡三十分钟后用刀刮净，猪头的毛就干净了，既无污染又处理得干净。六合猪头肉早在晚清时就远近闻名，主要选用南京本地的黑毛土猪，去毛剔骨、沥净血水后再加入老卤腌制，旺火煮沸文火焖烂，喷香扑鼻，红润光泽，咸甜适中，香醇酥烂，肥而不腻。隔着六合的街，路这边都能闻到路那边猪头肉的香味。不管是大锅卤制还是蒸熟，一概香得一塌糊涂，嚼起来韧劲十足，越嚼越过瘾。在猪头各个部位中，食客常常青睐猪耳朵、猪口条和下酒极品猪拱嘴。

六合当地的猪头肉不一定都在店铺销售，有小贩出摊档的，食客买回来需自己来切。店铺里则是老板挥舞手中磨得雪亮的刀"啪啪啪"地剁。猪耳朵被切成一条条，软糯糯的肉里嵌着白色的软骨，几根耳朵条送入口中，爽脆中带着软糯，需细嚼慢咽。

在南京中山大厦外面的窗口，口条已经四十多元一根，我嫌贵，就自己动手做，卤个口条当作一碟小菜。菜场买来新鲜的口条洗净，焯水，然后投入桂皮、八角、香叶、绍酒、冰糖、扬州三和四美虾籽酱油，加水没过猪口条，大火转小火，当筷子能轻易插入口条，慢火收干汤汁即可。未等口条凉透，我便捞出口条切片，片要厚，不然吃起来不过瘾。

猪拱嘴作为猪身上经常活动的部位之一，外皮胶质丰富，里肉精瘦细嫩，口感自然十分劲道。吃的时候感觉厚厚的一层胶质包裹着一块鲜嫩的瘦肉，猪皮弹牙，胶质绵密，瘦肉软糯，令人赞不绝口。南京城里开设的六合猪头肉熟食店内最受欢迎的猪头部位当数这里，会吃的食客大多一双眼睛骨碌碌先盯着"二师兄"拱起的嘴。拱嘴颜色绛红，切薄片放入口中韧劲足，味咸香软糯。

六合头道菜

这道菜使用鸡丝、切块猪蹄髈肉、皮肚、去骨鹅掌、肉圆、鱼圆、木耳和鸡汤，最后加入鲜鸭蛋花和菜心。要说六合人，人人爱美食，高手如林一点儿都不为过。有一位厨师朋友介绍，做六合头道菜之前，需事先准备无骨鹅掌：只用鹅脚蹼，去骨，形状完好无损，高汤煨至七成熟，形不散，入六合头道菜当作配菜用；接下来制作皮肚：猪皮去油脂，冷油下锅炸至猪皮表层冒泡，改中火继续炸至大泡，再改猛火，成皮肚。当然也可以按照自己的需求来改良，比如去掉加工工序复杂的鹅掌，直接下入圆子应该也不错吧？皮肚的制作过程烟熏火燎的，特别是在夏天，一定热得吃不消。一般情况下也可以偷个懒，买些现成的皮肚来充充数也不错。

鱼圆

青鱼去骨去皮，斩成肉末后，鱼泥内加入蛋清和熬化冷却的猪肉，鱼圆便起亮有香味。当地最有影响力的鱼圆内会放入蟹膏，蟹膏为熟蟹肉、蟹黄加猪油、葱结、姜片熬制而成，熬制而成时将葱结和姜片捞出，再将蟹膏放入冰箱冷藏成冻。鱼圆在手中挤成形之前加入蟹膏，冷水下锅，水开两三分钟即熟，入口鲜软嫩香。如果想做杂烩专用的眉毛圆子，可以以七分鱼泥、三分猪肉馅的比例混合，加盐、葱姜末和少许花椒粉后搅拌，不拿手搓，拿铲子将馅轻轻铲起放入油锅中炸，炸至金黄色捞出沥干油即可。

清蒸扣肚

肉厚黄猪肚一个，用面和醋反复搓洗干净后下开水。出水捞出，改刀成宽条铺在蓝边大碗碗底，上层铺上泡发的香菇、笋片和火腿片，上锅用中大火蒸两小时关火，扣碗前将汤汁沥出，加入少许盐和清水，湿淀粉勾芡浇入扣肚中即可。成菜色泽原色素净，却透着醇厚的香气，猪肚入口自然有弹性，笋片脆，香菇绵，火腿酥烂。

活珠子

"我们俩好，我们俩老，我们俩挣钱买小鸡，小鸡生蛋在你家，小鸡拉屎在我家。我到你家吃鸡蛋，你到我家吃鸡屎。"这是一首小时候常唱的南京童谣。南京人多爱吃一种鸡蛋，就是活珠子，看外形就像普通的鸡蛋一样。外地朋友看到南京人美滋滋地蘸着椒盐啃着带毛的鸡蛋，往往会觉得很惊悚，但其实味道非常鲜美，比普通鸡蛋好上许多。当鸡蛋即将孵成一个生命，但是又没有完全成形，而蛋里面已经有了头、翅膀、脚的痕迹。这种半鸡半蛋的鸡蛋孵化物叫作"活珠子"。活珠子是经传统孵化发育而成的鸡胚胎，因其发育中囊胚在透视状态下形如活动的珍珠，故称"活珠子"。南京狮子桥三六九菜馆，有一道经典地道的南京菜——毛鸡蛋炖肉。

人间滋味，煎炒烹炸，既轰轰烈烈，又淡雅平和。世间万事万物皆需简简单单用心去爱。八月一过就是秋天了，天上的星星亮晶晶，我在家里数星星，从南京到北京，数也数不清。

（发表于《长江丛刊》）

金陵夏梦

　　雨花石，因产于南京雨花台而得名，即南宋词人朱希真诗中的"雨花台上五色石"。雨花石也是玛瑙的一种，体态多为卵状，小的像六月的石榴籽，大的像咸鸭蛋，也像一只紧握着的拳头。红色的如烈烈火焰，绿色的如森林里的一棵松；色黄的如松香，也如琥珀，是那种明艳艳的黄，像极了秋天的银杏叶，也像金銮殿上的琉璃；色白的，像白玉，也像炼乳和冬雪；紫色的，像葡萄，也像紫水晶；黑色的，像砚台中研磨出来的水墨……古老的金陵南京，雨花石成为城市文化名片之一，雨花石之美很难言喻，乾隆皇帝也曾被雨花石的美丽打动过。雨花石圆润，有纹，有形，似乎也有声。一枚雨花石躺在手中，它的花纹微妙波动，似乎能隐隐听到石的低声细语，妙不可言。

　　民国雨花石三大藏家之一的许问石先生，名字起得好，生来就与石有缘。许问石先生书法、古文等传统文化根基深厚，为他收藏雨花石的爱好埋下了伏笔。他收藏的雨花石有很高的水准，一直为雨花石界所瞩目。他早期多在摊贩手上购买，因而与一些民间的玩石人结下了友谊，大家一遇到上好的雨花石都先给他过目，所以他有源源不断的收藏渠道。他收藏的极品雨花石有很多，"菊花系列""西厢记系列"等，举世无双。许问石先生收藏的雨花石，打动过许多著名的学者和画家。徐悲鸿大师就曾经跟许问石借过他珍藏的一枚大如鸡蛋、粉色缤纷的雨花石。石头表面是一幅山水画，名为《桃源图》，徐悲鸿大师借来这枚石把玩和观赏，也想以雨花石为题材创作油画作品。可惜雨花石的天然美丽之色，难以把握准确，终难以成画。

雨花石赏识四字诀：色、形、奇、逸。上品雨花石色泽要古雅，形体要完整，花纹要奇特。大自然的鬼斧神工造就了雨花石独特的境象。许问石先生晚年将他收藏的雨花石编成了《雨花石谱》，其中饱含着高雅的文化品位和强烈的爱国热情。由此开始，雨花石精品被归为三类：一为具有诗意成分的雨花石；二为历史、宗教人物类题材的雨花石；三为国家和社会发生重大事件题材的雨花石。其中，尤以诗意成分的雨花石影响力最大。

南京六合一直是雨花石的集散地，在六合和清凉山公园于周末开放雨花石市场，周五上午六合开市，周六上午清凉山公园开市。早上 6 点就开集的雨花石早市，中午 12 点一准儿关了生意。对于观赏石来说，意境是评判优劣的关键一环。水石能完美呈现色彩的细微变化，亦能通过丝纹草花展现立体的画面。不过，让我心动的是那与佛教文化有关的松香玛瑙、罗盘石。

有的罗盘石上，虽有海洋化石成分，但并不代表罗盘石本身是化石，而是火山喷发的二氧化硅砸坑到火山口附近的海洋海底礁石里，被原来的海藻等生物吸收入松香结构里。因此，带有海洋生物化石的罗盘石的出现，说明当初雨花石被搬运过程中，火山口附近有海洋生物存在。因为雨花石的诞生地原来也是海洋，地球板块裂开后，火山隆起，原来的海底升起，但很多海洋生物的标本还附着在隆起的海底礁石上，造成火山喷发的二氧化硅砸落到这些海藻处，形成带有藻类的罗盘松香。

罗盘石上的圈状纹，称为"肚脐眼"，肚脐眼，是有力学凝固节奏的。内部空气爆破、回收、凸起、再回收凝固，从而形成两回合循环"肚脐眼"。大部分罗盘石上，通过仔细观察，都能观察到此类两层循环

"肚脐眼"。

罗盘石本属于松香类，但因其历史、特殊性，归为特异类。皮壳多为棕黄色系，多见木鱼松香底石，也有表面硅化的松香类型。

松香玛瑙和罗盘石多为手把件，虽说成像色彩不够美艳，不如风景玛瑙的意境那样完美，但松香和罗盘以意象为重。象者像也，飞禽走兽、佛道人物、花卉杂物，种类繁多。也许是岁月蹉跎了容颜，蹂躏了观赏美的眼睛，雨花石中的水石，我已不太喜欢了，水石只有在水里养着才水灵灵的，离开水，跟喜欢往脸上补水的女人突然失恋了似的，顿失花容月貌。

在雨花石很火的年代，南京城差不多每年都有大型雨花石展，会展出多款平日里很难遇到的极品摆件，令人惊叹不已。一件形如桃，色如桃，质如熟透之桃的雨花石吸引了我的目光。这一"石桃"如果与自然生长的桃子同放于盘中，很能忽悠食客。见到桃子，总让人想到仙桃，王母娘娘种的仙桃。也许神仙姐姐们失手掉落了这个桃，落在了金陵城下成了石桃。桃子在人间也被视为吉祥物，老寿星手捧的就是寿桃。那个红艳夺目的桃子不知为何人收藏之宝物。仙桃也好，寿桃也罢，都是吉祥幸运的吉祥物。

忆起 2009 年，著名作家，文化部原部长王蒙先生在与南京市赏石界交流时，曾经盛赞江苏省赏石协会常务理事石泉收藏的或写意或抽象，造型别致的十枚精品雨花石，他说自己虽不像作家贾平凹那样善于玩石，但自 1981 年第一次遇见雨花石，就对这奇异鲜明的雨花石非常喜爱。王蒙先生仔细欣赏着一枚枚在水中绽放光彩的雨花石，挥笔写道："雨花石，明艳灵异，着实不可思议。"

石泉手中还有一枚让众藏友十分羡慕的"抽象艺术"，为鲜艳分明的红黄色调，十分艳丽抢眼，当时的买家管这块石头叫"小红旗"。这枚雨花石为玛瑙质地，形体端正，饱满圆润，皮色金黄带包浆，中间嵌入三块和血一样的红。这红色的几何形浑然天成，又超于自然，矩形、三角形、长方形，华姿绽放，不知道经历了什么样的磨砺和涤荡，竟荣光灿烂、画面纯净，没有一丝一毫杂色，犹如一幅从远古走来的抽象画。

西方哲学家称收藏行为是"社会的净化剂"，因为收藏值得收藏的东西，物我互化，心灵在不知不觉中得到升华，净化了自己，自然也净化了社会。美丽的雨花石默默无言，是大自然中代表吉祥的作品，石里有水波一样的石纹，石里有春姑娘一样的柔媚，石里有高山和松柏一样的缠绵，石里有梅花盛开般的风景。人们通过一枚小小的雨花石来思索人生的困境，石与人共享蓝天，让人忘掉伤痛，牢记初心。

多情之石，定会邂逅多情之人，这恐怕就是"石缘"。人们挚爱烈士鲜血染红的雨花石，将得来不易的雨花石作为生命意义的一部分。挚爱雨花石的六合玩石人中，钟爱旅游、以石会友的张军老弟的"赏石驿站"很有号召力，头像石是他的最爱。退休后玩雨花石玩得风生水起的伊人大姐守着根据地"彩石居"。她淘到的手把件比较有名气，店铺犹如雨花石百宝箱。珊瑚化石、珊瑚虫化石、灰木化石、鹦鹉螺化石和海洋生物化石，让你分明看到了海洋中可爱的精灵。这里还有油泥山子、雨花石蜡石、蜡石板子、草花玛瑙和杂花玛瑙大板。有些石头二氧化硅的硅化程度不够，所以不够通透。一只虎符松香，难得一见。我拿油泥盘配上罗盘心，拍照效果不错。

当然，六合资深石农首屈一指当数沙哑嗓门儿的张三柱，他热爱奇石，热爱雨花石，寻石找石早已走过千山万水，从云南、广西到贵州、四川，那双无比粗糙的手，让你一眼就能看出来这是一位从沙石堆、从红河、从嘉陵江边淘石的石农。男男女女的淘石人，最典型的标志就是古铜色的皮肤。常言道，一吨黄沙，淘得二两雨花。当然，除了玩雨花石和旅游，这位皮肤黑黝黝的张三柱同志也偶尔酸溜溜地冒几句打油诗：

美丽的雨花石

就像大千世界的芸芸众生一样，

每一颗都有它不同的经历，

每一颗都有它不同的故事。

······

（发表于《长江丛刊》）

浦园，四季的恋

浦园，我工作了二十年的地方，这里有山、有水、有森林，还有几个小小的但也算精致的湖泊。这里是南京最美的校园，是三万五千多名师生的家园。

春天的浦园，就像林徽因说的那样："你是四月早天里的云烟，黄昏吹着风的软，星子在无意中闪，细雨点洒在花前。"

春雨过后，校门口的池杉林下，一片嫩生生的二月兰兀自怒放。这种平凡的野花，这几年也受欢迎起来，吸引了众多学子搜寻的目光。

林边道路旁，郁金香也开放了，黄的，白的，粉的，橙的，缤纷多彩，热情激昂，犹如青春圆舞曲，奏响了对大地爱的告白！这片郁金香，我记得是我们绿化科从 2013 年起开始种植的，现在已成为浦园有名的春景。

穿过樱花大道，音乐台边有我最喜欢、最温柔的紫藤花。褐色的藤条雕塑般曲折向上，满架花开成景。一串串饱满的花穗垂挂在枝头，紫中带着羞意。

雨，轻轻地飘洒，潮了眼，湿了心。风，悄悄地拂过，落英缤纷，透明的雨，紫色的花，梦幻世界一般冷艳而迷人。

夏日的君子湖畔，大红、橙黄、粉色的美人蕉，玫瑰红的毛鹃，姹紫嫣红。荷花则在一夜之间钻出水面盛开了，突如其来的清凉的雨水，纷纷落在了湖中，落在了荷叶上，雨滴在硕大的荷叶中跳着舞、打着转。

亭亭玉立于一方池塘的荷花，或含苞待放，或已绽放了粉红热烈的花朵，那么朴实，那么坚挺向上，不张扬的清香悄然沁入心扉。

林语堂曾经说过："我爱春天，但她太年轻。我爱夏天，但她太气傲。所以我最爱秋天，因为秋天叶子的颜色金黄、成熟、丰富。"丹桂飘香时节，新生结束了军训，与祖国在一起，幸福洋溢在笑容里，阅兵仪式上，龙腾虎跃的后生那么明媚闪耀，就和校园里一棵棵迅速崛起的香樟树一样，树干越发笔直粗壮，树冠逐渐形成硕大的浓荫。

南工大依老山而建，校园内绿树成荫，道路边的"火炬树"栾树最多，像我这样平凡的后勤人，犹如盛开了鲜花的栾树，橙黄、赤红一片，远远望去就像一把把火炬，照亮了将来建设祖国的孩子们。

后生们谈的最幸福的事，并非玫瑰色浪漫的爱情，没准儿只是亚青食堂的一碗面。年轻时不懂爱情，西苑妹子和象山小伙子，恋爱一个月分了手，理由只是不能接受异地恋。

深秋季节，来到镜湖边走一走，寸把长的游鱼自由自在。碧绿鲜嫩的水草中偶有一簇簇水草上开出白色透明的花瓣，忽而又随波漂去，原来那是顽皮的孩子吹落的肥皂泡，落在了水草中，哪里有什么白色水草花呢？

远望老山的豪放与水之婉约，湖中一汪碧水向东流，偶有落叶浸在水中，阳光下，各色落叶如星光点点，水色秋光，浑然成趣。"人生一世，草木一秋"，落叶随风飘舞，岁月不停步！

不知不觉间冬天到了，校园湖边的芦苇在阵阵寒风中摇曳。看似柔弱的芦花，生命力却是如此顽强，登高望去，芦花飘飘似白浪一般起伏，真是"雾树芦花连江白"。

在南方，人们更是爱极了冬日飘逸的雪花，雪中的校园如水晶般高贵奢华，欣喜若狂的人们在茫茫天地上跳着、玩着。冬雪，你是春夏秋冬最完美的结局。

在这恬静的时光里遇见雪，在天空下飞舞，蜡梅绽放了青春，张扬着冬韵，在阳光的照耀下，银光闪烁。浓郁芳香的蜡梅，傲然绽放在冰雪之中。梅花和白雪诉说着久别重逢的欢喜和思念，你伴我月白风清，我陪你花朝雪夕。在这童话般的时光中，积雪仿佛一床厚厚的棉被滋养着泥土，也映衬着梅花百世流芳！

（发表于《青年文学家》）

玫瑰开在桃子上

微信朋友圈很像是一个小世界，很多见过面或者没有见过面的人一起生活在一个手机屏中，倒退回几十年，家家还没有电话，只能靠书信往来沟通交流的时代，如果有人说将来还有这么一方天地，估计所有人都会觉得这是痴人说梦。

我有些肥胖，体重超标。胸部是否属于模特们下垂的"桃子"暂且不论，三年前倒是有过一次对自己的胸部痛下杀手的经历。那年体检，右乳查出一个纤维瘤。省里做 B 超的主任，威风凛凛，声音有点偏男性，脸上戴着大口罩，眼睛上长出比男人都黑的眉毛。"上床！躺下！衣服撩起来！"紧接着，胸部一阵冰凉清爽，口罩里冒出一句话："良性。没事儿，最好割掉。"

熟门熟路，又来到了鼓楼。新街口是南京的心脏，鼓楼堪称南京的肺。鼓楼医院最早为美国教会的加拿大籍医学博士马林创办的西医院"马林医院"，1914 年改为金陵大学鼓楼医院，它是南京地区最早的一所西医院。

扩建后的鼓楼医院，住院部大厅内非常醒目地摆放了一架纯手工打造的三角钢琴，这里也因此被医护人员称为"钢琴厅"。正在弹奏钢琴的八十九岁老教授，坚持业余义务演奏钢琴，至今已七个年头，他是一位真正用生命的余晖照亮他人的人。《我和我的祖国》的旋律驱散了住院部大厅内冷漠、沉闷、压抑、焦虑的气息，给人带来了力量，也带来了温馨浪漫的气息。演奏区拉起的红绳外站着不少捧场的人，一位身着休闲装的青年男子配合钢琴曲吹起轻松悦耳的口哨，跟南斯拉夫电影里的游击队队长吹口哨的模样一样帅。我很羡慕这口技，自己噘起唇只能发出把尿的嘘嘘声。

我在鼓楼医院甲乳外科挂不上号。甲状腺和乳腺看似不是一股道上的车，内里关系可铁着呢。乳腺和甲状腺均为内分泌的靶器官，内分泌功能的变化会同时影响到乳腺、甲状腺疾病的发生和发展。于是乎，乳腺和甲状腺成了"近亲"。乳腺有病变的患者体内雌激素较高，这会作用于甲状腺细胞，成为甲状腺病变的导火索。导致乳腺发生病变的关键因素是雌激素摄入过高，现在的鸡、鸭、鹅，有多少不是口里含着激素饲料长大出栏的呢？南京人名扬四海，餐桌上离不开的盐水鸭，从出生到死亡，压根儿就没走过几步路，也没见过水，更没有"红掌拨清波"过。

鼓楼医院门诊大楼里熙熙攘攘，甲乳外科门诊的就诊病人也多得可怕。主任姚永忠是这科室的专家，中年才俊，温文尔雅，每次专家门诊，他的号根本就挂不上。于是，我们只能采取加号的方法，打个擦边球。乳腺检查再次首选了 B 超，无碍。第二项检查是乳腺钼靶，也就是乳腺的 X 线摄片。初次听说这种检查，这项乳腺数字摄影技术检查起来比较粗鲁，很像是两只铁掌死死地挤压在乳房的两侧，有点儿尖锐的刺痛感，我在心里默默骂了一句，但还是咬牙坚持。两只平板铁掌不停地在调整角度冲着乳房反复碾压，一只肉蛋明显被挤压成厚厚的肉饼。钼靶检查结果，乳腺结节形态光整，边缘光滑，钙化粗大，是乳腺良性肿瘤的表现。

所有检查做得都比较顺利，唯独查血的胖护士用打靶一样的速度心不在焉地在我胳膊上连捅四针，我禁不住开口"夸"她："您这进针的速度堪比射箭，告（诉）您一声，我当年也干过十二年的护士！"那胖护士尴尬极了，赶紧递给我一根棉签。

12点已过，饥肠辘辘，一个年轻姑娘哭哭啼啼从诊室出来，她被确诊为甲状腺癌。下一个就诊人就是我，满脸疲惫、眼皮子都耷拉下来的姚主任轻轻地说："你可以手术了，等通知，安排张医生给你做，他技术好。"我一阵欣喜若狂，走出医院后在珠江路的老字号"全福楼"点了一份六十八元的德国猪手，吃进肚里后心情特别好。

下午2点，兴冲冲坐电梯上楼去见甲乳外科张医生，生怕排队再排到猴年马月。结果张医生正在手术室开刀，没见到人。我在张医生桌上留了一张情真意切的纸条，急迫申请寒假尽快手术。问了办公室的其他医生，得知张医生是位男同志，外科医生男性比较合适，体能跟得上。我在病区转悠了一圈，原来甲乳外科病区热闹得如同菜市场，整个病区的走廊上全部是满满的加床，床上病号的造型都如战场上下来的伤员。

这里气氛沉重，我喘不上气来，走出医院溜达到山西路狮子桥附近，这时接到一个陌生号码的电话，是位年轻男子，口音很像宜兴人。他说他是张医生，看到了我留在他办公桌上的字条，并通知我于第二天上午9点到鼓楼医院二号楼十楼病区做微创手术。天呀！我顿时觉得雨过天晴，南京这阴雨绵绵的冬天都晴暖了起来，我的运气真好！

第二天一早，我兴冲冲打了个车，出租车司机放的曲子轻柔又动听，是早先黎明创作的歌曲《两个人的烟火》。原来那天是2019年情人节，上海发小龚敏在朋友圈晒了鲜红的玫瑰花：爱对了人，每天都是情人节。

乳腺微创旋转手术，简称旋切，利用真空辅助旋切系统，设备在乳腺超声引导下一次进针后多次穿刺，将纤维瘤分数次切成条状后吸出，在超声探头的引导下，直到切除干净为止。创面切口很小，丝毫不影响美观。医疗科学之先进令人惊叹，只可惜国内生产不了旋切的针，皆靠国外进口。这点儿事，多少让我有点儿感慨。

上午 10 点 35 分，进去手术室，护士叮嘱我上衣脱光，身上盖着一件毛衣，倒是不冷。接着，胸大肌和腋窝处，分别被注射了麻药。张医生很年轻，戴着眼镜帅气十足。我没忍住好奇心，问："您家乡是哪里？"张医生回："我是宜兴人。"我乐了，说："昨天电话里你几句话一冒我就猜到您是宜兴人。'山主贵，水主财'，宜兴那里是风水宝地，中国有几百位知识界名人出自那里，还出了很多大学校长。"通过闲聊得知张医生业余爱好除了八公里至十公里的体能锻炼，还爱好自己动手磨咖啡，拉花水准不亚于专业咖啡师。

室内安静温暖，我被盖上一层大大的薄薄的消毒巾。跟随张医生的还有一位外地来鼓楼医院进修的中年男医生，这次要观摩学习张医生动手术。多了一位观众，我的心里直犯嘀咕。左手和右手已经各紧握着一个纱布卷，右手举过头，做投降状。护士放着轻音乐分散我的注意力，我感觉到那个旋切针很粗。这手术属于自费项目，四千块钱。

术中，张医生全神贯注操作，偶尔回答那位男同行的问题，操作利落。术中张医生跟我说了一句，又发现一个小的，一起抽掉。十五分钟后战斗结束，我向张医生看过去，他额头上一颗水润明亮的汗珠像水晶般滑落下来。从手术床上下来，整个胸部被绷带狠狠地包扎了好几圈，紧绷着有点儿喘不过气来。我下楼走出拥有百年历史的鼓楼医院。蓝天白云下，玄武湖碧波荡漾，帆来舟往……

（发表于《长江文艺》）

向《吴敬梓》致敬！

　　第一次知道文学界也有站台，是因为育邦的新书《吴敬梓》发布会的选址，恰巧选在依托江南贡院、明远楼等遗址而建的南京中国科举博物馆。讲来新书发布会，其实跟新春茶话会差不多，但和影视明星大腕礼服西装亮相站台不同，文学，像是汇集了长江、黄河的浩荡宏大，又兼具了南京母亲河秦淮河的柔情蜜意。南京知名学者、著名作家郭平先生纤纤玉手，弹拨古琴曲《梅花三弄》，曲音清幽舒畅，似有寒香沁入每一个心脾。在一曲风骨的颂歌里，蜡梅花在秦淮河上空盘旋，落在吴敬梓略带羞涩的眼眸深处。许是难得一见，许是新年的第一天，文学界的名人们都异常兴奋，瞄准了才出版的只有七万字的《吴敬梓》，极尽记忆里的知识信息侃侃而谈，把作者多触角的创作总结概括。作者另一本著作《横渡长江》，更是绝对符合我这名作家之外的普通热爱读书之人的认知。《横渡长江》是作者杨波（育邦，成为诗人后另外的名字）用文学创作对百万雄师过大江、解放南京这一历史的经典诠释，也正是《横渡长江》颠覆了脑海深处地方文人无法驾驭军事题材的误区，对现代诗人、文学评论家和小说散文作家育邦重新认识了。

　　我手里捧着热乎乎才出炉的浅灰色小书《吴敬梓》，印刷了一万册，编辑告知我这是针对少年的读本。我听闻心里一惊，一点儿老底被看穿，我知道自己就是这一万个少年之一。不知道吴敬梓先生是否会感到欣慰，自己一部反抗科举制度，洋洋洒洒写作近十年名垂不朽的《儒林外史》，成为鲁迅眼里重要到无可替代的讽刺小说，古为今用，成为育邦将几万文字符号拆开再揉搓成精华萃取的少年朋友普及明清文化的读本。不看这本看着就省眼力的《吴敬梓》，我们不会知道吴敬梓和父亲在南京城中的生离死别，中秀才，父已亡。也许人们也早已忘记科考到五十四岁方才中举的疯疯癫癫的范进，胡屠夫那一巴掌打醒了范进，不知还能打醒谁。英语倒是逐渐在成为现代学生们的副科，救赎了一大批英语教学薄弱的大山和边远地区的孩子们。跟随《吴敬梓》的篇章，我注意到了放牛娃王冕，无师自通，凭着热爱成为画家。只是，吴敬梓的同乡王冕不愿意做官而躲进山里，图个清静"无为"罢了。热爱和作为，不知这是对古时科举制度的献祭还是批判。

《吴敬梓》中那些欺男霸女的贪官污吏肆意横行，扬州城一夜暴富的盐商依然存在。反观不争气的吴敬梓倒是越过越拧巴了，草民一般的文人秀才，还偏偏喜好做大事的"顶风作案"，为乡人民女仗义执言、打抱不平。文人的"愚"和无奈，在这本大家小作中，犹如一幕幕古装戏片段，一环扣一环。我们追寻吴敬梓敢爱敢恨的脚步，去他去过的赣榆。赣榆在我的脑海中浮现的一瞬间，似吴敬梓在读书后歇息时，就着昏暗柴火堆的火光，喝着黄酒啃着海鲜。没读《吴敬梓》之前，我只知他在秦淮河岸边有宅子，故居靠着白鹭洲公园，位置极好。吴敬梓最早来到南京的居所是"秦淮寓客"，在板桥之西。

我想起鲁迅先生说过一句话：文人吃下去的是草，挤出来的是奶。吴敬梓在南京依然持续文人的清贫，落魄到无法维系一日三餐。他换到城中小房居住，省下不少盘缠。距秦淮河畔不远的清凉山，是吴敬梓的心头之好。山上竹影婆娑起舞，曲折幽深，桃红柳绿，移步换景间倒是很有电影中切换镜头的感觉，我似乎看到吴敬梓用白皙修长的手，玩闹一般牵着夫人的手，在山顶的亭子间坐下，弹琴，拭汗，饮茶。镜头下的清凉山山石嶙峋，白色兰花装饰着一端红墙，飘去白兰花雅漾的清新，山脚下那些五颜六色的雨花石也显得很有诗意。

　　古代文人的日子俨然很艰难，要想在科举考试中得到名次，必须熟读经史，才思敏捷，对《论语》《诗经》《礼记》《左传》滚瓜烂熟，还要熟知原文几倍数量的注释，科举考试中涵盖的经典、史书、文学书籍也多不胜数，难怪科举考试考疯了范进。吴敬梓"文章大好人太怪"，但，"功名富贵无凭据，费尽心情，总把流光误"。不到二十岁的吴敬梓考取最低的科举功名"秀才"后，事事蹉跎，族人掠财，"田庐尽卖"。吴敬梓期盼六朝烟水之气的南京，可以救赎他孤寂愤懑的灵魂，三十岁后，携妻带子，雇船从襄河出发，经大江，抵达南京水西门码头。此后，吴敬梓忙于捐款兴建南京城南先贤祠堂等，只十年时间，便家财散尽了。育邦借吴敬梓之口，浓缩成只一句话的描述："无妨！无妨！李太白诗云'千金散尽还复来'。"

　　四十岁时的吴敬梓，家中已无米之炊。吴敬梓卖掉秦淮水亭，搬到城东大中桥，此时的家当只有几十册书，而非曾经大手一挥豪捐二百两银子的吴敬梓了。老友前来探访，见吴敬梓正弯腰在自家菜园里给青菜浇水，大呼小叫："敏轩兄呀！敏轩兄，你这富贵公子，乐得闭门种菜，小弟佩服佩服！"吴敬梓抬头一乐："庄周以打草鞋为生，也可作逍遥之游。我为种菜莳花而乐，'灌园葆贞素'。"

　　吴敬梓对生活多年的南京城极尽笔力描述，笔下许多地名南京土著都倍感亲切。比如，水西门的盐水鸭、乌龙潭今日依旧在；三山街还是三山街；南门即中华门，老南京人仍将中华门呼之为"南门"，吴敬梓也算作老南京人了吧。育邦在这里用了几句话概括吴敬梓的双重性格：他一方面希望光大全椒吴家"家声科第从来美"的传统，又要追求自由自在的生活；另一方面期盼借仕途而摆脱困顿潦倒的生活压力，又隐逸山林不问天下事。

依傍紫金山金陵城中风花雪月的秦淮河畔，吴敬梓广交三教九流各色朋友，不管是达官贵人、文人墨客，还是引车卖浆的贩夫走卒，在吴敬梓看来，天下苍生，皆有形状和生机，无贵贱分别。南京城乃六朝旧地，山水草木、寻常巷陌皆有灵气，人文底蕴与豪杰之风丰厚，奇人辈出。这是伟大的小说家超越时代的悲悯情怀，是以此地为背景进行小说创作的根基所在。在育邦文中看到这样的场景：秋天的一个午后，吴敬梓从水西门斩了只盐水鸭，沿着明城墙向西漫步到清凉门，登临清凉门城楼远眺，千里长江奔突而来，江中帆樯如林，江岸沙鸥翔集。吴敬梓双拳紧握，吟诵王安石的《桂枝香·金陵怀古》："登临送目，正故国晚秋，天气初肃。千里澄江似练，翠峰如簇。归帆去掉残阳里……"

在发布会上，一位嘉宾调侃自己得了和吴敬梓一样的糖尿病，也就是文中的消渴症。吴敬梓移家南京后不久，就开始写《儒林外史》，去扬州时，也带上了书稿，修改润色。吴敬梓在扬州琼花观，欣喜地看到一株开满了琼花的高大树木，那花洁白如玉，风姿绰约，一朵一朵相互映衬。扬州逗留数日，生性豪放的吴敬梓预备辞行返回南京，他典当衣物，倾尽囊中所有宴请亲友，但旧病复发，气绝辞世。1754 年，一代文豪吴敬梓，在贫困潦倒中离开了，一语成谶——"人生只合扬州死"。

育邦，带着一颗跨越的心，用吴敬梓的语言，刻画出那个时代背景下文人桀骜不驯的一生，同时又刻画了当时的南京社会生活，留下一幅幅镜头切换般流动鲜活的画面。育邦，真是位才华横溢的作家。南京，世界文学之都盛名之下古老的都城如何延续金身上贴着的标签负重传承，是南京一代文人需要为之奋斗的目标。吴敬梓，一部名著经典《儒林外史》成为南京文化底蕴的奠基石之一。在这座活着的博物馆，古代文人和现代文人雅士撰写了一本又一本名扬天下的南京城专著，推开了南京文学之窗。

　　一艘木船，船帆如弓张满。

　　岸边的人、船上的人，挥手告别⋯⋯

　　伴随一曲民歌吟唱，浅黄色滁河幼童时的吴敬梓，赣榆读书少年时的吴敬梓，青年时清凉山作别父亲的吴敬梓，科举考试中了秀才的吴敬梓⋯⋯画面交替，仿佛是无数春秋的陈年旧梦。人们似乎可以拂去岁月的灰尘，重新去领略那昔日的梦里情怀！

　　长江南京段江水，波光潋滟。

　　在那片落日余晖的江水背景上，一行大字渐渐显现——《吴敬梓》。

（发表于《文絮》）

怡人风光

海上生明月

云雾满山飘，海水绕海礁。

人都说咱岛儿小，

远离大陆在前哨，

风大浪又高。啊，

自从那天上了岛，

我们就把你爱心上，

陡峭的悬崖，汹涌的海浪，

高高的山峰，宽阔的海洋，

啊，祖国，亲爱的祖国，

你可知道战士的心愿，

这儿正是我最愿意守卫的地方。

云雾满山飘，海水绕海礁。

人都说咱岛儿荒，

从来不长一棵树，

全是那石头和茅草。啊，

有咱战士在山上，

管叫那荒岛变模样，

搬走那石头，修起那营房，

栽上那松树，放牧着牛羊。

啊，祖国，亲爱的祖国，

你可知道战士的心愿，

这儿就是我们第二个故乡。

　　回首经年，那如水流淌的岁月很像一个大筛子，一日复一日，冷酷地筛掉无数记忆中的尘埃，只留下珍宝。那可爱的金钩海米，饱满如弯月的大虾干，肉质紧实的银色咸鲳鱼和张牙舞爪的大只墨鱼干，那些来自舟山深海的味道始终在记忆中不曾消退，哪怕时光匆匆已经过去了几十年，依旧是我心中最美的味道。

　　20世纪70年代的一个深秋，下部队去舟山群岛已经两个月的父亲终于回来了。我们三个孩儿一起扑在两个异常期盼的藏着宝贝的箱子上，母亲笑吟吟地打开，也就此打开了我们心中无比向往的藏着不一样秘密的舟山。那一瞬间，大海鲜活起来，鼻息间充斥着海洋的味道，海的气息，让孩儿们坠入幸福的深渊。

　　时光匆匆，2021年建军节头一天夜晚，我们被疫情困住的一颗心早已经飞了，晚上几位开始热议舟山美味的梭子蟹……这让很少做梦的我，入夜做了一场梦，梦见天蓝蓝、海蓝蓝舟山的一个岛屿旁停靠着一艘军舰，军舰上军旗猎猎，海岛上一排排整齐的营房旁种满了绿色的剑麻和高大槐树。剑麻叶片像剑，叶尖像针，每到春天，那剑麻的叶片丛里伸出一根结满花蕾的秆子，向上伸展，花蕾饱满，花瓣尽情绽放，很像海防战士难以忘怀的如天上云朵一般羞涩的初恋。槐花则是洋槐，带刺，也开白花，盛开时，枝上一嘟噜一嘟噜在风中摇曳着的白色花朵，那么小巧而美丽，呼吸中满是香甜的味道。我梦见了军舰上的大弟穿一身海军军服帅气十足，还有舰上的伙房里，蔬菜和海鲜品种特别多，特别是海鲜，仿佛才从海里跳上船一样新鲜。有"惠文冠鱼"小黄鱼，"老婆鱼"脐鱼，"东海夫人"淡菜，"西施舌"沙蛤，"郎君鱼"石首鱼和等待炊事班用蒜泥凉拌的"水母"海蜇。船上，大弟伸出胳膊从海里提起一桶水泼在甲板上，冲掉海鸥拉下的粑粑，海鸥喜欢展开翅膀靠着舰船的气流滑翔，为原本枯燥的海上生活增添乐趣。

东海海域，由一千多个岛屿组成，这里既是令人们无比崇敬的海防前线，也是享有盛誉的知名渔场。我和老战友相约在这里的某一个岛上。洁白无瑕的海滩，海水画出道道白浪，海风带着潮湿腥咸的海蛎子味道，一道白浪将一只体型不大的章鱼推上沙滩，那是一个神气的半透明的长着长腿的家伙。渔村里的石板路上，走来回老家探亲的老战友小林，他踩着柔软的沙滩，几个大步追上了章鱼，"小东西，看你往哪里跑？"这是一只不知道世事沧桑的章鱼仔，当最后一缕阳光潜入大海的时候，章鱼仔有了一个新家，是一个透明的玻璃大鱼缸，它被小林当作宠物养了起来。海岛人家的屋外，深幽的海面倒映着一轮平静的明月，月光之下，海水舞动着金属般的光泽，如果在海里潜水往上看，像是头顶着一片银河。

不知道小章鱼的芳名是不是叫"望潮"，我经常分不清乌贼、鱿鱼、章鱼，只是听人说要数足的数量。章鱼是八条腕足，也称八爪鱼。据说章鱼喜欢人类，在舟山群岛潜过海的人说，生活在有山包、有沟壑的海底的章鱼个头都比较大一些，它会尝试着去抓住人的手，潜水员曾经在一个地方潜水，一条纤细的章鱼不急不慌地穿过海藻，向他的手指勾搭过去，潜水员没有理睬。而那热脸贴冷屁股的章鱼在海藻中卷成了一个圆圆的球样，淘气般把自己裹起来，海藻丛间可以看见章鱼露出一双气鼓鼓的眼睛，似乎有点儿情绪，也有一些小心翼翼。

沦落为宠物的小章鱼，兴许就是那诗意的"望潮"，这是从一个远

156

古时代走过来的海底生物，每当涨潮的时候，它必定会在洞口快乐地手舞足蹈，所以才有了如此形象又充满激情的名字。我站在大鱼缸外看着"望潮"大大咧咧一副满不在乎的表情，在框住它的鱼缸里玩起自己蜷曲的足。《舌尖上的中国》宣传过，"望潮"虽小，但益处多，除了养血益气，还能给产妇催奶。在舟山，渔村的孩子抓"望潮"当玩具玩。"望潮"也好养活，有虾吃就很高兴，捏起一只活蹦乱跳的虾子送到萌仔眼前，小家伙欢快地把虾子一口吞掉，浑身上下的触角立刻欢快张开，很像一只即将飞翔的透明蝙蝠。

我丢过去一句："乌贼和章鱼长得很像一家？"小林回应："当然，乌贼的背部有点儿像龟壳，头部突出，八条腕直接从上面伸出来，和章鱼的腕一样灵活，没关节，有吸盘。"我问："我记得乌贼背部都长着白色骨头？"小林回应："哦，那叫'乌贼骨'，就像一只几厘米宽的冲浪板。"舟山人还是更喜欢墨鱼，不管是热吃、冷吃，都弹性十足，有嚼劲，也够味儿。不过在舟山，墨鱼和乌贼早已近亲繁殖得不太好分辨。七八十年代舟山的海产品中就有曼氏无针乌贼，曾经一网能捕到几百斤呢，不像现在，大部分是有针乌贼，尾巴有一根硬刺。我又想起记忆中母亲按照父亲所嘱步骤做墨鱼，不去皮直接用水焯烫，葱姜爆锅，肥厚的墨鱼被几轮酱油淋透，糖、八角和黄酒去爕制至熟。母亲一次烧上几只，我们饿了叨一块，做解馋的零食。

小林说："你没有品尝过的美食多了，早先水产公司有专门的木桶装乌贼膘肠，一桶桶乌漆麻黑滑不溜秋的东西，光看样貌，你一定会觉得有点儿恶心。渔村厨房里，乌贼膘肠用盐腌制过，放入坛子里，何时想吃，捞出一些，洗净放入饭锅蒸即可。蒸熟的乌贼膘肠，尤其是乌贼蛋洁白光滑如肉细水滑的鹅卵石，琥珀般卵块散发出淡黄色的油光，特别诱人。"

我边看小林发过来的视频，边好奇："你们渔村的女子都会编织渔网？就像电影中的那样，'渔家姑娘在海边，织呀嘛织渔网'，这歌词我还记得。"小林说："那当然，男人出海捕鱼，渔网要是在捕鱼过程中划破了，拿回家晒干后，女人会在家补织网。小时候也没有见过冰箱，舟山海产资源特别丰富，渔民们捕回来的鱼，家里女人都会忙着把鱼晒干或用盐腌制以确保能长时间存放。小时候我老爸出海捕鱼是用木帆船，就是那种有桅杆、拉上帆篷用风当动力的船，当然用机器当动力的船也有，那种船出海捕鱼产量比较高，大部分是用渔网拖拉捕鱼，木帆船一般都是放钓。"我问小林："你出过海吗？在船上怎么睡觉？放钓？带鱼也是一条一条地钓？"老战友很自豪地告诉我："船舱里有床铺的，每人一张，不过这些床特别小，估计也就五十厘米宽，长也就一百七十厘米左右，船舱内空气一点儿都不流通。不困的时候，可以躺在甲板上眺望渔火，渔火被海浪簇拥着，上下舞动。在船上放钓，一般带鱼比较多。当然，你不懂，这可不是在湖上拿着一根鱼竿垂钓。放钓带鱼，是用一根有几百米到上千米长的网线，每间隔一米放一个鱼钩，鱼饵一般都是泥鳅。这些网线放下去过两个半小时后，将船上带的小舢板放下去收鱼，一般收获颇丰。十二岁的时候，我就跟着父亲出海看钓鱼，钓回来的带鱼特别大，每条都二斤左右，夕阳西下，拉上来的鱼十分刺眼，银光闪闪。体表被涂了一层银色的带鱼离开海面十几分钟就不动弹了。那时候带鱼特别好吃，油性大，又香又嫩滑。"小林极爱吃舟山带鱼，1985年在青岛海军服役的时候，大年三十小林端上桌的那道大菜，那味道真是让大家惊艳到了，那是一锅年糕煮带鱼。

　　舟山群岛海域最有名的要算大黄鱼，岱山县的岱衢洋就是大黄鱼的主要繁殖区域。舟山渔场海域辽阔，光照充足，受台湾暖流和沿岸寒流交汇的影响，洋流被搅动，养分上浮，使这里海底饵料充足。中国沿海地区，食用大黄鱼已有两千多年历史。在闽浙一带，野生黄鱼相当受欢迎，一桌宴席档次最高的主菜当数唇红体黄的黄鱼，寓意财源茂盛。不仅如此，金黄色的大黄鱼，披着一身黄金衣，又被称为"黄花小姐"，被视为富贵吉祥的象征。

由于黄鱼的鱼鳔会发声，在大海里，成群结队的黄鱼群，时不时会呱呱地唱着歌儿，渔民们也会循着声音，追捕野生大黄鱼。野生黄鱼苦于靠自己寻觅食物，故而鱼嘴又尖又大，身体又瘦又长。

小林的父亲在70年代出海，黄鱼多得泛滥。海上作业时直接拿木槌子或者木条子用力敲船帮，可使惧怕声响、距离海面只有几米的黄鱼鱼鳔破裂。大片的黄鱼浮在海面上，渔民们直接用网捞起放入船舱就可以，出海几天每一条船都可以捕很多鱼回来。二三斤或者三四斤的黄鱼，做法最简单，直接把黄鱼跟黄酒一起放入坛子里，蒸熟后就可以吃。

黄鱼里最有名气的要数"黄鲵"，野生黄鱼的鱼鳔除可做成名贵食品"鱼肚"之外，晒干的鱼鳔药用价值极高，可制成"黄鱼胶"。野生黄鱼肝脏中的维生素 A，则做成"鱼肝油"。但人工养殖的都达不到如此药用价值，这也是野生黄鱼越来越贵，被称为"金条"的原因。

时间就像一片云，终会被风吹散。小林和小林的渔村，还有父亲和大弟激情青春的军营，也就如同那片美丽的彩云，在时间的微风里慢慢地散去了。在我偶尔清静的思绪里依然会浮现那海上的场景。微微凉风过，悠悠夏日长，那些留不住的曾经，就留在笔下吧。

（发表于《黄河文学》）

西藏时光

格桑花开

格桑花，这个美丽、令人神往的名字，在青藏高原已经流传了千百年。藏族女孩起名字，就喜欢起"格桑梅朵"之类，是吉祥美好的意思。至于格桑花是不是特指某一种花，我至今都没有搞明白。第一次看见它，还是在西宁青海湖边藏民村一位藏族阿妹手腕上戴着的银手镯上，上面刻着格桑花的图案。格桑花，五瓣花，很像野菊花。银饰上的花朵自然无法区分色彩，藏族女子说格桑花是黄色的。其实，在藏族人的心目中，格桑花已经被人们虚拟了，有爱情和幸福的寓意象征。同伴无比虔诚地买下了带有格桑花图案的手镯，我疑惑不解，几朵花就能让爱情永恒？

西宁—拉萨

告别了蓝色的青海湖以后，在藏民村又逗留了一段不短的时间，因此我们后面的行程颇为紧凑，火速"赶"上了西宁—拉萨的"高原列车"，消耗了不少体力。观察四周，卧铺车厢紧挨着盥洗室，每一张床的床头上方都有供乘客吸氧的装置，这就是传说中的有氧列车吗？芮林在下铺，杨静在我对面的中铺，乐乐在我脑袋顶上的上铺。

才安顿下来，我这不争气的肚子就又饿了，一桶方便面泡妥后，开盖刚想吃，扭脸瞧见杨静用一种直勾勾的眼神盯着桶面，"想吃面吧？""我想吐。"听到她这句话我立刻慌了，糟糕，她高反了。我麻利地掏出早已准备好的一撂子黑垃圾袋递给她，杨静对着塑料袋发了一会儿呆，像一只猫一样轻巧地爬上床睡觉去了。

列车一路前行，顺着窗户望出去，黑漆漆的山峦起伏相拥，入夜，我无法入睡，孤寂的车灯下，一颗心早已飞向神秘的远方。偶尔迷糊着了，听到动静又立刻警觉地看看杨静，她的腿一弯曲，我就松一口气。盥洗室里，一个人高马大的男人在鼻涕一把泪一把地哇哇吐着，男人的征服欲和野性已荡然无存。列车员告诉我，她们每次跑车都会在休息室吸氧，不然也顶不住。

经过格尔木，浩瀚的戈壁苍茫一片，和平解放的时候，这里的人口只有一千多，曾被称为"帐篷之城"。晨曦微露，阳光一片温和，云朵在天空游戏，远方已经看见高原的雪峰，阳光斜射过来时，把冷酷的山川映照得波澜壮阔。

第二天晚上9点多，列车到达青藏铁路海拔最高的唐古拉车站，唐古拉，在蒙古族语言中代表雄鹰都飞不过去的地方。想到翻越唐古拉就进入了西藏，芮林兴致勃勃地拉我下车感受："丫头，我们已经快要到拉萨了。"站在这片海拔五千多米、充满生机却又如此寂静的土地上，浑身充满力量，迎面吹来的夜风打在脸上又冷又硬。想起乘务员明确提醒：列车上的乘客有心脏病发作或者感冒发烧的，请原车返回西宁，不得在拉萨下车，我赶紧推着芮林回到车厢，梦里再去寻找格桑花吧！

过了唐古拉，列车运行在异常美丽的大草原上，第三天一大早，窗外出现了一群一群的牦牛，见到欢腾的生命，我兴奋地推推芮林，但即刻愣住了：芮林浑身滚烫。平日里温温柔柔的芮林突然打了我一下，"不要碰我"，无奈，我找出随身携带的日夜百服宁，狠狠掐住她的下颌骨，打算把药硬塞进去，再灌几口水。这时乐乐趴在上铺带着哭腔："你快张嘴呀！"还有几个小时就到拉萨，我找到列车员和随车医生请求援助，列车员和男医生连拖带架把芮林搞到列车员休息室吸氧，车厢里的氧气含量没有那么高。

一阵忙乱，吵醒了杨静，她把整个头埋在大袋子里狂吐，老同学一脸痛苦地说："长这么大，没有受过这么大的罪。"她这一句话让我想起班长张林芳，她告诉过我，她曾经在西宁到拉萨的火车上高原反应而难受得想去死。我沉默不语，有些自责，也有些后怕。

足足吸了四个小时的救命氧气之后，芮林才缓过精神头来，披着外衣出现在车厢门口，问我："刚才怎么回事？"她这句话让我哭笑不得，直接仰面朝天往铺上扎去。

清晨我站在青青的牧场，
看到神鹰披着那霞光，
像一片祥云飞过蓝天，
为藏家儿女带来吉祥。
……
那是一条神奇的天路，
把人间的温暖送到边疆，
从此山不再高路不再漫长，
各族儿女欢聚一堂。

西藏，我们来了！

拉萨，一座给人们带来神圣感的城。行走在拉萨街头，抬眼可见四周环绕着山峦。在群山合围之中，耸立着红山、药王山和磨盘山三座俯视拉萨的山体。三座小山之一的红山并不高，松赞干布在这里修建王宫，也就是后来的布达拉宫。从前，拉萨只有三万人口，城市周围满是芦苇和不算宽敞的土路，但经过半个世纪的发展建设，从东向西发展成今天整体繁华的现代化拉萨城。就连住宿，友人推荐的落脚点居然是江苏路上的汉庭酒店，突然疑惑自己是否依旧在江南。到了拉萨，怎么能落脚江苏路？后来，我们选择了八廓街藏式风格的民宿，这是最佳选择。喇嘛亲手画的唐卡、克什米尔的地毯和披肩、尼泊尔的银器、开光的法器，还有大年份老蜜蜡、红彤彤或者朱砂红的红珊瑚、不可思议的天珠，足以让我眼花缭乱，诱惑难挡。

仓央嘉措的诗歌也真切地闪现在我的眼前：

那一天，我闭目在经殿香雾中，
听见你诵经的真言；
那一月，我摇动所有的转经筒，
不为超度，
只为触摸你的指尖；
……
那一刻，我升起风马，
不为祈福，
只为守候你的到来；
……

163

拉萨——缘分的天空

自从下了火车拥抱拉萨的那一刻起，我们深深地呼吸着清新的空气，禁不住情感涌动。

在没到拉萨之前，聆听过各种布达拉宫和大昭寺的神秘之事。在没来西藏前苏慧军同学很认真地告诉我，说在西藏很多游客睡不着觉，而且吃了安定都不管用。于是，我在西藏连续数天每夜睡眠只有两个小时，回南京后我才得知苏同学并没有去过西藏，他是听进藏老兵说的，这个"听说"让我瘦身六斤。

为了节省大家的体力，零距离接触藏族同胞，我特意将住宿安排在了八廓街巷子里藏人开的旅店——达夏旅馆。这是一个紧靠着大昭寺的地方，每天可以听到晨钟暮鼓，可以闻到香炉的味道。进了房间，恍惚间觉得有点儿异域情调，我顾不得休息片刻，放下行装就兴冲冲出了巷子。

从巷子出来，左手是一家不大的藏式饭店，供应品种不多，凉拌面、奶茶，各种藏式油炸面点。奶茶五角钱一杯，喝完后续杯的方式很独特，拿着空杯子敲敲桌面，自有拎着大茶壶的服务生来到你的身边续杯。我模仿着藏族同胞，将一枚五角硬币放在空杯子旁边，续杯后五角硬币会被服务生收走。第一次喝到真正没有添加剂的奶茶，清香不腻，一切都是那么简单。长长的大木桌子上坐满了藏族茶客，一间屋子里只有我们几个游客打扮的汉族人，藏族人三五成群，热闹地谈论着什么，此时他们口中藏语被我视为高原上最神圣的语言。我在一旁默默地喝着奶茶，欣赏着天籁之音。我一连喝了三杯，闻着满屋子的奶香味和热烘烘的油炸食品的味道，特别不愿意离开。转念一想，旅馆里躺着三个同伴，只好去窗口再买四份凉拌面（面条都是煮不熟的，略微有点儿生）带回旅馆算作大家的午餐。

次日凌晨，我们向着米拉山口出发。和善的藏族老板给大家准备了藏族特色早点——一种很新奇的面饼，就着稀粥和不认识的咸菜。那饼软软的，带着一股淡淡的奶香，落肚瞬间热乎乎的，浑身舒坦。随队的导游是拉萨旅行社一名口才出众的头发乌亮带卷的汉子。正赶上西藏自治区成立五十周年大庆，治安管控异常严格，旅行车上上来一位荷枪实弹的藏族特警。在后面四天的行程中，他将一直跟车保障团友们的安全。

没来西藏前吃过一次牦牛肉干，当真正和牦牛眼睛对着眼睛时，有点儿被惊到了。牦牛，体型庞大，四肢短粗，体重五六百公斤，外表或黑或棕的长长毛发，活像牛身上披上了一条毛裙子，异常神秘。藏族人的帐篷和毡子是用牦牛毛编织而成的，他们随身带着针盒，随时从牦牛身上薅下几捋绒毛，捻成线。牦牛外表狂野，内心温和。我轻轻抚摸牦牛的大牛角，小心翼翼地爬上牦牛的背上拍照留念，体型有普通牛近两倍健硕的家伙，居然纹丝不动，只有眼神里放射着熠熠的光。

牦牛，不管是野生的还是家养的，统统需要爱情的滋润。在西藏听说过这样的趣事，牦牛也有"混血儿"。藏北靠近无人区的牧民家的牦牛群中，偶尔也会混入野牦牛，还备受众母牦牛的青睐。野牦牛对爱情无比执着，母牦牛不跟着"情郎哥哥"野牦牛跑掉，已经算很给主人面子了。牧民无奈，只好任其欢愉，睁一只眼闭一只眼。荒野催情，家牦牛和野牦牛结合生下的小牛犊体型就比较庞大，具备了与生俱来的野性魅力。我无法辨别自己骑过的那头庞然大物是否为"混血儿"，牛毛巨长、巨多。宋丹丹小品里的段子"薅社会主义羊毛"，如果改为"薅社会主义牛毛"，一定不会被发现。在青藏高原，牦牛皮既可以做衣服和帐篷，也可以做鞋和马鞍，牛角则做了容器，牦牛的奶和牦牛肉支撑起了高原人的生活，而牦牛粪则堆放在帐篷或者房屋四周的外墙上，形成挡风保暖又美如图画的风景。牛粪成为藏民心中不可替代的财富之一。

　　那几天在藏民家中喝得最多的是酥油茶，那种茶比我们平时喝的红茶多了一份绵软咸香。酥油，淡黄色的坨坨，像极了老白蜜，也很像黄油。酥油是从牦牛奶中"打"制出来的，在高原，人们一日三餐都离不开它。酥油茶、糌粑和青稞酒都是藏族同胞的宝。藏族传统打酥油是体力活儿，工具为一桶、一棍，将牦牛奶在一口大铜锅里加热，将温热发酵后的牦牛奶倒入木桶，打酥油的汉子光着膀子握住桶的上端木柄，使劲往下压，如此反复，油和水就自然分离出来，酥油浮在表层。捞起酥油放入凉水盆，反复用手揉捏挤压，就变成了黄油一般的坨坨。

　　藏民对酥油十分珍视，不知道酥油茶是否有安眠作用，也许是夜晚睡眠太少的缘故，一次在藏民家参观，一杯热酥油茶下肚，我蜷在木质雕花的大椅子上睡着了。一行人在认真欣赏精美银器，只有我在酣睡中打起了小呼噜。

阳光化作七彩的虹

　　墨脱在藏传佛教经典中被称为"博隅白玛岗"，意为"隐藏着的莲花"，这里是"佛教之净土，圣地最殊胜"的朝拜圣地。当地人的生活很神秘，曾经常年过着原始的生活。这里被誉为地球上最后的秘境，这里也是天然植被的博物馆，当地人称其为"西藏的西双版纳"。墨脱是雅鲁藏布江进入印度阿萨姆平原前流经我国境内的最后一个县。墨脱境内并肩耸立着两座雪山：南迦巴瓦峰和加拉白垒峰。而这两座山峰，为东喜马拉雅山脉最高的两座山峰。在这块迷人的土地上，一切都似乎被净化了，包括空气，也包括人人向往却很难捕捉的爱情。路边一位藏族女孩在摆摊卖石，除雅鲁藏布大峡谷的石头外，还有一块象征爱情的粉水晶。

进入林芝地区米林县境内的南伊沟，在南伊沟中印边境的原始密林，沟谷纵横，植被茂盛，植物种类多达一千多种，有"藏地药王谷"之美称。传说藏药鼻祖宇妥·云丹贡布曾在此采药炼丹，后撰写成藏医学巨著《四部医典》。

眺望不远的前方，你能看到喜马拉雅山脉白雪皑皑的主峰，近处则是一片祥和安宁的净土，坐着电瓶车大家进入一幢幢暗红色的如原创艺术作品一般的木屋，住在这里的就是我国人口最少的民族之一，不足五千人口的珞巴族。

珞巴人有自己的语言，但却没有自己民族的文字，以畜牧狩猎为主，这里的男男女女都喜欢打扮，身上挂着各种漂亮的饰物，人人身着窄窄的筒裙，看起来十分端庄。

下了电瓶车，如入仙境一般，徜徉于林间长达一千一百米的原木栈道上，满目苍翠欲滴，草地上盛开着艳丽的小花。古木参天，宁静悠远，深深地呼吸着新鲜空气，让人不由得感受到宁静幸福。

在这个神秘的世外桃源，还有天然牧场。栈道旁几头牛晃荡着壮硕的身躯迎面走来，一头满脸懵懂，长着双温和的大牛眼，慢慢地来到我们的身边，我举起手机跟它一起合影。不远处的山坡上是海拔三千多米的高原牧场。

南伊河从印度流入中国境内后在南伊沟转了一个弯又流回印度。河道水流很急，清澈见底。南伊沟，犹如一颗璀璨夺目的明珠。你看那巨大的山谷冰川从山顶至谷底一直延伸到郁郁葱葱的林海之中。原来，西藏是如此美如仙境、美如画卷。

日光城，远古的记忆

"黑色的大地我用身体丈量过，白色的云彩我用手指细数过，陡峭山崖我像爬梯子一样攀登过，绿油油的草原我像读经书一样掀开过……"这是一首西藏地区流行的民谣，描述了许许多多从青海、甘肃、四川、云南经长途跋涉，一步一叩首，在雪域高原上以苦行的方式去朝圣的人们，这在世界任何一个地方，任何一个民族都是没有的。这就是青藏高原！这就是藏民的修行！你可知在这个世界上，有一些人和事物必须仰视。

回到拉萨的第二天一大清早，我们在八廓街广场等待导游引领着进入大昭寺。来西藏之前，就听说过没有到过大昭寺就等于没有去过拉萨，因为历史上先有了大昭寺，后来才有了日光城。传说尼泊尔赤尊公主、大唐文成公主各自带来了一尊珍贵的释迦牟尼佛像作为嫁给藏王松赞干布最珍贵的嫁妆，这也是最早进入西藏的佛像，为了供奉如此神圣的佛像，松赞干布修建了雪域高原佛教历史上最早的佛教建筑物，也就是大昭寺和小昭寺了。历经千年后，大昭寺供奉的就是文成公主带来的释迦牟尼十二岁等身像。

大昭寺的入口很窄，分左右两边，中间是一道栏杆，左侧通道满满都是朝拜圣地的人，前不见首后不见尾，每个人手里都持有各种器皿，里面装着酥油，以便进入寺内为酥油灯添加酥油，也布施些香火钱，然后把身上所有剩余的钱投进功德箱，祈求平安祥和。我们几人掏光了包里的零钱，于每一个神龛上敬上自己微薄的心意。在这里，在这个肃穆的时刻，语言都是多余的，信仰的力量无穷强大。不管是否信仰佛教，大昭寺的香火一千多年来从没有熄灭过。佛音低声吟唱，清远又袅袅升腾，让人感觉佛光从灵魂深处开始慢慢地绽放光彩，内心安静、祥和……

　　跟随着朝拜的人们，你会惊奇地发现所有朝拜的人都在用手抚摸着这里的一切，一个方形的柱子居然十分光滑，厚厚的包浆显得黑亮，再仔细端详藏民身上的配饰，暗藏奢华，多价值不菲，它们的主人从何而来，何日还会再来？

　　我们在佛殿中随着人潮涌动，那些珍贵的佛像、壁画、佛经以及佛家的器物，让我们头晕目眩，实在看不懂关于佛教的一切。走着走着，前面排起了长龙，人们在无比虔诚地叩拜释迦牟尼十二岁等身佛像，当然，也许我们并不懂他们的精神世界。

　　走出大昭寺才注意到，门前那一块块的石板早已被"五体投地"的朝圣者磨得细腻光滑，坚硬光亮。在燃烧着的浓烈扑鼻的酥油香味中回神望去，寺内供奉的万盏酥油灯是如此空灵和圣洁，一片金色灿烂的光芒映入眼帘。

　　拉萨，是一个装满行囊的梦都，当看到蓝天白云下如摄影作品一般的布达拉宫时，我们感到梦幻般的神圣和神秘。

　　我们穿行在宫殿明亮的白、黄、红三色之间，白色代表慈悲，红色象征智慧，黄色代表至高无上的权力。徜徉其中，我体验着佛教的恬静、圆满及威严的力量。布达拉宫不仅是藏汉人民用双手和智慧缔造出的雄浑壮阔的信仰的丰碑，还是一个珍品荟萃的博物馆。

　　布达拉宫位于红山顶上，无论你走向哪个方向，远方都是高山环抱。为了迎接美丽多才的文成公主，藏王松赞干布特地为大唐公主建造了这座宫殿。北壁画廊的一幅壁画，描绘的是文成公主进藏的故事和抵达拉萨时的盛大场面。画面上人物形象线条极其流畅，千年之后，色彩依旧。

　　宫内一个广场的后面，还有一所僧院学校，能考到这里学习经文和礼仪的人都很不容易。布达拉宫实在是太大了，两千多个房间无法一一呈现。此时此地，有些恍惚，兴致勃勃的同时也有些疲倦。站在布达拉宫，居高眺望全景，很近的地方有金光闪闪的金顶，耳边是如同天籁的歌声，五世达赖喇嘛赞美布达拉宫的诗句是这样的："纯金成幢焰火洪，普照世间光明中，日神含羞从夜名，跃向此州遁虚空……"

（发表于《西部散文选刊》）

印象吉林

"等了千年的山盟海誓，走了万里的地久天长。"岁月，像流经故乡吉林的松花江，不分昼夜，奔流不息，让我们不再拥有离别时的青涩，让我们常常回首沧桑的前尘旧事。我的老家吉林市，满语称"吉林乌拉"，即"沿江的城池"。松花江呈 S 形流经市内，形成了"四面青山三面水，一城山色半城江"的天然美景。故乡吉林是著名的冰雪体育旅游城市，仅知名的高山滑雪场就有松花湖、北大湖、北山和朱雀山几处。松花江冬日不冰封，江畔形成了雾凇，成为中国四大自然奇观之一。

小时候端坐在板凳上听母亲讲吉林的故事：冬日里吉林市中小学的体育课就是滑冰，初学者人手一只板凳上冰，能撒开手了，才有资格在冰面上练平衡、练花样，逐渐各有绝活儿表演。吉林冬夜气温能低到零下三四十度，家家阳台上都有冻豆腐、冻肉和黏豆包。回到屋里棉衣一脱，冻柿子、冻梨管够。可惜南京的冬天屋里屋外一样冷，我们当时还小，只好默默注视着每天早上都不一样，窗户玻璃上光怪陆离的窗花世界，有一次那窗花居然出现了几辆神奇的马车，有车夫，也有马车上用麻袋装着的冻梨和冻柿子。

1976 年夏天，南京热得够呛，父母带着我们在绿皮火车上坐了三天三夜才到长春换车。记得长春老火车站有点儿浅绿色，日式建筑风格。回吉林避暑，先在吉林市的姥爷家的小二楼住了一段时间，去过几次吉林百年老店"西春发"后，我们坐着火车又赶往新站，因为当时爷爷已经调动工作，去了新站机务段。

我美滋滋地坐在电影里才看得到的宅院，真是开心。里外合计三间平房、一个灶间，外面一个院子，院子四周围着一圈木栅栏，很有情趣。菜园子里种着豆角、茄子等各种家常蔬菜，不用施肥都长势旺盛。最让我兴奋的是见到了真正的火炕。当然，夏天回去不会生火，如果是在冬天，外面一片洁白如玉的冰雪世界，屋内火炕热热乎乎，亲人们围坐在炕桌上唠着嗑儿，吸溜着冻柿子、冻梨，该是多么别具风情、浪漫万千。

新站机务段的货场上堆积着许多红松原木，老姑带着我和一帮邻居大丫头去铲树皮，放几块松树皮在灶膛内，烧饭都喷香。老姑拎着篓子，铲了才不到半篓多，那头铁路工人就开始吹哨子，家属们一哄而散，我被追得撒欢儿跑，至今想来也觉得有意思，看来每个人在小时候必须干点儿出格的事，不然太无趣呢。

一天，老姑带着我去新站的大河玩水，不远处的山上全是红红绿绿的果树。河水很宽，清澈见底，沙子很细，脚踩在里面软软的，我不禁踩起水来，连细条条的游鱼都被我深一脚浅一脚地吓跑了。后来母亲告诉我，新站这里曾经发过一次洪水，据说当时水势汹涌，轰隆隆顺着铁轨狂奔而来。头顶着包裹逃上山的人们都得救了，顾着房子顾着家产的人舍不得离开，躲在自家屋顶上，洪水上涨很快，连房子带人转瞬被大水卷走了。

吉林朝鲜族人多，兴冲冲跟着大姑乘火车去延吉专门品尝正宗的狗肉，但是当真正看到狗肉的那一瞬间似乎有点儿不落忍，罢了罢了，我们改为冷面。一大海碗冷面是用荞麦面手工做成的，冷面上点缀着红红绿绿白白的辅料，红艳艳的辣椒酱并不辣，将这面拌匀，吃来口感筋道，特别过瘾。牛肉和梨片已然下肚，几个冷菜碟子空空如也，还剩一点儿朝鲜冷面的汤，喝上几口也觉得相当酸爽。也许是第一次吃冷面不太习惯，回来的车上肚子很不给面子地咕噜咕噜一阵叫唤，到了晚间还是跑肚拉稀了，由此闹出一则笑话。

记得我爷爷的一双眼睛很有神，他会日语，在伪满洲国时期分管技术，每天都要和日本人打交道。老人家叼着烟袋锅子，就那么看着我们，一脸幸福。而奶奶则腰间挂着一串钥匙，里面自然有开那两只樟木箱子的，神秘的箱子里有各种黄金饰品，可惜现在传到我手上的只有一个金戒指，戒面上雕刻着一只梅花鹿。

在东北，不多的野生梅花鹿生长在长白山。冬天，长白山雪大，梅花鹿便成群地跑到山谷里雪少一些的树林中；夏天，它们则喜欢在蚊虫飞不到的高高的西大坡吃青草和小树的嫩叶。每年八九月是梅花鹿的"婚期"，为争配偶，雄鹿之间疯狂地对打。有这样一幅吉庆的画：鹤发童颜的南极仙翁拄着龙头拐杖，银白的胡须长及地面，老人身边有几只丹顶鹤和一只口叼灵芝草的梅花鹿。

《义勇军进行曲》作为国歌是如此庄严和神圣，许多老一辈的东北人每每听到或唱起它的时候，都怀着一种复杂激动的心情，因为它讴歌东北，为抗战而作。

东北的冬天，有一望无际的雪松林，东北也曾有一棵"血松"，抗日将领杨靖宇就倒在雪松树下，他牺牲的地方就是今天的吉林靖宇县。二十多年前，许多人通过李娜演唱的《嫂子颂》歌颂了东北著名抗日英雄赵尚志，"嫂子，嫂子，借你一双小手，捧一把黑土，先把鬼子埋掉……"

1988 年再回吉林，爷爷奶奶已经又搬回来了，他们耳朵里被灌满了东北的沧桑历史，也满满地收获了东北各种丰盛和美味的菜肴。据说，吉林菜有上千种之多，在吉林省军区一个老友的特设宴席上，我满心欢喜地品尝到了煎锅烤羊腿、红烧哈什蚂、砂锅鹿宝、铁锅炖大鹅、砧板狗肉和鸡茸蕨菜。其他几道菜倒是经常吃的小鸡炖蘑菇、肉丝酸菜粉条和白肉血肠。现在夏天的菜市场已经不太能找到血肠了，只有饭店才有，十八块一盘。

一方水土养育一方人。东北松花江大鲤鱼肉质细嫩紧实，丝毫没有土腥味，在大铁锅里咕嘟咕嘟地炖着，冒着的香气四散开来，馋得我一直咽口水。这可是我那漂亮优雅的大舅母的拿手菜，外加牛肉和猪肉一起包的饺子。原来单独用牛肉包饺子，馅儿不成团，口感差些。我大舅最拿手的是现场指挥，用我舅母的话来说："你大舅不会做菜，但级别还挺高——指导。"而第一次吃到青椒牛肉馅儿饺子是在老姨家。老姨父是回族，所以还曾经招待过父亲母亲全羊宴，回族饮食文化中的特色那是相当不一般。我老舅做菜的手艺差一点儿，但是会下馆子请客，吉林东的各种饭馆算是被俺们吃遍了。

二舅家招待的菜则以鹿肉为主，1988年就使上了海尔三门大冰箱，里面装着不少鹿身上的宝贝。二舅说："在鹿场，鹿茸的采收一般有两种方法，锯茸和砍茸，过程比较复杂，也比较残忍。不过鹿的全身都能吃，鹿血、鹿角、鹿心、鹿筋、鹿尾、鹿鞭、鹿胎、鹿肉都有相当高的营养价值，算是高级补品，南方那里可是吃不到啊！"吉林一别三十多年，在后来的日子里，确实再也没有吃过鹿肉。

在吉林的那个夏天，大清早起来非常凉爽，经常跟着姥爷一起去早点铺子买豆浆油条，那段经历如今回想起来真的很美、很难忘。我端着一锅豆浆上了小二楼，姥爷是个大个子，身板笔直地背着手，不疾不徐。一碗一碗豆浆盛好后端上饭桌，进屋叫大家伙儿快点儿出来，吃大东北的豆浆油条真是特别幸福，很有生活情趣的感觉。油条个头挺大，咬上一口满嘴都是麦香，东北大豆油炸出来的油条色泽是那样的金黄诱人。喝豆浆的时候则需要吹开浮着的一层薄薄的油皮儿，豆浆浓郁，比牛奶还要暖胃。

吉林市北山有着悠久的人文历史，山上有众多寺庙，供奉着各路神仙。北山庙会是东北规模最大、影响面最广的庙会。在清朝就有"千山寺庙甲东北，吉林庙会胜千山"的说法。北山脚下，我新奇地见到了花朵硕大无比的吉林市市花——大丽花，那种艳丽色彩和张狂的气息，瞬间诱惑了我。

在东北的菜市场，你还会看到很多肥硕的瓜果蔬菜和沙瓤西瓜，瓤红籽黑个头大，乌亮的籽黑得是那么深沉。东北黑土地肥沃得冒油，老话说插根棍子都能发芽。唯一袖珍的水果是洋菇娘，圆圆的小小的淡黄色果子被包裹在淡褐色外衣里，显得是那么精致，那么小巧，味道也是那种比较纯粹的甜，清淡并不浓郁，很惹人爱怜。

在故乡的那些日子里，每每沿着松花江南岸十里长堤一路走下去，心情都特别舒畅。江边满是绿色的垂柳，长长的柳枝，随风舞动着青春的活力，保护着"龙兴之地"。而冬日里的垂柳，在雾和水汽相遇相知的时光深处，成就了俗称的"树挂"，也就是雾凇。吉林雾凇同桂林山水、云南石林、长江三峡一起被誉为中国四大自然奇观。

关东第一山长白山，以长白山天池为第一大胜景，以地下深林、原始森林、地下河、瀑布、温泉、火山熔岩林、冰雪世界等独特的边境自然景观为必去旅游之地。每年7月，长白山赋予了人们最美丽的风景，五彩斑斓的色彩十分诱人，有蓝紫色的白山龙胆、长白蜂斗菜，有粉色的高山石竹、苞叶杜鹃，黄色的是长白金莲花、金露梅，还有白色的大白花地榆等，实在是记不住太多复杂的花名。

2012年的7月，杨家全权代表我、弟弟和弟媳自南京出发，以哈尔滨为第一站之后，历经半个月的旅程，于一路花团锦簇中登上了离别已久的长白山天池（再早些年是缆车上山，还得手脚并用爬一段才可到达天池，现在车辆可直接登顶）。天池水鸣如鼓，云雾缭绕中似天龙下凡其中，也被称作龙潭。天池湖面南北长四千多米，东西宽三千多米，湖水很深，湖面的形状是一个大大的椭圆。

7月的山顶依然寒气习习，裹上厚厚的军大衣，但没一会儿肚子饿了。温泉中泡着一大堆鸡蛋和一堆玉米，鸡蛋五元钱一个。想到半山腰拍照之时，我发现了蒿草中藏着的十几个绿色的野鸡蛋，有点懊悔，当时真的应该捡上几个入温泉水中煮来吃。

家住延吉，曾经骑着自行车去过西藏的二姑夫后来介绍说，长白山还有相当面积的原始森林没有被开发，当地都没有多少人敢进去，那里有众多奇珍异宝，也有著名的长白山野山参。吉林省不愧为赫赫有名的生态大省，长白山更是为平衡生态做出了贡献！

也许是长白山温泉中含有较多硫化氢气体的缘故，温泉的底部见到许多气泡向上翻滚，发出开锅似的响声。从远处看，温泉的上空热气腾腾，犹如露天野炊，团团雾气在山谷中随风飘荡，靠近温泉时，便有一股股迎面而来的热浪。夹杂着熏人的硫化氢气味，多少感觉到有点儿窒息，于是我站在五彩缤纷的温泉边，看着沸腾的泉水伴着哗哗的声音和灼热的气雾从泉口喷薄而出，水花四溅，心情也很好。

下得山来，回到延吉的晚餐是朝鲜烤肉和明太鱼，鱼是腌过的，咸津津中倒是透着独特的滋味。在延吉早餐一般是煎饼卷大葱、锅烙儿、玉米粥，这点和吉林人不同，吉林人早餐喜欢喝小米粥，延边这里习惯喝玉米粥。

在延吉也不敢顿顿狗肉，怕上火，菜市场的生狗肉二十块钱一斤，熟狗肉三四十块钱一斤，算硬菜了。喝过一次豆芽汤，黄豆生豆芽，延边大酱爆锅之后添水，开锅下豆芽、豆腐，下饭的菜还有很好吃的泡菜，名字叫"金刚山"，还有小瓣蒜和爽脆的辣萝卜，就着珍珠稻焖的大米饭，可对胃口了呢！五块钱一碗的米酒倍儿好喝，不过延吉著名的黑牛肉特别贵，两百多块钱一斤。再瞧瞧这里最实惠的下酒菜：干明太鱼一条十多块钱，拿棒槌砸，砸碎了撕巴撕巴，放点儿辣酱一拌，妥了。

在乡下，挺大的果树园子里，延边知名的特产大个儿的苹果梨挂满枝头，我二姑说全中国最正宗、最美味的苹果梨就在延边。走进一户人家，大锅里炖着豆角焖猪肉，锅中还贴着几个黄灿灿的玉米饼子，灶台上放着一盆喷香的大葱炒鸡蛋。这里是朝鲜族人的聚居地，女主人的穿着打扮和汉族女人没什么区别，除了脚上那双朝鲜族传统的瓢鞋。现在的朝鲜族人忙于活计，为了方便，平时很少穿民族服装，只有在歌舞表演或者传统节日、婚宴等特殊场合才着民族服装。院子里是各色艳丽的花，朵朵怒放的鲜花花香浓郁，花蕊中金色蜻蜓飞来相会，后院蒿草边长着一丛丛满天星，好像山葡萄似的。

朝鲜族人很爱吃黏米做的糕和各种打糕。首先，需要一口很大的锅，里面烧开水，大锅中放一竹帘把碾碎的黄米粉撒在竹帘上，一层粉再撒一层芸豆，然后盖锅盖。满屋热气蒸腾，屋里柴火烧得噼啪作响。朝鲜族村子里很安静，基本上家家都有牛舍，一头牛一只食槽，倒是各不干预，友好相处。院外只要是空着的黑土地，全部都种植着高高的玉米，这里家家还都养鸡，大红色的鸡冠高昂着鸡头，只只都是"战斗鸡"。

离开长白山、离开吉林满是依恋，满是不舍。长白山与朝鲜为邻，与日本隔海相望，与俄罗斯接壤，是一个具有重要战略地位的地方。"九一八"事变以后，吉林抗日军民倚仗长白山的天然地势与日本侵略者展开了长达十四年之久的武装斗争。中华人民共和国成立以后，各族人民保家卫国，全力支援抗美援朝，大力支持社会主义建设，大量的煤炭、原木和粮食等物资源源不断地运送到祖国最需要的地方。如今，生活在这块土地上的汉、蒙古、回、朝鲜、鄂温克、鄂伦春等多个民族互敬互爱，生活幸福，就像歌里唱的那样："红太阳照边疆，青山绿水披霞光，长白山下果树成行，海南江畔稻花香。劈开高山，大地献宝藏，拦河筑坝，引水上山岗，哎嗨！延边人民斗志昂扬，军民团结建设边疆……"

我可敬可爱的父老乡亲，一代又一代传颂着大美吉林的中国故事。

［发表于《西部散文选刊（原创版）》］

异域风情哈尔滨

时间在流逝，慢慢变成了岁月；日子在继续，这便是生活。数一数我们曾经的日子，人生能够相遇已经是不简单，何况还有那么多的携手同行。

1946 年 4 月 28 日，哈尔滨建立了人民政权，成为全国解放最早的大城市。这座被誉为"天鹅颈下的珍珠"的城市就是冰城哈尔滨。

最初认识哈尔滨还是因为长春电影制片厂拍摄的反特电影《徐秋影案件》。东北解放较早，1948 年深秋的一个夜晚，哈尔滨市市级机关漂亮的女秘书，在哈尔滨道里区江上俱乐部一侧的江边被人从背后打了黑枪，子弹从太阳穴穿出，这案子在东北可以说是家喻户晓，当时漂亮的女孩夜晚都不敢出门。在 20 世纪 50 年代中后期，长春电影制片厂将这个真实案件搬上大银幕，影片一上映便轰动全国。这部电影让我们从镜头中认识了长春电影制片厂极具影响力的表演艺术家浦克（公安局长）、李亚林（侦察科长）和张圆（女特务），也认识了哈尔滨这座神秘的城市。

2014 年的暑假，南京—哈尔滨的卧铺车厢内躺着悠闲自得的我。窗外风景不断变换，随着铁轨上不断地传来隆隆声，不断动荡的车厢颠得我没到饭点儿，肚子就开始咕噜。我们老行政科科长袁家琴跟宣布什么国之宝物一般，得意地吩咐韩露将预先准备好的一摞子馕拿出来，我趴在上铺伸手取到一块，涂抹上丁家桥食堂员工自制的三鲜酱，过起了前所未有的穷游生活。

祖国地理版图上位于鸡冠位置的哈尔滨，是一座具有异域风情的城市，它地处东北的上端，靠近俄罗斯。特殊的历史和地理位置造就了这座美丽的城市，这里不仅有北方少数民族的历史文化，而且在建筑、饮食方面受到了俄罗斯文化的影响。

在中国最早出现啤酒的地方就是哈尔滨，每年7月这里还有啤酒节。不过现在哈尔滨当地人并不太喜好啤酒，反而山东人民更爱喝啤酒。

来到哈尔滨，漫步于亚洲最大最长的步行街之一的中央大街，仿佛是走在欧洲城市之中。这里的路都由石块筑成，也许每到冬季，哈尔滨太过寒冷吧，马路都不用柏油，反倒显得路面既有特色又干净。街道两旁有一座座哥特式、巴洛克式、拜占庭式、现代风格等各种风格的建筑，看得人们不知身处何处。

标志性的建筑当数马迭尔宾馆，马迭尔在俄语里的意思是"现代""时髦"，时髦的马迭尔雪糕十块钱一只，看着并无任何特别，但始终吸引着人们购买。

特产店内到处可见套娃、望远镜和巧克力，并且我第一次领略到琥珀蜜蜡专营店的金碧辉煌，里面的营业员皆为五官极为立体的金发碧眼的俄罗斯美人，十分养眼。

在哈尔滨，各种欧式风格的洋房、公馆、办事处旧址和教堂，给这座城市打上了洋气的符号，更有全国面积最大的"中华巴洛克"建筑街区，号称"巴洛克建筑露天博物馆"，这些老建筑像是生活在疾风骤雨的天堂里，英雄迟暮，斑驳沧桑。在中东铁路还未开始修建时，老道外就是哈尔滨最早的市中心，那时中央大街也还未成气候，道外最热闹的一条大街靖宇大街又叫中国大街，是哈尔滨1899年建成的最老的大街。

20世纪初，一大批洋人来到哈尔滨，聚集在了道里、南岗区域，也有一大批民族工商业精英来到哈尔滨的道外，道外商贸繁荣，远远超过道里。于是，道里那些加入中国元素的欧式建筑建起来了，巴洛克建筑的立面上出现了蝙蝠、石榴、金蟾、牡丹等中国传统图案，颇有中西融合的味道。

靖宇大街的历史比中央大街要早三十年，辉煌时期可与中央大街齐名。比起道里由洋人带来的生活方式，高级商店与娱乐会所非普通人可以光顾，道外则是本土市井文化的天堂，是一个繁华喧嚣的花花世界。

时过境迁，中央大街如今依旧被外地游客热捧，而老道外本地人却很少光顾。随便往两侧巷子里望去，满目破旧不堪、污渍斑斑，一片残砖碎瓦的场景。那些危房老屋寂寥无声地暗自神伤，却依旧带着曾经的辉煌与骄傲。

纯化医院是老道外最精致秀巧的一栋建筑，来之前看过照片便念念不忘。不同于一旁人去楼空的那些老楼，纯化医院目前是靖宇卫生服务中心，墙面上长了杂草。纯化医院的前身是哈尔滨同义庆货店，建于1920 年，是当时傅家甸最大的绸缎庄，后来用于电业局、商场百货、医院门诊等。1968 年改为纯化医院时，四个金色大字仍然留在了墙上。纯化医院的建筑以巴洛克为基底，建筑外立面上布满了立体浮雕纹饰，鹅黄色系与白色浮雕，组合起来细腻温柔。建筑作为一种没有温度的水泥砖瓦凝固的艺术，守护着哈尔滨的街头巷陌，这些犹如雕塑般的身影，有着深厚的历史底蕴，默默地见证着这座城市的过往……

在哈药古玩市场，我遇到哈尔滨松花江里特有的奇石，这些灰色和咖色的石头，从表面上看纹饰丰富，形状多样，有人以"松陶石"命名这种石头。这种石头内部细腻均匀，坚硬致密，没有结构，没有结晶，质感和色彩打着天然的烙印。当地的石商说，这种石头是河里的泥浆或者火山灰类的物质自然沉积而成，经过了漫长时间的地质变化，自然而然形成"化石"，专业术语叫"哈尔滨沉泥化石"。

哈尔滨沉泥化石独有形、皮、色、纹,这些石头,有的大气,有的小巧,色彩多样,充满生机和情趣。沉泥化石中各类大鸟造型比较常见,包括凤凰,天鹅,以及代表爱情的鸳鸯等,不知名的鸟儿形态也多,还有诸如佛、菩萨以及各种人物。让人惊异的是,还有不少类似外星人或者看着那形状就像猿人的石头。

哈尔滨另外一个令人印象深刻的地方就位于兆麟街,号称"洋葱头"的圣·索菲亚教堂就坐落在这里。这是我国东北地区最大的砖木结构的东正教堂,气势恢宏,精彩绝伦。墙体全部采用了红色的砖,教堂的顶部则为绿色,那种神秘又巍峨壮美的感觉令人惊叹!圣·索菲亚教堂是哈尔滨异域文化特色的一张名片。教堂外,成群结队的白鸽安静优雅地踱着步子,偶尔有只扑棱棱盘旋而起,展开翅膀飞向蓝天,在空中打个优美的弧线,又落在了教堂上。

圣·索菲亚大教堂马路对面的道里菜市场很有历史。道里菜市场前身是老哈尔滨人熟知的"八杂市",始建于 1902 年,是哈埠第一座市场。

1910 年,在圣·索菲亚教堂西空场建设室内与露天相结合的市场,称为新八杂市,为回字形大市场。后又改称南市场、道里市场。

值得一提的是,1925 年,"八杂市街"改称中国四道街(今西四道街)。20 世纪 30 年代,国际协报社和中国共产党的秘密接头点——"一毛钱饭馆"就在这条街上,萧红、萧军等曾在《国际协报》副刊上发表过文章,由此走上文学道路。

这里的菜市场与南京或者很多南方人眼中的菜市场完全不同,里面的柜台是转圈式的设计,排列着许多吃食,包括各种喷香熟食和特色面点,还有名店家的专柜正品。印象中仅红肠就有许多种,对于肉食爱好者来说,此乃不可放过的大好时机。我挑选了秋林里道斯和肉联的红肠,预备在火车上食用,口味则选择了蒜香的。

火车上的正餐我们预备挑选大列巴，大列巴是哈尔滨特产。大列巴之名，体现了中西文化之融合，"列巴"是俄罗斯语"面包"，因为个儿大，所以前面冠以中文的"大"字。作家秦牧当年来哈尔滨有句"面包像锅盖"的比喻，说的就是秋林大列巴面包。哈尔滨人喜欢用大列巴蘸着马哈鱼鱼子酱食用。

按捺不住诱惑，我们随行就市，大模大样地和哈尔滨冷艳动人的长腿大妞并肩而坐，共同进餐。"大碗，大碗，大号的碗哟！"东北人做生意怎么这样豪爽。傍着姑娘唠着嗑儿，一大海碗牛肉面就着各种新鲜的面码，外加一碟干香的肉肠，顺顺溜溜吸进肚里，心里特别满足。

在道外，那些方、圆、多种形状交织的花纹不知道属于什么风格，层层叠叠，奇特生动，变幻多端。为了找到位于哈尔滨道外区南三道街上赫赫有名的国营三八饭店，大家车马劳顿，换了两次车。夜色降临，人声并不嘈杂的哈市老区的一条街道上，远远看到了大大的招牌"三八饭店"。几经风云变幻，也不知道这里是否为我们敬爱的周总理亲临的原址，但是我们看见"三八饭店"醒目的红色招牌已经热血沸腾，想着和总理共用同样的菜品顿感幸福，对革命先辈的爱和怀念永远都在，不会消失。那天晚上，我们点了一桌子东北菜，据说改良版的锅包肉，只有在哈尔滨才能品尝到最正宗的呢！

锅包肉早年间在哈尔滨最高行政机构——道台府盛行，由东北大厨郑兴文发明。郑兴文是个汉军旗人，在京城做过厨子。1907年，道台府在哈尔滨道外建成，郑兴文随着第一任道员杜学瀛来当官厨，后来还娶了白俄女子为妻。为了迎合来道台府的俄国客人，郑兴文将鲁菜风味的焦熘肉进行了改良，由咸鲜口味调成酸甜口味，从而创造了广受俄国人欢迎的锅包肉。后来，清政府垮台，道府也不复存在，厨子们流落民间，这道锅包肉就传遍了东北。

罐虾，在哈尔滨是一道很平常的菜，属于俄罗斯菜系，以焖为主，口味酸甜。大虾去头、壳、虾线，用盐、胡椒粉腌制后，放入鸡蛋、面粉做糊抓匀，下油锅炸定型后，锅中再倒入橄榄油、奶油，下洋葱碎、西芹碎炒香，再加入番茄沙司、炸好的大虾、鸡高汤、月桂叶、百里香、胡椒粉一起焖至大虾熟透入味，放入大蒜碎出香味装罐即可。关键要掌握好汁的浓度，重点突出番茄汁的口味，成菜色泽红亮，欣喜若狂的我们品尝之前必定先给可爱的罐虾拍个照。

被誉为"军歌之父"的人民音乐家郑律成出生在今天韩国的全罗南道光州，他在延安完成《中国人民解放军进行曲》时只有二十岁，是世界上唯一一个为两个国家的军歌谱曲的音乐家，并且还是著名颂歌《延安颂》的曲作者。郑律成的艺术成就跨越了时代的长河，受到中、朝、韩三个国家人民的尊重。位于哈尔滨道里区友谊路的郑律成纪念馆，多次接待过来访的韩国人士的祭拜。

一眨眼的工夫六年时间过去了，哈尔滨的太阳岛只能在照片中瞅瞅，郑绪岚甜美的一曲《太阳岛上》萦绕在一代人的耳畔："明媚的夏日里天空多么晴朗，美丽的太阳岛多么令人神往。带着垂钓的鱼竿，带着露营的帐篷，我们来到了太阳岛上，我们来到了太阳岛上。小伙子背上六弦琴，姑娘们换上了游泳装，猎手们忘不了心爱的猎枪，心爱的猎枪。""心爱的猎枪"这句歌词一定代表了词作家王立平老师的浪漫情怀。在哈尔滨动物园（老虎园），我们见到了许多长白山大老虎，还有电影电视里没有见过的白老虎。一只可爱娇媚有点儿像大猫的小白老虎被我偷袭，我有幸隔着玻璃摸了摸虎屁股。

哈尔滨这座历经磨难的城，在不经意间给人一种英雄虎胆般的情结。零下三十多摄氏度，穿着貂皮大衣去赴一场北国风光之约，在冰雪大世界里寻找灯彩旖旎的梦幻，在白雪皑皑不染纤尘的雾气中呼吸，真是舒爽无比。被冰雪簇拥的哈尔滨，也许更为快意，更为可人。哈尔滨，你是那最撩人心弦的美人，拥有那样一份皎洁的神秘。

（发表于《文学欣赏》）

上海影像

上海影像

一

往事萦怀，深秋季节坐上高铁去上海，多么惬意。进入上海地铁站，耳边传来"阿拉""伊拉"的上海话，我觉得这不是上海。直到熟门熟路穿过上海烟火气息浓郁的四川北路，来到虹口祖居老宅，一个人踏着楼板，轻手轻脚地推开长久没有住人的亭子间那扇门，才像打开了上海弄堂的影像，陈旧的地板夹杂着一点点霉味儿，这才是真正的上海老面孔。我站在亭子间的窗户旁往下瞄，能瞧见弹棉花的，磨剪刀的，还有卖白兰花、栀子花的人。在狭窄幽深的弄堂里，只能看见他们的头顶，看不见他们的脸。

虹口区曾经拥有众多的日式民宅，大多楼下是堂客间，楼上的前楼有拉门，专门放榻榻米，楼梯中间地带就是亭子间，楼下还有厨房和卫生间。亭子间位于厨房和后门的上方，前后门打开就有穿堂风。亭子间不隔音，夜晚不用贴墙根，邻居家夫妻俩对话都能听到。三更半夜，传来痰盂上尿尿的"滴滴答答"声响，80年代出生的上海人，大部分还是晨起坐在痰盂或者马桶上的。天色透出一片光影，先是送光明牛奶的人来了，接下来就听到刷牙和漱口的声音。姆妈大嗓门儿："今朝小鸡毛菜老好哦，瞎其便宜。"楼上男邻居踢一脚自行车出门，香烟灰派力司西装裤，稍微宽松的裤脚，烫线淡，一身很标致的上海男人行头。

八九十年代之前的上海，带亭子间的日式老房子很多。

秋天的银杏树叶先是给自己穿上一条窄边金黄色的波浪裙，然后由绿转黄，风过处洒下一地碎金，汲取千年日月精华的古银杏树，不管是公树还是母树，枝枝叶叶都不离情。大地色的银杏果一嘟噜一嘟噜，结满了光阴的故事，俯瞰变迁中的城。

二

外地人最爱繁华喧嚣的南京东路，南京东路步行街到外滩很近。行走在上海，你听到最多的一句话就是喇叭里响起的声音："上海是中国共产党的诞生地！"抹不去血雨腥风，南京东路328号门前墙上砌着"劝工大楼遗址"字样，1947年劝工大楼血案发生于此。泰康食品店门前的纪念碑犹如历史遗迹中的沉重印记，牢牢镇在南京东路步行街的尾端。泰康食品店曾经是上海公共租界巡捕房的一个分区捕房，也叫上海老闸捕房。

南京东路步行街，不仅仅商铺云集，更辐射到周边老上海中资金融街——北京东路，这条路起初是"领事馆路"，路东端附近是英国领事馆，俗称"后大马路"。

花开花谢中书香不败的福州路因附近有基督教伦敦会传教教堂，又被称为"布道路"，或者"教会路"。1865年12月，以福建省福州市名命名为福州路，俗称"四马路"。福州路路南的久安里是清末至民国初年上海滩高级妓院"书寓""长三堂子"的集中地。时光轻轻拂去旧日红尘，福州路矗立起气度非凡的"远东第一书店"上海书城。

老上海人最爱四马路的理由，自然少不了福州路343号的粤式代表特色杏花楼，在上海这座移民城市，广东美食占据了上海滩大半个江湖。福州路我光临次数最多，浙江中路路口于清光绪年间兴建、1905 年正式命名的老半斋酒楼，鲁迅、柳亚子、于右任、王韬、施蛰存等，都曾到老半斋一饱口福。雪菜烩面当数面中经典，用猪大骨、昂刺鱼和鸡骨熬制出来清亮高汤，一碗面下肚，鲜香醇厚，回味无穷。要讲力道，要拉场子，摆派头，想醉就醉，也可以春季来老半斋吃一碗刀鱼面。

位于福州路 343 号的杏花楼，是上海滩最高龄的粤菜馆，杏花楼的前身是广东人胜仔在 1851 年（清咸丰元年）开设在虹口老大桥直街的"生昌咖啡馆"，经营广东甜品，也包括早年的西菜。19 世纪末至 20 世纪初，来上海打拼的广东人越发多了起来，杏花楼生意兴隆，增加了酒菜等项目，远近闻名。在清末民初的书刊中经常出现"杏花楼"字样。逐渐，广东菜在上海的餐饮市场中占据不小的份额。

从福州路杏花楼里出来，走在我前面的是拎着几只肉末花卷的两个男人。一个蔫蔫的，后脑勺上剃出一条地垄沟，头顶似乎冒着油光，浑身上下颤抖着热气说："身体一直走下坡路，为生计还要学习，两周不学问题多，一月不学走下坡，一到夜里，家主婆就烦，夜晚等于坐监牢。"旁边那位男人皮肤微黑，眼神有光，踏脚响亮，一直骂家里多事的鹩哥："鹩哥就像联防队员一样哇啦哇啦叫：'煤气关脱了伐？'"

外滩向北五百米，十六铺，这里见证了红色的火种在时代的夹缝中燎原。自 20 世纪 90 年代起，三十多年间，黄浦江上拥有了十二座大桥、十四条隧道，但依然有人愿意坐摆渡船，票价两元，只需六七分钟就可往返于浦东、浦西间。

对本地人来说，坐轮渡是他们最便捷的过江方式，而对于我们，则像怀旧。一朵白浪追逐着一朵白浪的黄浦江，太阳辣时，江面金光伴着银光闪烁跳跃，奔向大海。千年黄浦江经岁月洗练变迁，从如雪浪花中你能感受到当年黄浦江的气息。

十六铺，一个在黄浦江上陪伴了上海百年的码头。早先十六铺非常热闹，码头候客室人很多，还有一个扩音喇叭助兴，喇叭里播放《社会主义好》等革命歌曲，还有北方人和南方人都心醉神迷的《小二黑结婚》等电影歌曲，连码头附近的居民都会唱一嗓子沪式《小二黑结婚》。上海，面向大海，南北海岸线的中点，无数人曾从这里走上码头，融进上海。人们从这里南来北往、漂洋过海。它是终点，也是起点，如今过往已成历史，十六铺只剩下了这个轮渡站。

三

到上海第二天，临近晌午时分，一场急雨从天而降，地砖上被欢快落下的雨点击打，"啪啪啪"极响，有点儿键盘侠们敲打键盘的感觉。"上海的天气预报也会不准？"我忍不住抱怨了一句。酒店里八块钱租一把雨伞，出门直奔二号地铁，一站路即可到达闹市中的静安寺站。

地下一转圈，突然很想吃咖喱。老上海其实是有印度餐厅的，中华人民共和国成立以后，经营餐厅的阿三预备撤退，上海人希望他们将咖喱的配方留下来，阿三很小气，不肯。这可难不倒上海人，抓住咖喱的重点是姜黄素，上海调味品厂的咖喱粉、咖喱膏、油咖喱系列就诞生了。走进日式饭店，点了一份海鲜咖喱焗饭。盘子端上来，食物与图片差距不小，量也不算大，好在吃到了三种海鲜，鱿鱼须、蛤蜊肉和虾仁。上海地下美食都蛮时尚，港式茶餐厅、彼得家厨房、味锦章鱼小丸子等。越南菜"西贡妈妈"里面河粉居多，还有西贡特色三明治，看着装修也不错。地铁站的地下空间设计得很合理，还有一个以进口货物为主的超市，大大的绿色橄榄球形状的日本进口南瓜比较惹眼。

混合着复杂高贵气质，年长绅士一样的愚园路上，有一家上海最大的维吾尔族餐厅，我从这家已开张二十二年的"新疆伊犁远征餐厅"用餐出来时，脚上的麻布鞋已被地上的积水泡湿了。时间还不到 8 点，我萌发去陆家嘴的想法。陆家嘴和明代大学士陆深有关。回浦东奔丧的陆深因受到排挤再也没回朝廷复职，退隐在浦东，在黄浦江边建起"后乐园"，这座园林的名字寓意取自范仲淹名句"先天下之忧而忧，后天下之乐而乐"，这里有陆深的故园和墓葬。黄浦江水自南向北与吴淞江汇合后又在这里拐了一个大弯改向东方而去，由此带来了浦东这片突出的冲积滩地。这块滩地的形状就像是一只巨型金龟兽伸出脑袋张开超大的嘴巴在喝水，像一只大大的金嘴。

我又想去"触摸"雨夜中上海的标志性建筑东方明珠塔。这个决定，时至今天想来都是非常正确。四通八达的地铁 2 号出口就是东方明珠正大广场出口，扑面而来的细雨很多情，高耸入云的东方明珠，散发着高贵冷艳的淡紫色，镶嵌在大地和天空中。我奔向"巨人"而去，这和白天来时的感觉完全不同，它以傲然屹立的风姿静静地守候着黄浦江，与外滩隔江相望。塔高四百六十八米，十一个大小不一、高低错落的球体十分漂亮。白天看时这些球体从蔚蓝的天空串联到绿色如茵的草地上，晶莹夺目，再现了唐诗《琵琶行》中的名句"大珠小珠落玉盘"的如梦画卷；夜里的它在灯光照耀下还增加了无法抗拒的美艳绝伦。我懂了，相亲的男女为什么大都选择在夜晚相见，在灯光的照射下夜色才会产生迷人的柔情和梦幻。此刻的东方明珠塔无比雍容华贵，让人舍不得离开视线。我走上天桥，在离东方明珠最近的距离看着它，默默地将它的模样记下来。

依然不舍离开，我去了东方明珠一侧的和府捞面，点上一份夜宵，土鸡汤笋衣面。落座在一楼，一只大海碗中盛满笋衣、青菜、蘑菇和鸡丝，配上一碟香菜香味扑鼻。黄澄澄的土鸡汤清亮鲜美，笋衣的味道在舌尖上无比热烈，一口热汤下去回味无穷。透过巨大的落地窗可以全角度观赏到陆家嘴金融贸易区鳞次栉比的高楼大厦。我想陆家的后代一定不会知道祖辈占据的这片荒芜的江滩，如今成了世界金融中心。落地窗旁有一排书架，文艺书不少，还有诗集。三三两两的客人，一起认真地吃面、喝鸡汤、看书，橘色镂空吊顶灯很温暖，此刻为橘黄色调，分明印染上了东方神韵。

四

原本全世界只有土耳其的相亲仪式和咖啡搅和在一起，如果相中男方，女方会在咖啡里面加糖。游荡在上海街头，从百乐门出来，走进了马路对面万航渡路 75 号火船咖啡店。这家店约两百平方米，印尼风格装饰，在一侧的台子上，除了两杯咖啡，还有一盘鲜虾豆腐球、烤章鱼、土豆沙拉。三十多岁的一男一女在相亲，男的侃侃而谈，字正腔圆，女的眼睛长而媚，双眼皮厚厚的。在这个暧昧的夜晚，霓虹灯也是紫罗兰色的，还有那轻松愉悦的芭茅花，一丝丝分外妖媚，它们早已把为了生存而牺牲太多活泼人性的上海人抛弃在一边，自顾自地在角落里盛开着。

透过"火船"落地窗，可以清晰地看见夜晚的百乐门三层楼细细长长十八个窗户玻璃的迷魂灯光。

店里年轻的咖啡师 Andy 很敬业，助手是一位眼神精明漂亮的女孩。柜面上的磨豆机，每天还要调试、研磨。咖啡师告诉我："研磨咖啡很有讲究，二十五秒四十克，过了二十六秒风味就不对了。"我问："你们会培训吧？"他回应："当然，进入门店前，每个星期有三到五天去培训。"

门口人影一闪，进来一位身材精瘦、穿着迷彩服的青年，他的普通话比较生硬,问道:"有没有羊肉?"来自河南的咖啡师反应蛮快的,建议说:"您可以点印尼沙嗲拼盘。"拼盘端上来时,我看见了八串躺在盘中的肉串儿和两小碗蘸酱。迷彩服青年原来是在上海工作的香港人,青年眼睛很大很黑,用餐的速度很快,说话语气短促有力。他说香港是中国的一部分,所以他是中国人,不要区分他为香港人。就在那一刻,青年生硬的普通话顿时让我感觉特别顺耳,咖啡馆一楼的人们一起笑得更加开心。

Andy很懂我这样的顾客,切柠檬,压榨果汁倒入小量杯,称克重,柠檬汁也要称克重,因为有配比。二楼下来的眼镜男说:"别太抠了,你倒双倍伏特加,这位女士现在已经喝得差不多了,呵呵呵呵。"Andy调了一杯神圣不可抗拒的"粉红女郎",这杯调和了双倍伏特加,味道果然更加浓烈。

五

发小龚敏拿下国货老牌,上海咖啡在上海书城的代理。"龚敏发的图片右下角,就是我常买的咖啡豆。六七十年代,大上海咖啡馆只剩下四家,更找寻不到磨咖啡豆的机器,只能用小奶锅煮。别说,记忆中,水煮咖啡也是满屋飘香。"军区政治部发小群里热闹起来,吴晓梅去过几十个国家做生意,喝过无数咖啡,但心中最难忘的还是"上海牌"。1935年浙江人张宝存在静安寺路创办"德胜咖啡行",并以"C.P.C."注册商标,1958年,"C.P.C."商标改为"上海牌"商标。1959年3月,"德胜咖啡行"更名为地方国有"上海咖啡厂",成为全国唯一以"咖啡"命名的企业。那是一种二百二十七克为一听的罐装咖啡,褐色的罐体闪着锃亮的光芒,磨成粉的咖啡被真空封罐,用薄薄的锡纸密封着,保存得相当好。

解开锡纸，咖啡香味便扑鼻而来。为了显示腔调，很多人即便喝完了也要把铁罐放在家中玻璃柜的显眼位置。

这罐咖啡在此后二十年间，占据了中国咖啡市场的绝大部分江山，也让上海的咖啡文化名扬全国。上海滩但凡有卖咖啡的，全是出自上海咖啡厂。上海咖啡厂甚至一度包揽了全国各地咖啡馆、宾馆的咖啡，成为"国民记忆"。

时光到了2021年，根据网上发布的《上海咖啡消费地图》，上海已有六千余家咖啡馆。根据"新一线城市研究所"的报道，上海咖啡馆的数量在全球也排名第一，甚至是纽约的三倍之多。各式各样的特色咖啡馆如雨后春笋般冒出，一个咖啡大师讲课一周一万多，咖啡师成了时髦的代名词。

咖啡在上海已经成为品质生活最重要的元素之一。很多人甚至戏称加班全靠咖啡续命，咖啡不仅可以续命，还可以怀旧，可以回忆过去的事。咖啡豆生产工艺不同，如果用人来比喻咖啡，咖啡的味道也会产生"男人""女人"之分，显然深度烘焙的苦，不是所有人都能喝得下。还好，我很好这口儿。那些芳香的咖啡豆，很像从泪水中淬炼出来的黄金，面对盛开的城市，无言独白。

六

新的一天，不见阳光，南方的秋天多云天气已经不易。万航渡路320弄42号（原极司菲尔路49号）胡适先生的故居异常沉默。上海才子胡适，祖籍安徽，跟大多数上海移民一样，有种新旧文化碰撞的智慧。

上海男性随着时代的变迁会发生一些独有的变化，很多男人的性格内向化、柔弱化，逐渐导致阳刚之气不足。生活中的上海男人，有许多绰号，如"马大嫂"（买菜、淘米、烧饭）、围裙丈夫、模范丈夫等，很多功能性外号都是从传统女性角色上转移来的。上海女孩，对"男子汉"的审美偏好，并没有北京姑娘那么强烈。但她们也看不惯那种过于柔性的女性化的男人，称之为"娘娘腔"。

现代版上海男人到底是什么样子的呢？和北方男人相比，各有千秋。上海男人多了一些矜持，少了一些男子气概。上海男人比上海女人精明，所以上海男人总是把老婆哄得团团转，过好小日子，坚决守护后花园。哪怕老婆穿着一套睡衣睡裤去弄堂口甜品店，身边都跟着安静的男人一起去买奶茶。一般来讲，以上海本土老男人为主的聚餐，吃到后头肯定是关于老婆的小组讨论会。

我跟上海的缘分很像老丝瓜里面的经络，牵牵绊绊无处不在。进入文坛遇到的第一位文友就是上海人林建明，一位典型的充满乡愁的爷叔。上海是移民城市，林建明的故乡在安徽乡下的一个村庄。他说："来了上海总要碰一下面。"我说："你会吃不消的，我一天在上海的大街小巷窜三万步。"他说："上海太大、太累了。"接着，他又开始絮叨他的故乡，他说："丝瓜花会开到架子顶端，远远望去像是老肥老厚的叶子浪里撒了一个个金箔；茄子苗嘛性子急，主人拔了大部分，留下来的是曾经发育不良的苗，现在还留了朵紫色的花，还有月牙一样的小茄子；空心菜掐了一茬又一茬，总是不停地冒出来……"

林建明瘦得像一根筋挑着脖子，可能因为上海人爱时尚，吃饭只吃七成饱，自然很难胖起来，估计他的肚子里连个油花都找不到。我向他抱怨人到中年越吃越肥，吃嘛嘛香，他一脸上海老男人的坏笑："前几日，从朋友文章里了解到，山芋属于粗纤维食物，能够清肠胃，帮助加快新陈代谢，还可以减肥，保持体型，比芹菜还要好。肥胖的人越来越多了，尤其是你。"搞啥事情呀？我郁闷地隔着手机白了他一眼。

上海人习惯把过生活叫过日脚。我们都漂流在异乡，过着上天赐予自己的小日脚，时光流逝如水，异乡和故乡早已一样的温暖。林建明在上海求生存，每当夜幕降临，这位平日里舍不得下馆子的老男人，就会出去走两步，朝"老家"的方向。回到"老家"呢，也是一样，出村走上江堤，他总会看到村庄上空升起的一缕缕白颜色的炊烟，缠绕屋头、树梢，也缠绕在自己心里。我写下来这段文字，记录这个和上海老男人不曾见面的相逢，让一抹抹血色浪漫安放在心灵深处。

七

上海人说南京路是属于全国人民的，而淮海路则是属于上海人的。淮海路风情万种，马当路在淮海中路与新天地相交的位置，地铁 10 号线新天地站 6 号出口就在马当路上。我对见证郁达夫和王映霞浪漫恋情的尚贤坊没什么兴趣。马当路名人故居不少，西成里 16 号是张大千的旧居，这是一幢典型的两上两下石库门建筑，屋面是青色蝴蝶瓦，围墙很高。张大千真正起步是 1925 年在上海首次举办个人画展，从这以后才成为职业画家。张大千寓所的前楼，住着比张大千成名更早的知名画家黄宾虹。老巷子、老宅子的墙体多为黑黑的或黄黄的，墙面上的裂纹会凸显出来。也许是我这陌生人的脚步，惊动了几只灰色的鸽子，它们扑棱棱飞起，把灵动飘逸的姿态展示给我看。对这些守护家园的天使，我有些感动，人们永远都会怀念人生最美的风景和那些珍藏的往事，等过了今夜 12 点，今天就是明日的往昔时光。

淮海中路百年老字号三阳盛生意兴隆，特别惹眼的是一只只重五百克价格为一百八十八元的猪笑脸，它还有一个很吉祥的名字，叫万有全。在《随园食单》里，袁枚称猪头为"广大教主"，神通广大的意思，里面还记载了猪头的两种做法：一加老酒老抽红烧，这是浓烈赤红吃法；二隔着水上大锅清蒸，讲究原汁原味。上海坊间关起门吵架会骂别人"猪头三"，大致是蠢驴和笨蛋的意思。其实猪并不笨，甚至有先见之明。许是得知登台亮相的店铺地段好，"三阳盛"一只只猪头的眼睛完全和其他猪头肉上笑眯眯弯成一道讨好似的眼睛不一样，这里猪头上的眼是圆溜溜的，自带一副高傲冷漠的眼神。这猪头蒸熟来吃特别有咬劲。不过不是人人都有这种热情，有的上海年轻人是不屑于吃的，大致苍蝇馆子才有得卖。祖籍宜兴的朋友迪告诉我："在家家用煤炉的日子里，一只猪头会被隆重地迎进门，大人们打理过后将猪头稳稳地放在煤球炉上大号的锅中，几个时辰下来，肉香四溢，孩子们闻到味不断地咽口水。猪头炖至烂熟，取骨后用纱布裹住，再取一块大石洗净，压在纱布包上，冷却成型后切成片状，猪头各部位交融一体，色白味腴，蘸满调料入口，简直太香了。那时候不吃一只猪头，怎么可以算过年。"

当年的上海已有"无宁不成市"之说，即在上海做生意的宁波人已有相当数量，侧耳便能听到宁波话，他们非常想吃具有家乡风味的食品。三阳南货店便顺应这种需求，主要经营宁波、绍兴地区和浙江一带的土特产。三阳盛里面宁波口味的苔条（苔菜）花样繁多，据宁波人介绍，以苔菜为辅料的糕点色香味更为独特，有苔条巧果、苔条千层酥、苔条油赞子（咸麻花）等二十余种，可与苏式、广式、潮式等名特糕点相媲美，还有传统的宁式苔条月饼。是的，这我倒是注意到了，不管是南京路步行街上的三阳南货店还是淮海中路上的"三阳盛"，八块五一个的苔菜月饼买的人最多。

八

南京西路地铁站下是"太古汇"，这次来上海住在 24K 国际饭店人民广场店，周边老字号美食店很少，用餐多选择在地下美食广场。坐在我对面的上海女人，年纪比我大一点儿，面孔瘦削，鼻子头尖尖的，上过睫毛膏，一方小丝巾系在脖子上挡住了颈纹，这是一位爱美的女人，头发似乎才烫过，额头上用黑色牛皮筋扎起一个小辫子，有点儿俏皮味道。她和我一样点了南瓜汤，我又点了一个牛肉粉丝锅仔，她点了一份芦笋猪肉水饺。一口南瓜浓汤滑下喉管，她说："上海人喜欢吃南瓜的，养生去脂，自己不想做的时候，就来店里点一份。"南瓜汤很浓稠，金红色，有点儿烫嘴。

两人有一搭无一搭地在闲聊，我问她："上海人现在早餐都吃什么？"她说："大饼油条多呀，有时就是一碗粥再配点酱菜、豆腐乳这样的。"我们一起安安静静地等待南瓜浓汤凉下去，她问我："四大金刚听说过吗？大饼、油条、粢饭、豆浆就是上海人早点的四大金刚。"我告诉她："南京现在很少吃到油条了，曾经在江浦吃到过大饼包油条。"她来了神气："大饼包油条，大饼配上油条才算得上是标配。把热腾腾的油条对折夹到大饼当中，再对折一次，讲究人把酥脆的那一面朝里，否则油渣屑会落在身上，再来一碗加过白砂糖的豆浆，磨豆浆的豆子要好，不比牛奶营养差。"我问她："您这么多年下来吃不腻？"她的眼角一挑，说，"上海大饼很香的，用老酵母将面团捂上十几小时才揉面团。甜大饼嘛，就是白砂糖加一点儿面粉做馅儿，防止咬破后糖液滋出来烫了嘴巴，外壳裹着白芝麻。咸大饼搭配葱花，抹上菜油，烘熟后的咸大饼两头翘起来，像只瓦片。"埋头喝着南瓜汤，看着她好满足的样子。突然她又冒出来一句："上海人还有一种吃油条的方法，就是蘸着酱油吃，也可以配咖啡。"

月亮迷恋着那朵宽厚的云，和爱情中的女人一样，藏进云彩深处，我看不见它。微微和风拂过树梢，气温也在断崖式降温后缓慢回升，夜光照在身上使人产生一种慵懒的暖意，我在四棱紫色的牛至花香中睡着了。迷迷糊糊又想起威海路口那间日式茶舍里的日式榻榻米，大垫子里面不知道放的是什么，完全没什么支撑力，我好像沦陷进一堆沙子中，反复挣扎着，腰间肌肉特别不舒服。也许是舍不得离开臀下那块无比滑爽舒适的竹皮席子吧，我睡了挺久。醒后，用后坐力让自己蹭到"鸟窝"日式茶室门口，这间日式榻榻米是架空的，可以坐在门口穿鞋。曾经湿漉漉的麻鞋，经过一天热火朝天的奔走彻底被烘干，鞋子里露出一层我早上塞进去的餐巾纸，让女服务生看傻了眼。

九

人类和一茬一茬的麦子与韭菜相比较本无区别，只是多了驱动世界前行的思想和能力，人类改变了自己，也改变着世界，人类是勇士，也是醉倒于化妆棉上的可怜虫。

每当太阳升起或者落下，这座现代化都市又迈过一个平凡的日子。钢筋水泥构成的现代建筑和青砖碧瓦建成的古老建筑，都充满千回百转的故事。这里有武康路的前世今生，也有洒落几多风云碎片的大胜胡同；这里有幽深巷子里的石库门，也有艺术与生活联姻的田子坊，还有宛若欧洲小镇的武定西路。这里有老上海的暗香疏影，也有满地落英熏人醉的长乐路；这里有庭院深深几许花开的声音，也有余韵犹存待追忆的左岸气息；这里有恬淡如菊的外滩，也有黑暗和光明岁月史诗的更新、交替。一位诗人说："当我看到鸽子，就会流泪，在人与人构成的森林里，我总是采撷那些色彩绚烂、光怪陆离的蘑菇，仅仅因为它们是有毒的，我徒劳地搓一搓手，迎接日趋衰老的夕阳，它简朴得如一滴清水，凋零，流逝，却拥有寂静。"透过诗人的视角，我游走于魔都的峡谷之中，认识不一样的城堡、太阳、月亮、星星、古银杏、花草和鸽子，还有……不一样的我们。

[发表于《美文》（上）]

上海面孔

　　情感这看不见、摸不着的东西很神奇，情感可以对一个人，也可以对一座城。海纳百川的东方明珠上海，并不是一座适合怀旧的古城，这里没有皇家古墓遗址，也没有千年古窑。这块土地最早是长江淤泥冲积而成的沙洲。在四百年以前，上海是一个芦花飘飘的渔村。上海没有海，古时候的吴淞江下游直接流入大海，而现在是先流入黄浦江再汇合东流入海。依靠水运和通商的优势，迅猛崛起的上海曾经是有城墙的，在明朝嘉靖年间为了防御倭寇，修筑了城墙和城门。民国时有着三百多年历史的上海旧城墙被拆除，修建了环城马路。失去了城墙的上海，又回到了"滩"，回到了上海滩本真的面貌。

　　吴淞江宛若一条飘逸的玉带，把太湖与申城连接起来。它的下游即上海市区段（也称苏州河），苏州河上搭建了国际大都市上海的水域框架，有很多座桥梁，其中最著名的莫过于"外白渡桥"。这座百米长的钢铁桥是外滩吴淞江河口车流最为集中的跨江通道，也是申城的重要地标。

　　解放上海时，毛泽东在战前发出指示："打上海，要文打，不要武打。"这就意味着攻占上海必须避免使用火炮和炸药爆破。1949 年 5 月 24 日晚市区战斗打响，翌日晨，苏州河以南的市区完好无损地获得解放。苏州河北岸的敌军凭借高楼大厦，居高临下交织成火力网，封锁住数十米宽的河面，突击的勇士一批批倒下，特别是外白渡桥，那是位于外滩北上虹口、杨树浦的咽喉要道，敌人的坦克和装甲车流动巡逻，把守严密，二十二层高的百老汇大厦（今上海大厦）的窗口还伸出机枪疯狂扫射。5月26日晚，人民解放军打过了苏州河。第二天，上海全境解放。

上海人血脉偾张的样子不太容易被看到，上海人会用自己的态度表达怀念和爱，上海人是深沉而矜持的。春意盎然的上海外白渡桥上，拍摄婚纱照的准新娘们抛开粉色、红色和白色，她们喜欢令人肃然起敬的黑色。黄浦江上，不停地飞过逐波戏浪的白色水鸟。

人们把南京路叫大马路，依次便是二马路九江路，三马路汉口路，四马路福州路，五马路广东路。上海人的生活是被马路设定好的，有这样一首童谣："从前有个老伯伯，年纪活到八十八，八月八号，早上八点钟，乘八路电车，到八仙桥，钞票用脱八十八块八角八厘八。"上海话"伯"读音为"八"。

旧上海滩时尚"三部曲"：一吃大菜，亦即西菜，上海人称番菜；二是看戏；三是手执一卷报纸，身穿改良旗袍。创刊于1872年4月30日的《申报》，是旧中国历史最长、影响最大的一份中文报纸，出版时间长达七十多年，至今仍有上海老人要用报纸包东西时，会脱口说出"拿张申报纸来包包"。

旧上海的上流社会流行电话叫车，祥生出租车公司不惜花费重金，从电话公司拍到了"40000"这个号码，随即在报纸上打出了"四万万同胞，拨四万号电话""中国人请坐中国车"的广告，一时间，祥生出租车风靡上海滩。今天的汽车已经成为百姓人家的必备品，但在当时，上流社会才能消费得起。《申报》社会影响力巨大，茅盾、鲁迅等一批作家也纷纷赐稿。当家人史量才很有风骨，"你有枪，我有报"，将笔杆子视作了枪。1934年11月爱国主义人士史量才被特务暗杀。

三马路汉口路309号就是申报馆旧址，一层A1–03现在是西餐馆，餐厅处处强调着它独特的历史。一层和二层是曾经的印刷厂和营业厅，墙上挂满当年与《申报》有关的历史人物和资料图片，平添了几分怀旧的气息。而最有看头的是室内保留了完整的雕花穹顶，典型巴洛克建筑风格让人眼前一亮，搭配黑白灰的六边形马赛克地砖，秒回20世纪老上海纸醉金迷的年代。

申公馆大门处很隐秘，不仔细看容易走过了。这个碰头地点是工作在光明集团（光明前身是上海轻工业局）的发小龚敏选定的。忙着建党一百周年摄影作品展示活动的聂玲，髋关节不好，一瘸一拐地从花博会外拍回来。回到上海三十多年，两位发小依然魅力十足，我们在江南春绿时节聚在一起，相视而笑，童真依旧。世事多变迁，龚敏父母曾经参加抗美援越去过越南，而聂玲则参加过对越自卫反击战，上过老山前线的云南。若是不了解上海人，听着一片柔软吴语一定会以为上海女人温柔细腻，其实上海人说话几乎专挑吴语中硬的来。龚敏的工作地点在这附近，早到的她已经熟门熟路点好了前菜：意式烤面包配牛油果酱、明虾、樱桃番茄和洋葱、杧果鸡肉色拉、玛格丽塔薄饼、风干五花肉、烟熏芝士薄饼，还有一道甜品，名字有点惊艳——玫瑰腐乳芝士蛋糕。

上海人爱腐乳，爱到骨子里。龚敏很优雅，她在巴黎学习过，两年多的时间里，她每天都经过丑人卡西莫多和艾丝美拉达拥抱在一起的巴黎圣母院。坐在幽静恬淡的餐厅里，背靠敞亮的大落地窗，不用喝酒，只一杯咖啡都叫人有些微醺。上海女人和这座城一样罗曼蒂克，当我这个外地人听到"房""一千多万"的字眼时，感觉她们的心里其实都有股子硬劲，硬不一定是在"攻"，也是在"守"，否则如何从水泥夹缝般的楼底穿梭而过，去度过属于自己的奋斗人生呢。

龚敏手腕上有一条品相精美的绿松石手串，由此平添了几分精致色彩。不知从什么时候开始，"上海"这个地名前头总被人家加上个"大"字。依我看，人家上海人更喜欢一个"小"字。像上海人狂爱的小馄饨，小巧才能可爱，才能讨到心头好。上海女人戴首饰欢喜嗲嗲的叠加款，玲珑生辉。上海闲话"螺蛳壳里做道场"，活脱脱点出了上海人精致生活的本事。上海开埠已近一百七十年，传奇辈出。不少传奇起步就是一个"小"字。

比如著名的国际饭店，是可以售卖金丝卷和银丝卷的高级中式面点的饭店。因为地基占地面积很小，在面积不大的土地上创造了上海第一高楼的奇迹。上海天厨味精厂，1923 年是从南市一幢两开间的石库门里诞生的。上海老字号品牌，白象牌电池、花生牛轧糖等，都是从弄堂小厂里走出来，名扬全国的。

上海人精致是有根源的，起初的移民中浙江人、广东人、江苏人多，英国人、法国人，生意人也多。上海有家百年老字号腌腊店万有全，火腿一两就可以起售。按行规，一两火腿要切成薄薄的二十六片，火腿片像鱼鳞一样整齐地铺排在纸上，包好后再套进牛皮纸袋里。伙计绝不会因为侬只买一两火腿而对你翻白眼。

上海闲话里的"小"，"小"中有着大道理。比方讲，"小老酒咪咪""赚点小钞票""小来来"。不了解的人认为上海人小气，其实上海人只是小心翼翼地过自家的小日子。

这些年每一次去上海，多数住在福州路一带，只有两次住在静安，还有两次住在了四川北路。

福州路 603 号是上海老字号王宝和，这是上海最老的一家酒店，创建于 1744 年。店里的糟肉倒是稀罕。糟，是上海人喜欢的制作方法，普通人家常做的有糟鸡、糟猪爪、糟口条、糟泥螺等。最早的糟醉熟食就只是糟肉，糟醉了，也是古时候老祖宗传下来的让肉食长久保存起来的一种方法。贾思勰在《齐民要术》中对糟肉的制作方法有更详细的记载。近代以来，糟肉受到欢迎，日渐成为百姓餐桌上的家常美食。在上海，一般熟食店都有糟肉特色品种。糟肉离不开香糟和料酒，成菜肉质嫩，酒味香，不腻口。

龙眼糟田螺，是上海春季著名的百年风味美食之一，民国初年，上海餐饮业日趋活跃，各家店铺各显神通。从吴淞江、青浦搞来新鲜田螺，用酱油、黄酒、茴香、桂皮和盐一起调味烹煮，汤汁快干了盛在盆中售卖，非常抢手。上海五味斋改良了方法，在烹制材料中加入了香糟等调味料，田螺更加柔嫩鲜美。五味斋里选的田螺只只饱满似龙眼，所以起名字叫"龙眼糟田螺"。五味斋用的香糟也讲究，是上海老大同酱园的陈糟，这种糟用吊过酒的小麦麦麸制作，再用茴香、花椒、桂皮、橘皮等香料做辅料，入坛封口，储存多至七年，最少也有三年。用老大同香糟做出来的糟田螺，卤汁醇香，田螺肉和卤，食客们一点点都不会放过，越吃越带劲。

福州路600号近浙江中路的老半斋创立于1905年（清光绪三十一年开业），店铺里的八宝鸭六十八元一只，可真空快递。八宝鸭是清代宫廷名菜，乾隆三十年正月乾隆南巡时的《江南节次照常膳底档》记载，"正月二十五日，苏州织造普福进糯米鸭子，万年春炖肉，春笋糟鸭，燕窝鸡丝"，其中糯米鸭子是苏州地方名菜，也就是八宝鸭。乾隆皇帝得意的宫廷菜早已成为上海人家的家常菜之一。八宝鸭肚子里内有乾坤，将笋丁、肉丁、火腿丁、栗子丁、鸡肫丁、冬菇丁、莲子、虾米和糯米饭放入碗中，加绍兴黄酒、酱油、白糖、鸡精拌在一起塞入鸭身抹了酱油的鸭肚中，或蒸或烧都需慢火、慢工夫。

上海人的嗲是有名的，小孩子可以嗲，嗲得天真烂漫。女人可以嗲，一嗲就温软得不行。当然，这嗲和发嗲应该是有区别的，前几年在上海我遇见过男人发嗲，一边细细白白的右手跷起标准的兰花指像是弹琴，一边左手很潇洒地握着方向盘。兰花指，女人跷了不一定有感觉，男人跷起来，不发嗲都不可能。

在上海，一份美食也可以是嗲的。老半斋外卖窗口，除了白白绿绿的土豆色拉和色泽金黄的葱油金瓜丝有点嗲嗲样子，卤水鸭膀和卤水鸭脚，凭借一个膀和一个脚令食客顿生嗲嗲的感觉。外地餐馆外卖一定挂个牌子：鸭翅，鸭爪；在上海用卤水卤过的鸭膀就腻得人浑身发酥，还有脚，不得了，更是让人心生爱怜。

福州路24K酒店，距离两家百年老字号不过百米之遥。酒店对面还有一家上海人都知道的"老正兴"，老正兴前面是公交车站台。打车去田子坊似乎更方便，车费二十元左右。出租车司机跟我打过这样的比方，他说上海人是很会过日子的，如果外地来一个亲戚，家里只有十个鸡蛋，北方人一定不管不顾一顿炒掉十个鸡蛋对吧？他们上海人是不会的，一定会问外地客人来上海几天，如果要住十天，那么一天吃一个鸡蛋，可以招待十天。

20世纪80年代末第一次到上海，还没有去田子坊看石库门的讲究，那个时候还没有动迁改造，最时髦的上海行就是用双脚来丈量十里洋场。从南京路（大马路）至外滩，再步行到静安寺，大约有十里路。老上海人心目中的南京西路，静安寺一带都不算的，这里是上海西区上流社会的世界。这里有美酒和咖啡，在过去那个时代，在这个地方跳过舞，看过戏、看过电影、听过书，吃过栗子蛋糕、蟹粉小笼包的人，才可以被视作"老克勒"，否则扮相再好也是冒牌货。

早先在上海很多地方都有石库门建筑群，陕西北路的路口处就曾经有过用红色陶土做成的景观"朱丽叶的阳台"。那里的街角也就是奉贤路转角，有一栋老式房子的墙面是巴洛克风格的红陶砖墙，门前有一只惬意匍匐的白色雄狮雕像，一眼欧式喷泉向着天空奔涌，狮子的眼神凝视着那眼喷泉居然一点儿都没有凶光，反而充盈着爱意。"朱丽叶的阳台"下方有白色石碑，碑上篆刻着莎士比亚戏剧《罗密欧与朱丽叶》里的台词："我等原野的风／我等云彩带来的消息／朱丽叶的阳台窗帘飘起／玫瑰就会显现／我注视来往的人们／我等点亮的灯／照耀我爱的人们和爱我的人。"

原先外地人对上海的认识，除了外滩、南京路、静安寺、城隍庙之外，必定还有淮海路。2010 年前来上海，不去淮海路走一走感觉白来一趟上海，淮海路商业街是人们印象深刻的购物天堂。其实不仅仅限于购物，对于上海石库门建筑的认识，应该最先来自门外风情万种的石库门弄堂，门里便是令人眼花缭乱、时尚潮流元素具备的淮海路"新天地"。"新天地"建筑从外面看还是石库门建筑的样子，畅游在新天地北里一条条青石板铺就的窄窄的弄堂里，用手贴在刻有精美花纹的门框条石上，你会觉得触摸到了之前的吉庆岁月和流年痕迹。

新天地南里，有好几幢石库门楼房，开着邮局博物馆、古董艺术名表珍藏馆、百草文化廊等。这里有流金岁月的洗礼，还有来自世界各地的餐饮和大咖齐聚一堂的热闹。南里老建筑提升了新天地时髦和怀旧的品位。不同年龄层次的人，上海人或是外地人都喜欢这里，这里既有国潮元素，也有外国时尚元素。上海人眷恋饱经世事沧桑的老建筑、老马路和老弄堂，这里保存下来了上海人心目中淮海路具有历史美感的样子。

上海这座城，最大的魅力莫过于让无数来过上海的人可以和上海本地人一道抒发乡愁。田子坊中心区域是泰康路 210 弄、248 弄和 274 弄三条彼此相通的弄堂。这些弄堂最早形成于 20 世纪 30 年代，这里的建筑以石库门最为独特，各种不同的石库门建筑大致有二十多种。当年不少宁波商人来到上海经商，把家乡用红砂石建筑房屋的材料也用于上海，可以说近代历史上的宁波人开创了石库门在"十里洋场"的前世今生。繁华都市中，石库门建筑既不屑喧哗，又唯我独尊。敲敲静静时光中的那扇门，门内的主人好似一直在等待相遇相知的人。"进来"，这语音袅袅，温柔低调，又不失浪漫的味道。

田子坊真正红起来还是在 2005 年，那一年陈逸飞走了，很多喜欢陈逸飞的人找到泰康路 210 弄 2 号，去田子坊陈逸飞的工作室缅怀大艺术家的非凡才华。陈逸飞还是相当有眼光的，早在 1998 年就把工作室开在了田子坊。上海田子坊这个地标性建筑群闻名遐迩，得益于一代又一代上海人的苦心营造。这里是上海著名的观光街区，老弄堂里的石库门建筑里汇聚了各种美食及艺术文创店铺。老上海的独特风情，充斥在田子坊每一寸空间。田子坊早先叫"志成坊"，这里既有上海姆妈做的上海老豆花的味道，又不乏小资情调与海派风尚的老板娘一个人带着儿子在田子坊打拼，在上海早已有了自己的房，店铺生意还算好，客人不断，年轻人和熟客居多。她随意抓个发髻，精致的面孔有点儿憔悴，言语间抱怨着捣蛋的儿子，希望下次去田子坊，还能坐在店铺内歇歇脚、聊聊天，再选上几款满意的帽子。

晚间的田子坊很迷人，在"多杰拉姆"点一份酥油糌粑，藏族小伙子会送一杯藏式黑茶。古法御饼家一个胡椒饼，一杯五年陈咸柠乐，就能让人放下偏执，活出一天的自在与喜悦。这里有穿越时光的弄堂故事，有田子坊的前世与今生。希望再过几个十年，当上海的老弄堂渐行渐远之际，不要将市井改造得失去原有风貌。如果有人对你慢条斯理地说"我是滴滴呱呱上海人；我们世代也是上海本地人"，我想，一定会令人刮目相看。"当年，我们就住在淮海坊……"短短一句话，只有老上海人才读得出感慨、失落、怀念和涩涩的回忆。

　　无论历经多少世事变迁，上海，总是以那种遗世而独立的面貌超然挺立于世人面前。上海，怎么会有人不喜欢？谁都想和上海一起手捧着太阳，迎着风、迎着浪无比幸福地一起走下去。

（发表于《作家天地》）

上海风情

上海这座城，一部党章，一次宣言，一个纲领，一个信念，一种思想，每一分钟都在拔节和生长，上海，泽润之余，有不尽的余味。《战上海》《霓虹灯下的哨兵》这些老电影为我们留下了充满神秘和荣光的印象。上海，像极了一颗悬在大地和海洋之间的东方明珠，花团锦簇，繁华喧嚣。

上海　初相识

记忆中的 20 世纪 80 年代末，一天之中有最早一班火车到上海，最迟一班火车回到南京，首次去上海，去的是潮流"桥头堡"华亭路服装市场。80 年代初开始经营的华亭路服装市场，开店的主力军都是返沪知青，上海这座城曾经有一百二十万知识青年奔赴祖国各地参加农业生产建设。华亭路的经营户真是"八仙过海，各显神通"，有的连夜南下广州去进货，更多脑筋活络的小老板看着海外杂志上刊出的最新款，自选面料仿制新潮服装。那些时髦的衣服对于当时穿惯多年肥大裤子的年轻人来说，自然是诱惑难挡。黄金时代的华亭路有几百个摊位，客流量相当大，顾客和商贩将这条窄窄的马路挤得水泄不通。在这里进货的外地人跟买白菜一样，拿上十件八件直接塞入蛇皮口袋，快速荡过小马路，拎着鼓鼓囊囊的蛇皮口袋扬长而去。卖货的上海老板们派头十足，个个都十分精明，这条街与广州的高第街、北京的秀水街称为全国闻名的三大服装街。2000 年后，华亭路服装市场整体搬迁到了襄阳路，从此喧闹停止了，取而代之的是一条洗尽铅华，隐藏在淮海中路繁荣之下的小马路，不变的是路口的那间 KFC。

精致生活上海人

心灵也是一种现实，作为一日三餐少不了的肉身不需要"心灵鸡汤"，大家都在实实在在过着自己的生活，做一个精神独立有灵魂归宿的人就好。上海，是一个靠实力、靠技术、靠资金、靠价格和靠服务取胜的公平的大商圈。怯弱、懒散，没有稳定工作的前提下依然保持精致态度的上海人应该是很少很少的，在上海，自己创业的年轻人很常见。这种创业，不一定是马云的阿里巴巴，可以是如同对待恋人一般精心打造出客人需要的一杯又一杯手冲咖啡。顾客捧起咖啡，一颗大大的心形奶油悠闲幸福地绽放，轻轻呲吸一口，浓香馥郁，幸福的感觉溢上心头。

上海人很讲究吃，并不是只吃小馄饨、阳春面和大饼油条。虾籽大乌参是钱包鼓的上海人请客的头道大菜。据说"八一三"淞沪会战期间，小东门外洋行街一批经营海味的商号生意清淡，大批乌参积压仓库，黑不溜秋的乌参像石头一样丢在马路上都没人要。本帮菜宗师杨和生获悉后，与徒弟李伯荣、蔡福生等一起悉心钻研，最终创制出一道上海风味的"虾籽大乌参"。

世博会那一年，我在上海虹口吃过一次腌笃鲜，除了雪菜黄鱼和虾籽乌参，就数这道腌笃鲜最合胃口。尽地主之谊的航校老战友点评这道炖菜，说它看似简单实则内涵丰富，是上海人味蕾里家的味道。这次我又回到上海，在南京东路 719 号，深得中外宾客青睐的广式新雅粤菜馆，也上了这道代表上海特色的腌笃鲜。

凡事皆有缘，大多时候我选择在福州路附近的酒店入住，记忆中在这里散步，很像是追寻都市里一场场的旧梦。儿子十八岁那年出国留学，就是全家人在福州路百年老正兴菜馆聚餐后出发的。那一年南京没有直飞首尔的航班，那一年的上海也还没有建成市区至浦东机场的地铁。十年寒窗苦读，2021年再次走进这家既亲切又陌生的百年老字号，儿子已经博士研究生毕业了。上海本帮菜鼻祖开在号称上海"二马路"的福州路上，老正兴菜馆原名东号老正兴菜馆，这是历史最久的一家"老正兴"。江南人颇为青睐淡水鱼，这"下巴划水"曾经是周恩来总理比较赞誉的一道菜品，还有草头圈子、油爆河虾、青鱼煎糟、蟹粉狮子头都不错。这家菜馆的上菜速度不算快，特别是入口即化的大狮子头需要等待挺长时间。

"我小时吃过，外婆做的草头寒酸饭，大米是碧绿的，很香的感觉。我跟你讲，上海菜饭值得写。"我记得一个朋友跟我这样说过，那是我第一次听说草头也能做菜饭，如此热爱菜饭的城市，上海应该是首屈一指。有些爱，不单单只是甜蜜的回忆，在一分钱掰作两半花的童年记忆里，一碗寒酸饭，看着名字自然充斥着丝丝无奈和尴尬。草头，学名"苜蓿"，俗称"金花菜"，也有的地方叫"母鸡头"。早先草头不用买，只要有草坪、有河堤江堤的地方就有，农村的田野地垄处更是长满了一片一片翠绿色草头，风一吹，长着三叶草的草头忙着直点头，当然它还有另一个雅号——绿肥。草头做菜饭，一定要洗净、去老梗再用盐腌渍，吃时加点剁椒，野味十足。菜饭重点在猪油，没有猪油陪伴菜饭就算不上正宗。

上海人最为讲究的吃菜饭的地方在福州路上浙江路口的"老半斋"。这家百年老字号做菜饭的米选用的是特级稻，将其煮熟，锅热小火下肥猪肉片慢慢炼出油，肉成了肉渣后，将切成段的上海青（青菜）下锅爆炒，加一点儿盐和生抽，倒在煮熟的米饭上焖两分钟即可，时间长了青菜没看头。猪油菜饭色泽润白，加上碧绿的菜，糯软鲜香，再加上一碟辣酱，很是开胃。菜饭在上海各家饭馆做法不一，城隍庙里的"鲜得来"也有菜饭，也是猪油，除了碧绿的青菜，还有粉粉的腊肠片和佐餐的辣油。

来上海"荡"马路

从静安寺地铁站出来就可以看到百乐门，这个 1933 年建成的上海最大、最豪华的百乐门大饭店在静安寺极司菲尔路（今万航渡路）与愚园路交叉口。值得一提的是，百乐门的投资人和建筑师都是中国人。媒体曾经这样评论："玻璃灯塔，光明十里，花岗岩面，庄严富丽。大理石阶，名贵珍异。钢筋栏杆，灵巧新奇。玻璃地板，神炫目迷，弹簧地板，灵活适意。"对于百乐门，台湾著名作家白先勇曾经在《金大班的最后一夜》中写下："金大班，这个昔日的上海舞女，在台北一家舞厅内感叹道：'好个没见过世面的赤佬！左一个夜巴黎，右一个夜巴黎。说起来不好听，百乐门里那间厕所只怕比夜巴黎的舞池还要宽敞些呢！'"

坐上 911 路公交车，行驶在高雅、繁华的百年淮海路，看到新天地对面的马当路还保留了一片老房子。既遗憾又不遗憾，自古以来，城市在不断的动迁中发展起来。"淮海路嵩山路到了，请配合从中门下车，请给需要帮助的同志让个座，谢谢你。"公交车上传来嗲嗲的语音服务，分别用中文、英文和上海话提示着车上的乘客。

遇到一对乘飞机来上海旅游的成都夫妇，两个人已经逛了名人遗迹众多的愚园路，老牌网红武康路，艺文爱好者必逛的安福路……他们说最爱在上海荡马路，也爱上海路边小小的咖啡馆。我们坐着911路公交车一起到达了诗意与魅力都具备的衡山路。衡山路的夜晚最彰显其风姿，这条路于1922年以法军元帅贝当的名字命名，1943年改为衡山路。20世纪30年代法租界时期，任光、聂耳、冼星海三位著名音乐家，在衡山路的上海百代唱片公司创作并出版了很多激励国人的革命作品。衡山路的法国梧桐遮天蔽日，咖啡馆和茶坊错落有致，环境极为幽静。法式浪漫的老房子，临街店铺只有落地窗户，看不见门在哪里，原来法式老宅的玻璃门非常隐蔽。

"夜生活"在一定程度上代表了大众消费观念和投资发展潜力。衡山路的白天比较安静，到了夜里才喧嚣繁华起来，霓虹灯在法国梧桐树叶间涌动着激情与活力。实际上，鼎鼎大名的衡山路夜生活并不像北京后海酒吧一条街似的豪放，它含蓄地释放着性感魅力，静悄悄的。衡山路一头连着繁华的徐家汇，一头挨着领馆区。上海第一条地铁贯通后，衡山路以自己独特的姿态演绎出商业街的特色。开业于1998年的占地六千平方米的领馆广场，几十家酒吧、咖啡馆和欧洲大陆特色餐馆星罗棋布，和衡山路上的花园洋房一起掩映在夜色中。

风情万种上海滩

在上海，人们喜欢把北方人的溜达或者逛街叫"荡马路"，改革开放之前，阿姨爷叔们风华正茂，那时候休闲娱乐活动很少，不像现在谈个恋爱大多小年轻会看部电影大片，喝杯咖啡，吃块芝士蛋糕，来个自助火锅等，有很多花样。当年大家不约而同流行荡马路，手挽手，一根一根电线杆子数过来。男人和女人的影子在一根根电线杆之间拉长又缩短，知心闲话怎么讲也讲不完，一直走到外滩"情人墙"。肚子荡饿了，一碗阳春面、一碗小馄饨就可以搞定，几十趟马路荡过，感情也就升温了。

2021年春天的周末晚上，已经有八九点钟，上海人民广场地下的地铁站依然人头攒动，十几个出口四通八达，这里有一个高高的指示牌："七号出口——外滩"。上海世博会之前外滩堤坝又整修过一次，曾经有媒体记者报道过外滩浪漫的"情人墙"。这道防洪堤坝就是80年代中期之前红火一时、年轻人约会的最佳地点"情人墙"，荡荡马路，趴趴堤坝，吹吹江风，简单又省钞票。80年代中期之后，上海的大街小巷随处可见咖啡馆和舞厅茶室，"情人墙"逐渐成了外地游客欣赏浦江夜景的最佳位置，荡马路牙子的青年男女不约而同地转入了室内，就像作家金宇澄写的那样："火车包厢座位似的茶室里坐一坐，没有灯光更能诱发荷尔蒙，茶水三两块，咖啡五块一杯。"

黄浦江边灯火阑珊，令人想起田子坊仍未搬迁的人家那无比昏暗、恍如隔世的灯光。上海这座城很像繁华街角一个踱步徘徊的老人，左手托起黄浦江边闪耀的霓虹灯，右手举着田子坊古老昏黄的洋蜡烛。不知道那几户田子坊的原住民是否带有宁波口音，上海人绕不开浙江人，而石库门绕不开宁波人。细细品味，宁波人的习俗似乎在上海得以延续和升华。90年代之后，上海人逐渐习惯了入住鳞次栉比的高楼大厦，而毛脚女婿们的四大样提亲也成了至今南北货店员们津津乐道的一桩往事。在岁月嘀嗒嘀嗒流失的马蹄表上，上海人的感慨、失落、怀念和回忆，犹如一壶沸腾的老白茶，咕嘟咕嘟，向上蒸腾着水汽，留下的茶汤更加厚重、更加醇香。

从武康路出发

曾经以为只有金陵古城的南京人才拥有梧桐情怀。到了上海，走遍主要街巷，你才会发现，原来在上海，基本上每条马路、每个公园和社区，都遍布着苍郁高大的梧桐。上海人热爱春夏季梧桐的浪漫和温情，热爱秋冬季梧桐油画般的斑斓色彩。记得在石库门前，春天梧桐毛茸茸的花球随风飘散，刺激着人们的眼睛和泪腺，突然一场雨袭来，原本遮阳的梧桐又变成路人躲雨的屋檐。这些高大壮硕的梧桐树下，一定有着许多上海人的童年回忆、浪漫青春和安逸晚年。

被梧桐树包围着的武康路十分有名，上海滩许多著名建筑师在这条路上留下了各种风格的不朽之作。许多文化名人也曾经居住在这条路上，武康路113号就是巴金的家。在这里，巴金度过了自己的后半生，高高的院墙，一扇大铁门隔断了尘嚣，也给过往的行人带夹了一种敬畏和神秘的感觉。

武康路，北起华山路丁香花园，南至淮海中路，接天平路、余庆路，与宋庆龄故居相望，是大上海一条著名的小马路。说它小是因为武康路的长度只有一千八百一十三米；说它著名，是因为早在2010年上海世博会期间这里就被上海市旅游局推荐为最有上海味道的老马路。

每一位来到这里的游客必定停顿在武康路路口，或架起"长枪短炮"，或打开手机拍照留念。路口巍然屹立着一座等待起航的巨轮般的建筑，这就是武康大楼，又叫诺曼底公寓。公寓外墙上深沉凝重的暗红色墙砖和门前石柱上的水痕代表着岁月的印记，但却掩饰不住它那精美绝伦的气派，这是上海最早的外廊式公寓建筑。

电影表演艺术家孙道临、王文娟夫妇和很多上海文艺界知名人士曾居住在武康大楼。孙道临夫妇俩在此一住就是三十年，直至2007年底在这里走完了他八十六年的人生旅途。没有了孙道临的武康大楼，让人感觉到了一种深深的遗憾。这座地处老上海最有法国味道的转角公寓楼，曾经集合了许多骨子里最具浪漫风情的人物，这在无形中增添了这幢楼独一无二的浪漫气质。诺曼底公寓像是一艘豪华沧桑的船，停靠在这里，永不再航行。它在这座日益腾飞的城市中显得格外沉静，虽落满岁月尘埃，却犹如醇酒，时间越久越具味道，今天的人们越发依恋它、钟爱它。诺曼底公寓为当代都市人提供了一个怀念往事的空间，一个记忆深处的去处。

改革开放之后，上海是大放异彩的浪漫之城，淞沪风物不得不让人爱恋着迷。上海精英荟萃，四面八方的人们不由分说爱上这里，包括在上海工作和生活的国际友人，最时髦的就是拿到中国绿卡，"阿拉是上海人"。水，滚滚而来，浦江帆影，几只鸟儿挥舞着翅膀在空中滑翔。江水在吟唱，有人说黄浦江就是一条缠绵浦东与浦西的"爱情河"，"东方明珠"就是爱的第一颗结晶。一浪接着一浪，黄浦江日夜奔腾，金色外滩，潮起潮落，永不停息……

（发表于《上海散文》）